앨리스
Alice

김규원·강철규·김가영 극본

호우야

윤태이 · 김희선

31세, 1989년생, 한국대 물리학과 교수

"아니, 왜 자꾸 나만 보면 울어요?"

여섯 살 때 미적분을 풀고 열다섯 살 때 한국대 물리학과에 수석 입학한 천재. 막강 자존심과 까칠함, 한번 친해지면 더 까칠한 예측불허 매력의 소유자. 화려한 외모와 넘치는 열정 때문에 사람들이 자신을 오해한다 생각하지만 사실 오해 받을 짓을 많이 한다. 과학으로 세상을 바꾸고 싶은 욕심과 도전 정신을 가진 당찬 여성 과학자.
이런 그녀 앞에 이상한 남자가 나타난다. 한창 예쁜 나이라 자신하는 그녀에게 쉰 살이 넘었냐고 묻고, 아들을 출산했는지 묻는 재수 없는 형사. 스토커처럼 쫓아다니다가도 가끔 자기를 보며 우니 이제는 이 남자의 정체가 궁금할 지경.

박진겸 · 주원   29세, 서울남부경찰서 형사 2팀 경위

"내 엄마가 아니더라도 내가 엄마 지켜줄게. 내가 꼭 지켜줄게."

시간여행 과정에서 거쳐야 하는 방사능 웜홀을 지난 뒤 태어난 아이. 여섯 살 때 무감정증 진단을 받는다. 자신은 물론 타인의 감정조차 이해할 수 없어 외톨이가 되지만, 엄마 선영은 진겸의 유일하고 완벽한 친구가 되어준다.
2010년 10월, 선영이 누군가에게 살해당한 채 발견된다. 무감정증 진겸은 살아오며 한 번도 간절함을 가져본 적 없었다. 그런 진겸에게 유일한 목표가 생겼다. 엄마를 죽인 범인을 잡는 것. 그래서 진겸은 경찰대에 진학하고 경찰이 된다.
그리고 2020년, 엄마를 죽인 범인을 추적하던 진겸 앞에 한 여자가 나타난다. 엄마와 똑 닮은 모습의 '윤태이'.

등장인물

박선영 · 김희선   2010년 사망 당시 40대 초반, 진겸의 엄마

"엄마만 믿어. 엄마는 진겸이를 위해서라면 뭐든지 할 수 있어."

2050년, 시간여행 시스템 앨리스의 기본 원리를 구축한 과학자 '윤태이'. 앨리스에 대한 예언이 1992년에 존재한다는 사실을 알고 충격에 빠진다. 예언서의 진위 여부를 밝히기 위해 동료이자 연인인 민혁과 함께 1992년에 도착해 예언서 소유자로 알려진 장 박사를 찾아간다.

민혁과 함께 바로 2050년으로 복귀하려 했지만 자신이 임신 중이라는 사실을 뒤늦게 알고 복귀를 망설인다. 방사능으로 덮인 웜홀을 통과한 태아가 정상일 확률이 희박하기 때문. 민혁은 아이를 지워야 한다고 주장하지만 태이는 아기를 위해 민혁과 자신의 미래를 포기하고 1992년에 남아 '박선영'이라는 이름으로 아들 진겸을 출산한다.

유민혁·곽시양

30대 초반, 시간여행자, 앨리스 가이드팀 팀장

"92년에 헤어진 게 나에겐 1년 전 일인데, 태이에게는 29년 전 일이잖아."

2050년, 시간여행에 성공한 미래인들은 시간여행자가 머무는 공간 '앨리스'를 건설하고 시간여행 상품을 판매하기로 한다. 그러던 중 시간여행이 파괴된다는 내용의 예언서가 있다는 소문이 퍼진다. 앨리스는 예언서를 찾기 위해 두 명의 스태프를 1992년으로 파견한다. 아이를 위해 태이가 1992년에 남고 홀로 미래로 돌아온 민혁은 앨리스 가이드팀 팀장이 된다.

앨리스의 시간여행은 평행우주로의 여행. 따라서 그곳에서 무슨 짓을 해도 자신들의 세계에는 영향을 미치지 않는다. 이를 악용하는 시간여행자들이 늘어나고, 심지어 범죄를 저지르는 이들마저 생겨난다. 문제를 일으킨 시간여행자들을 보호하고 동시에 앨리스의 존재를 감추는 가이드팀 팀장인 민혁은 시간여행자들을 쫓는 진겸과 대척 상태에 놓인다.

등장인물

김도연 · 이다인

29세, 세경일보 사회부 기자

"놀랐지? 나처럼 예쁜 애한테 남자 친구가 없어서."

밝고 긍정적이며 다른 사람의 아픔을 헤아릴 줄 아는 따뜻한 성품의 사회부 기자. 고등학교 시절 진겸을 무서워하지 않던 유일한 학생이었고, 엄마의 죽음 이후 힘들어하던 진겸을 세상 밖으로 꺼내준 친구다.

무감정 인간 진겸에 대해 도연은 조급해하지 않는다. 언젠가는 진겸도 자신을 좋아할 거라고 믿고 자기 감정을 자각하는 날이 올 거라 기다렸다. 하지만 예상 밖 연적이 나타난다. 진겸의 엄마와 비슷하게 생긴 데다 예쁘고 매력적인.

고형석 · 김상호 50대 초반, 서울남부경찰서 형사 2팀 팀장

"이제부터 내가 너 인간 만들어야겠다."

2010년, 고형석은 한 고등학생을 체포한다. 형석은 진겸이 여고생 사망 사건의 진범이라 믿었다. 증거는 없었지만 진겸의 정신과 기록과 기이한 감정 표현, 같은 반 친구들의 증언이 토대였다. 하지만 진겸이 누명을 썼음이 밝혀지자 진겸에게 솔직하게 사과한다. 진겸 덕에 목숨을 구한 후 형석에게 진겸은 가족이나 다름없다.

석오원 · 최원영

50대 초반, 카이퍼 첨단과학기술연구소 소장

"시간여행은 가능합니다. 그렇다고 해도 되는 건 아니죠."

신을 믿는 과학자. 대한민국 최고의 물리학자이지만 신을 사랑하는 남자. 과학이야말로 신이 주신 선물이라 생각하고 탐구와 발견을 통해 위대한 신의 섭리를 증명하려 애쓴다. 2010년 한 여인이 찾아와 예언서를 보여준다. 2020년부터 미래에서 온 자들이 살인과 만행을 저지르고 석오원은 그들과 맞서 싸울 인물이라는 내용이었다. 반신반의하던 중 2020년, 예언서 내용과 일치하는 사건이 일어난 것을 보고 앞으로 예정된 비극을 막기 위해 노력한다.

경찰서 식구들

김동호·이재윤   서울남부경찰서 형사 2팀 경사. 온몸이 근육질이라 뇌도 근육으로 되어 있는 게 아닐까 의심되는 진겸의 파트너.

하용석·정욱   서울남부경찰서 형사 2팀 경위. 좋은 아빠, 착한 남편이 될 준비를 완벽하게 끝낸 노총각 형사.

홍정욱·송지혁   서울남부경찰서 형사 2팀 경사. 형사과에서 가장 세련됐다고 자부하는 가벼운 뺀질이.

윤종수·최홍일   서울남부경찰서 서장.

앨리스 직원들

기철암·김경남   앨리스 본부장.

오시영·황승언   앨리스 관제실 실장.

최승표·양지일   앨리스 가이드팀 팀원. 날카로운 눈매에 날렵한 체형을 가진 남자.

정혜수·김선아   앨리스 가이드팀 막내 팀원. 커리어우먼 스타일이지만 액션에도 손색없는 건강미를 갖췄다.

등장인물

경찰서 앞 중국집 수사반점

태이 부 · 최정우   어린 시절 꿈은 수사반장이 되는 거였다. '수사반점'이
　　　　　　　　　란 중국집을 차려놓고 오랫동안 운영 중이다.

태이 모 · 오영실   현실적이고 착한 태이의 새엄마. 친자식인 태연이보다
　　　　　　　　　태이를 더욱 살뜰히 챙긴다.

윤태연 · 연우   태이의 여동생. 겉으론 티격태격하지만 태이를 엄청
　　　　　　　위한다. 잘나가는 직장을 때려치우고 '수사반점'의 배
　　　　　　　달사원이 되며 형사들의 관심을 독차지한다.

시간여행자

은수 모 · 오연아   죽은 딸을 살리기 위해 시간여행을 온 엄마.

양홍섭 · 이정현   어린 시절 자신을 괴롭힌 형에 대한 복수를 꿈꾸며 시
　　　　　　　　간여행을 온 남자. 잔인하고 왜곡된 성격의 소유자다.

이세훈 · 박인수   미래에서 온 시간여행자. 선생의 명령으로 예언서를
　　　　　　　　찾기 위해 한 저택으로 향한다.

주해민 · 윤주만   미래에서 온 연쇄살인마. 선생의 명령을 받고 비밀스
　　　　　　　　러운 살인을 시작한다.

김인숙 · 배해선   44세. 고 형사의 아내. 태어날 때부터 심장이 기형이었던 아들을 잃은 상처를 안고 살던 중, 남편이 데려온 진겸을 친아들처럼 키운다. 물론 무감정증인 진겸을 이해하고 받아들이는 게 쉽지 않았다. 하지만 엄마를 잃고 나날이 어두워져가던 진겸을 못 본 척할 수 없어 돌보기 시작했고, 현재는 진겸을 아들처럼 아끼며 진겸의 일이라면 직접 발 벗고 나서는 인물.

김정배 · 민준호   도연의 신문사인 세경일보 사회부 부장. 강약 약강의 전형적인 조직 내 부장 스타일.

정기훈 · 이수웅   시간여행자의 불법체류를 돕는 브로커.

이대진 · 임재혁   석오원의 보디가드이자 물리적인 일을 주로 해결해주는 특수부대 출신 수행원.

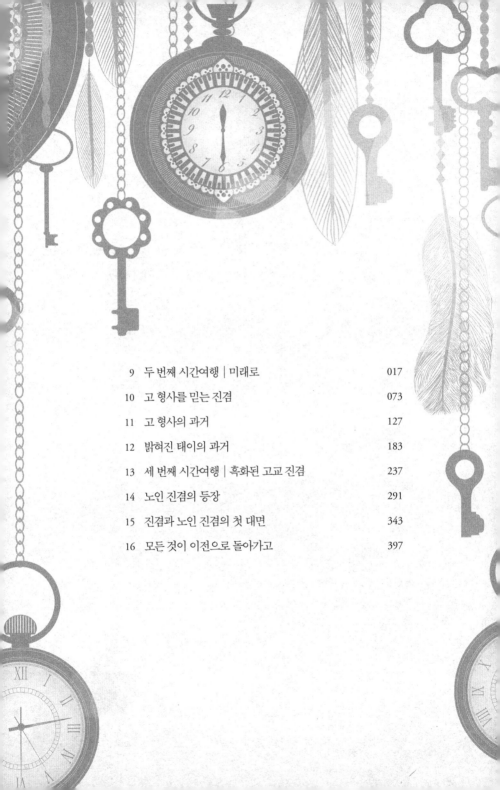

일러두기

1. 본문은 작가의 드라마 대본 집필 방식을 최대한 살려 편집했습니다.
2. 드라마 대사는 글말이 아닌 입말임을 감안하여 어감을 살리는 데 비중을 두어 한글
    맞춤법과 다른 부분이라 해도 유지했습니다.
3. 쉼표, 느낌표, 마침표 같은 문장부호도 작가의 의도를 최대한 살렸습니다.
4. 이 책은 작가의 최종 대본으로 방송되지 않은 부분이 포함되어 있거나 방송과 다를
    수 있습니다.

9

두 번째 시간여행
미래로

S#1　　　미지의 공간 | 낮

검은 화면에 타이프 치는 소리가 리듬 있게 들린다. 탁...탁 탁...탁. 화면 밝아지면, 타이프에 걸린 종이에 찍히는 글자들이 보이고, 이윽고 완성되는 문장.

시간은 인생의 동전이다. 네가 가진 유일한 동전이고, 그 동전을 어디에 쓸지는 너만이 결정할 수 있다.

─칼 샌드버그

자막 사라지면.

S#2　　　2021년. 경찰서 형사과 | 낮

(8회 49신)

혼란스러워하는 태이 얼굴에서 떴다 사라지는 자막.

2021년

태이를 안타깝게 보다가 시선을 피하는 형사들. 형사들의 표정에 어두워지는 태이.

태이   지금 박 형사님이 죽었다는 거예요?
형사1   ...커피 한잔 드실래요?
태이   말 돌리지 말고 똑바로 말해봐요. 박 형사님이 왜 죽어요? 이상한 얘기 하지 말고 박 형사님 불러줘요. 아니, 휴대폰 줘봐요. 내가 전화할 테니까.

하지만 형사들이 계속 시선을 피하자.

태이   고 형사님, 고 형사님은 어딨어요? 지금 박 형사님, 고 형사님이랑 같이 있어요? (감정이 격해지며) 박 형사님 지금 어딨냐고요!
형사1   그만하세요. 저희가 범인 꼭 잡아드릴게요.
태이   아니에요, 잡을 필요 없어요. 박 형사님 안 죽었는데 범인이 어디 있어?!! (눈가 그렁) 오늘 아침까지 나랑 한집에 있었고 방금 전엔 날 구해주러 왔었어요. 그런 사람이 왜 죽어? 그리고 그 사람 무감정증이에요. 얼마나 독한 사람인데... 절대 죽을 사람 아니에요. 박 형사님 불러줘요. 빨리 불러줘요, 빨리요!!

소리를 치는 태이의 두 눈에서 터지는 눈물.

S#3   2021년. 진겸 옛집 앞거리 | 낮
        숨이 차오르도록 달리는 태이. 휴대폰을 꺼내 진겸에게 전화를 걸어보지만 '없는 번호'라는 음성만 들린다. 금방이라도 울 것 같은 표정의 태이에서.

S#4   2021년. 진겸 옛집 거실 | 낮

거칠게 현관문을 열며 거실로 들어오는 태이. 가구들에 모두 흰
천이 씌워져 있는 거실을 보고 망연자실한 표정으로 얼어붙는다.

#플래시백 진겸 옛집 창고 | 낮
(8회 30신)

태이   그래도 혹시 모르니까 계속 이 집 팔지 말고 놔두세요. 미래의
       내가 형사님 보러 꼭 올 테니까.

진겸   ... 네. 꼭 기다리겠습니다. 교수님 오실 때까지.

#다시 현실

태이   나 형사님 보러 왔는데. 지금 어디 있는 거예요? 기다려주겠다
       고 했잖아요. 왜 약속을 안 지켜.

결국 울음을 터트리는 태이의 모습에서.

S#5   2020년. 어느 빌딩 앞거리 | 낮

혼란스러운 표정의 진겸. '윤태이 교수님'으로 저장된 번호로
전화를 건다. 하지만 전화기가 꺼져 있다는 음성 메시지가 흘
러나온다. 휴대폰을 내려놓는 진겸에서 떴다 사라지는 자막.
'2020년'. 이런 진겸 앞으로, 흰 천에 덮여 있는 주해민의 시신

이 앰뷸런스에 실린다. 진겸, 이번엔 위치추적기를 꺼내 태이의 위치를 확인한다. 그런데, 태이의 위치를 나타내는 붉은 점이 빠르게 움직이고 있다. 붉은 점을 보며 달리기 시작하는 진겸.

S# 6   2020년. 2021년 교차 | 낮
#2020년. 진겸 옛집 마당 to 거실
대문을 열고 마당을 지나 현관문을 열고 달려 들어오는 진겸.

진겸   교수님! 교수님!

집 안으로 들어온 진겸. 그런데 보여야 할 태이가 보이지 않는다. 하지만 위치추적기를 보면, 진겸이 있는 이 집에 태이의 위치가 찍혀 있다.

진겸   (절망적인) 지금 어디 계신 거예요?

#2021년. 진겸 옛집 거실
진겸이 있던 그 자리에서 울고 있는 태이의 모습.

태이   나 지켜준다며... 언제든 달려온다고 했잖아.

#2020년. 진겸 옛집 거실
진겸, 다시 태이를 찾기 위해 밖으로 나가려다가 무엇 때문인지 멈춰 서서 냉장고 앞으로 향한다. 새 메모지(포스트잇)에 무언가를 적어 붙이는 진겸.

울고 있던 태이. 그러다 불현듯 무언가 떠오른 듯 냉장고를 응시하면, 냉장고에 빛바랜 낡은 메모지들이 붙어 있다. 냉장고까지 걸어가 진겸이 남긴 메모지를 떼서 보면. '혹시 지금 이 집에 계세요?'

(진겸) 혹시 지금 이 집에 계세요? 저도 지금 이 집에 있어요.

메모지의 글귀를 보고 놀라 진겸을 찾는 태이. 하지만 진겸이 보이지 않자 슬퍼지며.

태이 여기서 나 기다렸던 거예요?

2020년. 진겸 옛집 거실
그다음 메모지를 냉장고에 붙이는 진겸.

(진겸) 많이 두려우신 거 알아요. 하지만 너무 불안해하지 마세요.

2021년. 진겸 옛집 거실

(진겸) 몇 년도에 계시든 제가 꼭 구해드리겠습니다. 조금만 기다려주세요.

태이 내가 어떤 세상에 와 있든, 형사님이 날 구해줄 거라고 믿어요.

태이, 메모지를 읽고는 소중하게 두 손으로 쥔다.

#2021년. 진겸 옛집 앞 골목

집 앞으로 나와 진겸을 기다리듯 골목을 응시하는 태이.

#2020년. 진겸 옛집 앞 골목

마찬가지로 집 앞으로 나오는 진겸. 그런데 2021년과 달리 비가 쏟아지고 있다. 우산도 없이 골목을 응시하는 진겸, 돌아서면.

#화면 분할

화면이 분할되며 진겸이 태이 앞에 서 있다. 마치 실제로 마주 서 있는 것 같은 두 사람. 둘은 잠시 시선을 교환하는 것처럼 보이지만. 진겸이 앞으로 걸으면서 화면 밖으로 사라지고. 혼자 남은 태이가 쓸쓸히 진겸을 기다리다 떠난다.

S# 7   2021년. 수사반점 앞 | 낮

멍한 표정으로 걷던 태이. 눈을 들어 앞을 보면 수사반점이 보인다. 식당 앞에서 들어가도 되는지 망설이는데. 뒤에서 스쿠터 소리와 함께 태연의 목소리가 들려온다.

(태연) 언니?!!
태이   (놀라 뒤돌아보면)
태연   (능숙하게 스쿠터를 세우고 내려서며) 벌써 왔어?
태이   어?
태연   순례길 한 달 일정이었잖아?
태이   (당황) 어? 그, 그게...
태연   김 기자랑 싸웠어?

태이, 무슨 말인지 몰라 어리둥절하는데. 이때 수사반점에서 나오는 태이 모.

태이 모   (놀라) 태이야!

S#8   2021년. 수사반점 | 낮

짬뽕을 비롯해 탕수육과 군만두들이 차려져 있는 테이블. 하지만 손도 대지 않고 물끄러미 바라만 보는 태이. 이런 태이를 걱정스럽게 보는 태이 부모. 태연이 손으로 탕수육을 집어 먹으면 탁 때리는 태이 모.

태이 모   (걱정스레) 왜? 입맛이 없어?

마지못해 젓가락을 드는데 시선이 어딘가로 향하는 태이. 바로 2021년 달력이다.

태이   지금이 진짜 2021년이야?

그러자 황당한 표정으로 태이를 보는 태이의 가족들.

태연   언니 너 왜 그래? 당연할 걸 왜 물어?
태이   (안색이 흐려지는) ...
태이 부   (걱정) 무슨 일 있었어?
태이   ... 없었어.
태연   없긴. 김 기자랑 간다고 할 때부터 찜찜하다 했다. 친한 친구도

여행 갔다 원수 돼서 돌아오기 일쑨데 언니랑 김 기잔 원래도
안 친했잖아. (다시 탕수육을 손으로 집어 먹는) 그렇다고 일주일도 안
돼서 돌아오냐? 스페인까지 비행기 값이 얼만데.

태이 모   잘했어. 아니다 싶으면 거기서 그만두는 게 맞아.

태이 부   그래. 벌써 1년인데 이제 너도 받아들여야지. 이런다고 박 형사
             가 살아 돌아오는 것도 아니고. (하는데 태이 모한테 발을 밟히고) 아얏!

태이 모   애 앞에서 그 얘기 하지 말라고 했지. (흘러내린 태이 머리카락을 넘겨
             주며) 피곤하겠다. 빨리 집에 가서 쉬어.

             멍하니 부모의 모습을 보는 태이.

S#9   2021년. 태이 집 거실 | 낮

             현관문이 열리고 태이와 태연이 들어오면, 주해민 사건 이후 새
             롭게 단장한 거실이 보인다. 태이는 마치 처음 들어오는 것처럼
             두리번거린다. 그런 태이의 행동이 태연은 이상한 듯.

태연   왜? 겨우 며칠 떠나 있었는데 어색해?

태이   ... 피곤해서 그래. 나 좀 쉴게.

태연   맥주 한잔할래?

태이   (보면)

태연   걱정 마. 엄마한테 안 이를게. 대신 취해서 울지 않기다. 그만하
             면 충분히 했어.

             태이, 멍하니 보는.

S# 10   2021년. 태이 집 태이 방 | 낮

들어온 태이. 예전과 똑같은 자기 방을 둘러보다 책상 위에 놓
인 목걸이를 발견한다. 그런데 처음 보는 듯 목걸이를 유심히
보는 태이. 그러다 책상 위의 데스크톱 전원을 켜면. 바탕화면
에 깔린 사진. 셀카 형식으로 다정하게 촬영된 진겸과 태이의
사진이다. 그런데 사진 속 태이가 착용 중인 목걸이. 바로 조
금 전에 발견한 목걸이다. 혼란스럽고도 슬픈 표정으로 사진을
보는 태이. 그러다 어떤 기사를 검색하면. 모니터에 뜨는 기사.
'서울남부서 박진겸 경위 15일 새벽 자택에서 시신으로 발견.'
그런데 기사 날짜가 2020년 10월 15일이다. 인정할 수 없다는
듯 컴퓨터 전원을 꺼버리는 태이.

S# 11   진겸 옛집 작은방 | 낮

이세훈-민혁-선영-석오원-주해민-태이-선생님으로 이어지
는 다각형 앞에 선 진겸. 날카로운 눈빛으로 다각형을 응시하는
진겸. 이때 머리에 붕대를 감은 동호가 다가온다. 하지만 진겸,
동호를 무시한 채 계속 다각형만 보고 있다.

동호   CCTV 확인해봤는데 교수님이 옥상에서 떨어지는 것만 잡혔지
추락하는 모습은 어디에도 없었어요.

진겸   ...

동호   죄송해요. 제가 교수님을 잘 지켰어야 했는데.

하지만 진겸, 동호를 무시하고 나가려고 한다. 진겸을 붙잡는
동호.

동호	교수님 어떻게 된 거예요? 어떻게 된 거냐고요?!
진겸	나중에 얘기하죠.
동호	경위님은 알잖아요. 대답 좀 해봐요.
진겸	설명할 시간 없습니다.
동호	(버럭 하며 멱살을 잡는) 너만 형사야? 나도 교수님 찾고 싶어!
진겸	놓으십시오.
동호	먼저 말해. 어떻게 된 거야?
진겸	놔.
동호	말해, 이 새끼야!

그 순간 동호의 팔을 꺾어 쓰러트리려고 하는 진겸. 하지만 동호 역시 힘으로 진겸을 밀어붙인다. 그로 인해 서로의 멱살을 잡은 채 엉키는 두 남자.

동호	(진지하게) 나 때문이잖아. 나 때문에 윤 교수님 사라졌잖아.

그러자 진겸, 동호의 진지한 눈빛을 보고 멱살을 놓으며 화이트보드를 응시하면. 진겸의 시선을 따라 화이트보드를 보는 동호.

동호	이게 다 뭐예요?
진겸	어머니 사건과 관련된 사람들입니다.
동호	(뭔가 이상한) 왜 교수님 사진만 두 장이에요?

동호가 보는 사진. 바로 선영과 태이의 사진이다.

진겸	한 분은 제 어머니입니다.
동호	(놀란) 형사님 어머님이랑 교수님이라고요? 같은 사람 아니고요?
진겸	저도 처음에는 두 분이 같은 사람일지도 모른다고 생각했습니다.

#플래시백. 2010년. 대학교 강의실 | 낮

(5회 7신)

자기에게 다가온 진겸을 황당한 표정으로 보는 대학생 태이의 모습.

(5회 22신)

진겸의 품에서 또다시 눈을 감는 선영의 모습.

(진겸)	하지만 2010년에서 전 교수님과 어머니 두 분을 동시에 뵈었습니다.

#다시 현실

진겸	두 분은 분명히 같은 모습을 하고 계셨지만, 나이나 성격이 전혀 다른 사람이었습니다.
동호	지금 무슨 말을 하는 건지 하나도 모르겠어요.
진겸	다른 차원에서 온 시간여행자들이 있다는 뜻입니다.
동호	!!!
진겸	경사님과 똑같은 사람이 이곳으로 올 수도 있습니다. 그게 아이일 수도 있고 노인일 수도 있고요. 교수님과 저희 어머니처럼요.

| 동호 | 뭐 도플갱어라도 있다는 얘기예요? (혼란스러운) 전 그런 거 모르겠고, 그냥 교수님이나 찾을래요. 교수님 어디 계신지는 아세요? |
| 진겸 | 다른 차원에 계실 겁니다. |

안타까운 표정으로 다각형 속 태이 사진을 보는 진겸에서.

S# 12   2021년. 태이 집 태이 방 | 밤

침대에 앉아 주해민의 타임카드를 만지작거리는 태이. 이곳저곳을 만져보지만 타임카드는 작동되지 않는다. 막막한 얼굴의 태이, 그러다 무언가 생각난 듯 일어나 외투를 입으면.

S# 13   2021년. 카이퍼 소장실 | 밤

석오원 앞에 앉아 있는 태이. 표정 없이 태이를 바라보는 석오원.

태이	전에 제가 쓰던 연구실 좀 사용할게요. 분석해야 할 게 있어서요.
석오원	(조용히 바라보다가) 여행은 어떠셨습니까?
태이	여행요? 아... 스페인요.
석오원	아니요. 시간여행요.

얼어붙는 태이. 하지만 석오원, 마치 모든 걸 이미 다 알고 있다는 차분한 표정으로 태이를 바라본다.

태이	어떻게 아셨어요?
석오원	직접 들었습니다. 1년 전 교수님께요.
태이	(놀란) 저한테요?

| 석오원 | 교수님은 2020년으로 돌아가실 겁니다. 돌아가시면 다시는 시간여행에 대해서 관심 갖지 마십시오. 교수님까지 위험해질 수 있습니다. |

그러면서 석오원, 차가운 얼굴로 일어서는데.

태이	(간절) 지금 제 기분이 어떤지 아세요?
석오원	(보면)
태이	눈 깜빡할 사이에 2020년이 2021년으로 돼버렸어요. 분명히 내가 살던 곳이고 내가 아는 사람들인데, 전부 낯설고 모르는 것투성이고, 어제까지 같이 지냈던 사람은 죽었대요..
석오원	(흔들리는)
태이	형사님이 왜 죽었는지만이라도 알려주세요.

애처로운 눈빛으로 석오원을 보는 태이. 그러자 석오원, 걱정스러운 얼굴로 태이를 보다가 다시 자리에 앉는다.

석오원	예언서라고 아십니까?
태이	??
석오원	시간여행에 대한 역사가 적혀 있는 기록섭니다. 시간여행의 시작과 끝에 대한 기록도 적혀 있지요.
태이	(어리둥절해서) 지금 하시는 말씀이 형사님 죽음이랑 무슨 연관이 있는지 모르겠어요. 전 누가 형사님을 죽였는지만 알면 돼요.
석오원	형사님은 예언서의 마지막 장을 찾으려고 하셨습니다.
태이	??

석오원	그걸 찾으면 시간여행을 막는 방법과 형사님 어머니를 살해한 자의 정체를 알 수 있기 때문이었죠. 하지만 그것 때문에 살해 당하신 겁니다. 자기 어머니를 살해한 범인 손에.

얼어붙은 표정으로 석오원을 보는 태이.

태이	범인이 누구예요?
석오원	(고개를 저으면)
태이	마지막 장에 나와 있다면서요?
석오원	저도 마지막 장을 보지 못했습니다. 92년에 사라졌거든요. 대신 마지막 장을 가지고 있던 사람이 누군지는 알고 있습니다.
태이	누군데요?
석오원	교수님입니다.
태이	(얼어붙는)... 저요? 하지만 저는 기억이...
석오원	압니다. 92년 이전의 기억을 잃으신걸. 그러니까 형사님을 구할 방법은 없는 겁니다. 찾으려고 하지도 마십시오. 교수님마저 위험해지실 겁니다.

태이, 혼란스러운 얼굴로 보는.

S# 14   2021년. 진겸 옛집 진겸 방 | 밤

슬픔에 잠긴 얼굴로 진겸의 방 안을 둘러보는 태이. 진겸이 사용했던 물건들을 보며, 슬픔이 짙어진다. 그러다 깨끗하게 정리된 방 안 침대 위 박스에 눈길이 멈춘 태이. 상자를 열어보면, 진겸의 경찰정복과 신분증 등 유품들이 보인다. 눈물을 참으며 유

품들을 꺼내 하나하나 쓰다듬듯 만져보는 태이. 그러다 정복 주머니에서 딱딱한 뭔가를 느끼고, 주머니에 손을 넣어보면, 손에 들려 나오는 건 평범한 USB다. USB를 유심히 보는 태이.

Cut to

연결 잭으로 USB의 영상을 자신의 휴대폰에서 재생하는 태이. 평범한 도로를 비추는 영상이 흐르기 시작하자, 이게 뭐지 싶어 유심히 영상을 보던 태이. 도로 한편의 여관에서 나오는 고 형사의 모습을 발견하는 순간, 영상이 끝나버린다. USB에 담긴 영상의 의미를 알 수 없어 당황하는 태이.

S# 15 　 폐창고 앞 공터 | 밤

폐창고 앞 텅 빈 공터에 세워져 있는 차. 그 안의 고 형사에서 떴다 사라지는 자막. '2020년 10월 3일'. 고 형사, 콘솔박스에서 무언가를 꺼내 펼친다. 바로 예언서다. 예언서에 적힌 '아이는 시간을 다스리게 될 것이다'라는 글귀를 보고 고민에 빠지는 고 형사. 그러다 차에서 내리면.

S# 16 　 폐창고 | 밤

침대에 앉아 무릎 사이에 얼굴을 파묻고 있는 석오원. 그때, 밖에서 열쇠 풀리는 소리가 들리고, 문을 열고 고 형사가 들어온다. 고 형사를 노려보는 석오원. 아무 말 없이 석오원 앞에 앉는 고 형사.

석오원 　 날 가둔 게 형사님입니까?

고 형사	니가 어떻게 예언서를 갖고 있어?
석오원	(굳은) 형사님은 예언서를 어떻게 아십니까? 날 죽이려고 했던 자와 한 팹니까?!!

그 순간, 총을 뽑아 들며 거칠게 석오원의 멱살을 잡는 고 형사. 지금껏 본 적 없는 차가운 눈빛이다.

고 형사	예언서 마지막 장 어디 있어?!!

이때, 고 형사의 귀 뒤에 숨겨진 상처가 보인다. 2센티미터 정도의 수술 자국을 연상시키는 상처다.

S# 17	부검실	밤

흰 천에 덮인 주해민의 시신 앞에 서 있는 진겸과 동호. 진겸, 추락사한 주해민의 부검 사진들을 보고 있는데. 주해민의 얼굴 측면 사진에서 귀 뒤의 상처(고 형사와 동일한)가 얼핏 보인다. 하지만 눈치채지 못하고 사진들을 넘기는 진겸.

동호	사인은 두개골 파열이랑 후두부 피하출혈이고, 그 외에 특별한 건 없대요. 더 자세한 건 보고서로 넘겨준다고 하고.
진겸	경사님은 이 사람에 대해서 좀 더 알아봐주십시오.
동호	근데 경위님 말씀대로라면 이 사람 시간여행자라는 건데. (답답해서 한숨 쉬고) 일단 해볼게요.

동호, 자신 없이 고개를 가로저으며 나가려고 하는데. 계속 시

신을 보고 있던 진겸, 주머니에서 무언가를 꺼내 주해민의 입속에 넣는다.

동호	위치추적기잖아요? 그걸로 뭐하게요?
진겸	시간여행자들이 이 시신을 그냥 두지 않을 겁니다. 저들의 근거지를 찾아야 교수님을 구할 수 있습니다.

S# 18 　앨리스 회의실 | 밤

시영의 손을 잡고 회의실 안으로 끌고 들어오는 민혁.

시영	갑자기 왜 이래?
민혁	묻는 말에 대답이나 해! 이세훈 왜 만났어?
시영	몰라서 물어? 조사 때문이잖아. 예언서 어디다 숨겼는지 찾으려고 만났어.
민혁	(여전히 곤두선) 그때 태이도 만났어?
시영	우연히 만났어. 이세훈 만나고 나오던 길에 우연히.
민혁	(노려보며) 태이한테 아무 일 없었어?!
시영	그렇게 들었고, 그렇게 보였어. 과거인과 결혼했는데, 자상하고 좋은 사람이라고 했어.

그 말에 흔들리는 눈빛으로 시영을 보는 민혁.

시영	이미 다 말했었잖아. 갑자기 그때 일은 왜 또 묻는 거야?
민혁	태이를 만난 게 몇 년도야?
시영	(망설임 없이) 2011년.

그러자 굳은 표정으로 바로 나가려고 하는 민혁.

시영   다 잊은 거 아니었어?

그 말에 잠시 멈칫하지만, 돌아보지 않고 나가는 민혁. 떠나는 민혁을 차갑게 바라보는 시영.

S# 19   앨리스 복도 | 밤

생각에 잠긴 채 복도를 걷는 민혁. 이때 승표가 다급하게 달려온다.

승표   불법 시간여행자가 추락사했고, 그 주변에서 웜홀이 열린 흔적이 발견됐습니다. 누군가 시간이동한 걸로 보입니다.

민혁   언제?

승표   오늘 오홉니다.

민혁   그걸 왜 이제야 보고해?

승표   관제실에서 놓친 거 같습니다.

민혁   그걸 놓친다는 게 말이 돼? 그 시간에 관제실에 있던 게 누구야?

승표   오시영 팀장님입니다.

그 말에 눈빛이 다시 사나워지는 민혁. 시영이 있는 회의실을 차갑게 응시하면.

S# 20   앨리스 본부장실 | 낮

날 선 표정으로 앉아 있는 철암. 그 앞에 서 있는 시영과 민혁.

철암	대체 일 처리를 어떻게 하는 거야?
시영	죄송합니다. 제 실수예요.
철암	부검실 위치는 파악했어?
시영	네, 시신을 빼내는데 어려움은 없을 것 같아요.
철암	최대한 서둘러서 진행해. 우리 쪽 사람은 아니지만 시간여행자야. 시간여행자 시신을 과거인에게 넘겨줄 순 없어.
시영	알겠어요. 제 실수니까 제가 수습할게요.

그러고는 나가는 시영. 그런 시영을 의심스러운 표정을 보는 민혁.

S# 21   교차 | 낮

#달리는 승표 차 안

차를 운전 중인 승표. 조수석에 앉아 있는 시영, 그런데 불안한 표정이다.

#부검실

주해민의 시신이 사라진 빈 부검실 침대. 동호, 시신이 없는 걸 확인하고 급히 진겸에게 전화를 건다.

동호   경위님, 범인 시신이 사라졌습니다!

#정차 중인 진겸 차 안

도로변에 정차 중인 진겸의 차. 차 안 운전석에 앉아 통화 중인 진겸.

진겸   알겠습니다.

전화를 끊으며. GPS 수신 단말기 화면을 응시하면, 화면 속 지도에 고정되어 있는 붉은 점이 선명하다. 눈조차 깜빡이지 않고 붉은 점만 응시하고 있는 진겸. 이때 붉은 점이 움직이기 시작한다. 그러자 진겸, 마치 기다렸다는 듯 빠르게 기어를 이동하며 출발하면.

#달리는 승표 차 안

도로 위 SUV를 운전 중인 승표. 조수석의 시영. 그리고 짐칸에는 주해민의 시신이 들어 있는 듯한 비닐 팩이 놓여 있다.

#달리는 진겸 차 안

GPS 수신 단말기로 위치를 확인하며 운전 중인 진겸, 눈빛이 사납다.

#앨리스 회의실

고민스러운 표정으로 서 있는 민혁. 이때 혜수가 들어오면.

민혁   2011년 오 팀장 시간여행 기록 좀 찾아봐.

#달리는 승표 차 안

걱정 있는 표정으로 조수석에 앉아 있는 시영.

#달리는 진겸 차 안

앞서 달리는 승표의 차와 적당한 거리를 두고 운전 중인 진겸. 그런데 이때 속력을 내며 빠르게 질주하는 승표의 차. 그러자 진겸 역시 빠르게 붙기 시작한다. 진겸이 끈질기게 따라붙지만, 이내 시야에서 승표의 차가 사라져버린다. 그러자 GPS 수신 단말기로 위치를 확인하는 진겸.

S#22   지하 주차장 | 낮

어느 건물 지하 주차장으로 내려온 진겸의 차. 차 안의 진겸, 다시 한번 GPS 수신 단말기로 위치를 확인하면, 붉은 점이 멈춰서 있다. 그러자 진겸, 매서운 눈빛으로 천천히 지하 주차장을 돌며 승표의 차를 찾기 시작하면. 그런데 이상하다. 어디에도 승표의 차가 안 보인다. 이상한 듯 차에서 내린 진겸. 직접 주차장을 살펴본다. 그런데 이때 진겸의 등에 겨누어지는 총구. 바로 시영이다. 표정 없는 얼굴로 돌아보는 진겸. 자기에게 겨누어진 총구를 보고도 눈 하나 깜짝하지 않는다.

시영   우리가 만만해 보였나 봐? 고작 위치추적기 하나로 우리를 찾을 수 있을 거라고 생각한 거야?

진겸   교수님 어디 계셔?

시영   그 여자 찾을 생각하지 마.

그런데 진겸, 무엇 때문인지 시영을 보는 눈빛이 매서워진다.

진겸   당신, 나 본 적 있지?

시영	??
진겸	우리 어머니 장례식장에서.

그 말에 시영, 굳어지면.

#플래시백. 2010년. 장례식장 복도 | 밤

상주 완장을 찬 채 복도로 나온 고등학생 진겸. 그 얼굴에서 떴다 사라지는 자막 '2010년'. 늦은 시간인 듯 텅 빈 복도 끝에 한여자가 서 있다. 바로 차가운 눈빛의 시영이다. 그런데 시영, 진겸을 바라보다가 뒤돌아 떠나버리고. 고등학생 진겸은 그런 시영을 유심히 본다.

#다시 현재

굳어진 시영을 사납게 노려보는 진겸.

진겸	우리 어머니랑 무슨 관계야?
시영	옛정을 생각해서 마지막 기회를 주는 거야. 전부 잊어. 그럼 그냥 보내줄 수 있어. 윤태이도 찾지 마. 어차피 윤태이 그 여잔 너랑 아무 관계없는 여자야. 니 엄마도 아니고.
진겸	그분이 어머니든 아니든 내가 지켜드릴 거야.

시영, 그런 진겸을 빤히 보다가 차갑게.

| 시영 | 니 엄마랑 성격까지 닮았네. |

그러면서 방아쇠를 당기는 시영. 그 순간, 빠르게 시영의 팔을 쳐 올려 위기를 넘기는 진겸. 하지만 시영, 오히려 진겸의 배를 가격해 밀어낸 후 다시 한 방 방아쇠를 당긴다. 몸을 굴려 피하지만, 팔에 총알이 스치며 쓰러지는 진겸. 그러자 곧바로 쓰러진 진겸을 향해 다시 총을 겨누는 시영. 하지만 진겸, 죽음에 대한 두려움조차 느껴지지 않는 표정으로 시영을 응시한다.

시영   난 아무 잘못 없어. 전부 니 엄마 잘못이야.

그러면서 진겸의 얼굴을 향해 총을 발사하는 시영. 꼼짝없이 죽을 수밖에 없는 상황에 놓인 진겸의 모습에서.

S#23   2021년. 납골당 | 낮

비가 쏟아지고 있는 야외 납골당. 힘없이 어느 추모관 납골함 앞으로 다가가는 태이. 태이가 바라보는 납골함에 진겸의 이름과 사진과 사망일자 '2020년 10월 15일'이라고 붙어 있고. 유골함 옆에 진겸과 태이가 함께 찍은 사진이 놓여 있다. 슬픈 얼굴로 진겸의 유골함을 바라보다 울음을 참지 못하는 태이. 이런 태이의 모습 뒤편에 선영의 납골함이 모셔져 있다. 즉, 진겸의 납골함과 선영의 납골함이 마주 보고 있는 것. 하지만 이 사실을 알아차리지 못한 채 오열하는 태이. 이때, 갑자기 내리던 빗줄기가 허공에서 물방울처럼 정지된다. 마치 시간이 정지된 것 같은 상황. 하지만 이를 눈치채지 못하고 울고 있는 태이.

S# 24   지하 주차장 | 낮

놀란 표정으로 무언가를 바라보는 진겸. 보면 자신에게 날아오던 총알이 허공에 멈춰 서 있다. 그런데 정지된 건 총알만이 아니다. 총을 쏜 시영 역시 마치 시간이 멈춘 것처럼 정지되어 있다. 당황스러운 얼굴로 시영을 보는 진겸, 그러다 위를 올려다보면.

S# 25   거리 | 낮

지하 주차장에서 올라온 진겸, 자기 앞에 펼쳐져 있는 세상을 보고 굳어진다. 신호등도 멈춰 있고, 차들도 멈춰 있고, 거리를 걷던 사람들, 심지어 소리까지 사라지고. 세상이 마치 시간이 정지된 것처럼 멈춰 있다. 놀라 주위를 살펴보던 진겸, 그때 코피가 흘러내린다. 진겸, 휘청거리며 반쯤 무릎을 꿇는 순간, 갑자기 요란하게 들려오는 자동차 경적 소리. 진겸이 당황한 얼굴로 도로를 보면, 놀랍게도 세상의 모든 것이 다시 움직이기 시작하고 있다.

#인서트. 2021년. 납골당 | 낮

납골당 안 다른 추모객들이 추모관 옆을 지나는데, 태이는 사라지고 없다.

#다시 거리 | 낮

모든 게 정상적으로 돌아온 거리를 보고 굳은 얼굴로 서 있는 진겸. 이때 진겸의 휴대폰이 울려 받으면.

(동호)	경위님, 교수님 휴대폰 위치가 떴어요.
진겸	!!!

S# 26   지하 주차장 | 낮

갑자기 사라진 진겸 때문에 당황하는 시영. 진겸을 찾아보지만
어디에도 보이지 않는다.

시영	(귀찌로 스태프에게 다급하게) 박진겸 어디 갔어?

S# 27   납골당 앞 | 낮

심장이 터질 듯 달리는 진겸. 화창한 하늘 아래 멀리 납골당이
보인다.

S# 28   납골당 | 낮

납골당 입구를 지나 추모관으로 들어서는 진겸, 무언가를 보고
얼어붙는다. 보면, 납골당 추모관에서 울고 있는 여자. 바로 태
이다. 태이가 현재의 시간대로 돌아온 것. 놀란 표정으로 바라
보다가 천천히 태이에게 다가가는 진겸.

진겸	교수님...

그제야 고개를 드는 태이, 놀란 표정으로 진겸을 바라본다. 이
런 태이의 시선에 진겸의 납골함이 사라진 것이 보이고, 그제야
현재로 돌아왔음을 자각하는 태이.

| 진겸 | 왜... 여기 계신 겁니까? |

그 순간, 달려와 진겸에게 안기는 태이. 당황하는 진겸. 하지만 흐느끼는 태이를 따스하게 안아준다.

| 태이 | 고마워요... 다시 볼 수 있어서... 정말 고마워요. |

무슨 말인지 모르지만 그저 가만히 태이를 안아주는 진겸.

| 진겸 | 이제 괜찮습니다. 이제 다 괜찮습니다. |

이런 진겸의 시선에 엄마의 납골함이 보인다. 그런데 이 순간, 갑자기 시야가 흐릿해지며 의식을 잃고 쓰러지는 진겸. 그제야 진겸의 팔에서 흐르는 피를 발견하고 놀라는 태이.

| 태이 | **형사님!** |

| S# 29 | 앨리스 회의실 | 낮 |

패드를 통해 시영의 시간여행 보고서를 보고 있는 민혁. 그 앞에 혜수가 서 있다.

| 민혁 | 이게 전부야? |
| 혜수 | 네. 오 팀장님 2011년에 이세훈을 방문한 거 외에는 특별한 게 없으세요. 일정도 반나절로 짧았고요. |

허탈한 표정으로 거칠게 마른세수를 하는 민혁. 이때 다급하게
들어오는 승표.

민혁   왜?

S#30   앨리스 복도 to 본부장실 | 낮
        민혁, 다급하게 본부장실로 들어가면. 철암과 시영이 심각한 표
        정으로 대화를 나누고 있다.

민혁   무슨 소리야?
철암   박진겸이 갑자기 사라졌대.
민혁   사라졌다니? 또 시간여행을 했다는 거야?
시영   아니. 그냥 말 그대로 사라졌어.

        민혁, 굳은. 철암의 표정도 미묘하게 굳어진다.

S#31   진겸 옛집 작은방 | 밤
        치료를 받고 온 듯 팔에 붕대를 맨 채 침대에 앉아 있는 진겸. 이
        때 방 안으로 들어온 태이. 진겸이 침대에서 내려오려고 하면.

태이   의사가 오늘은 움직이지 말라고 했어요.
진겸   (다시 침대에 앉으며) 교수님은 괜찮으신 겁니까?
태이   지금 내 걱정할 때예요?
진겸   납골당에는 왜 가셨습니까?
태이   …

진겸	시간여행을 다녀오신 겁니까?

그 말에 말문이 막힌 표정의 태이, 진겸의 시선을 피하며.

태이	무슨 말도 안 되는 소리예요?
진겸	그럼 지금까지 어디 계셨습니까?
태이	모르겠어요. 정신 차려보니 납골당이었어요. 그냥 이상한 꿈을 꿨나 봐요.
진겸	꿈이 아닐 겁니다.

그 말에 진겸을 슬프게 보는 태이.

진겸	시간여행 중에 무슨 일 있으셨습니까?
태이	... 내가 왜 물리학자가 됐는지 기억해요? 타임머신 만들어 엄마를 다시 만나고 싶어서였어요. 그런데 막상 시간여행을 다녀와서 든 생각이 뭔지 알아요? 어디를 다녀오든 누구를 만나든, 지금 이곳과 현재의 나를 알고 기억하고 있는 사람들보다는 소중하지 않다는 거예요. 지금 이 순간이 진짜 나고. 지금 내 옆에 있는 사람들이 진짜 내 사람이니까요. 거기 있는 가족이랑 같이 있어도 여기 있는 가족이 그립고 보고 싶더라고요.
진겸	대신 여기서 볼 수 없는 사람을 만날 수 있겠죠.
태이	(슬프고 안타까운) 만난다고 뭐가 달라질까요? 여기 없는 사람을 만난다고 그 사람이 형사님 옆에 계속 있어주는 것도 아니잖아요.
진겸	...
태이	제발 이상한 생각하지 말아요. 시간여행으로 엄마를 구하겠다

든지, 복수를 하겠다든지 이런 생각요.

진겸   그건 신경 쓰지 마십시오. 제가 해야 할 일입니다.

태이   어떻게 신경을 안 써. 지금도 다쳤는데! (점점 격해지며) 왜 자꾸 다쳐서 사람 속상하게 하고, 왜 자꾸 잘해줘서 사람 힘들게 만들어요. 왜 자꾸 신경 쓰이게 하냐고.

뭔가 이상한 듯 태이의 얼굴을 빤히 보는 진겸.

진겸   혹시 저한테 무슨 일이 일어납니까?

태이   (당황)

진겸   절 만나셨습니까?

태이   아니요. 하지만 형사님이 잘 살고 있다는 얘기는 들었어요. (화제 바꿔) 주무세요. 나도 자야겠어요. 나 내일부터 바빠요.

그러고는 방을 나가는 태이. 진겸, 이상한 듯 보는.

S#32   진겸 옛집 거실 | 밤

감회가 새로운 듯 거실을 둘러보던 태이, 뭔가를 떠올리고 주방으로 간다. 냉장고를 향해 걸어가는 태이의 뒷모습에 가려졌던 냉장고가 서서히 드러나면, 냉장고에 붙어 있는 메모지들. 바로 2021년에서 봤던 바로 메모지들이다. 그러자 주머니에서 무언가를 꺼내는 태이. 바로 태이가 2021년에서 가져온 낡고 빛바랬지만, 내용은 같은 메모지들이다. 태이, 먹먹해진다.

| S#33 | 진겸 옛집 안방 | 밤 |

멍하니 침대에 앉아 생각에 잠겨 있는 태이. 가방에서 무언가를 꺼내는데. 바로 2021년에서 가져온 USB다. 그러다 탁상달력을 보는 태이. 2020년 10월 15일 날짜 위로 태이의 눈물이 떨어진다.

| S#34 | 앨리스 의무실 | 낮 |

부검용 침대에 누워 있는 주해민의 시신. 그 앞에 민혁과 의무관이 서 있다. 이때 의무관, 주해민의 귀 뒤쪽에 난 상처를 보여주는데, 고 형사의 것과 동일하다.

의무관	여기에 차원이동 장치를 심어놨어요. 그걸로 출입국장을 통하지 않고 여기 왔고요.
민혁	다른 건요?
의무관	이거 말고 특별한 건 없어요.
민혁	알겠습니다.

그러고는 민혁, 의무실을 떠나려다가 할 말이 있는 듯 멈춰 서서 의무관을 본다.

민혁	한 가지 궁금한 게 있습니다.
의무관	(보면)
민혁	만약 임산부가 웜홀을 통과했을 경우, 아기가 태어날 수 있습니까?
의무관	출산에 어려움은 있겠지만, 불가능한 건 아니에요. 하지만 태어

나도 정상적인 아이로 성장하진 못할 겁니다. DNA 변형이 일
어날 수 있거든요.

민혁　변형이라면?

의무관　신체적으로나 정신적으로 평범하지 않을 거예요.

곧 생각에 잠기는 민혁.

#플래시백. 달리는 승표 차 안 | 밤

(3회 10신)

민혁　박진겸에 대해서는 알아봤어?

승표　… 경찰대에 진학해서 현재는 서울남부경찰서 형사 2팀 소속입
니다. 특이한 게 여섯 살 때 알렉시티미아 진단을 받았습니다.

민혁　그게 뭐야?

승표　무감정증 같은 겁니다.

#다시 현실

이어지는 의무관의 대화.

의무관　워낙 경우의 수가 많아서 자세히 말하기는 어려워요. 운 좋게
태어나도, 오래 살지는 못할 거고요.

민혁, 굳어지면.

S# 35 지하 주차장 | 낮

시영에게 총을 맞았던 지하 주차장 그 자리에 그대로 서 있는 진겸. 그러다 손에 들린 자신의 차 키를 바라보다가 손에서 차 키를 놓아버리면 바닥으로 떨어지기 시작하는 차 키.

#플래시백 1. 도로 위 | 낮

(1회 62신)

진겸이 처음 태이를 발견하고, 신호를 무시한 태이를 쫓아 달리는 순간. 우측에서 트럭과 충돌 직전의 상황에 놓이게 된 진겸. 그 순간, 진겸 주위로 원형의 일렁이는 아우라가 형성되더니, 팟! 시간과 사람들이 정지한다. 커피를 쏟는 사람, 자전거를 타던 아이, 날아가던 풍선, 드론을 보고 있는 태이까지.

#플래시백 2. 거리 | 낮

(9회 24신)

모든 것이 정지된 세상을 보고 굳어진 진겸 모습에서.

#다시 현실

플래시백이 끝나는 순간, 그대로 바닥에 떨어지는 차 키. 물끄러미 차 키를 바라보는 진겸.

S# 36 진겸 오피스텔 | 낮

보안을 위해 진겸의 오피스텔을 회의실로 사용하기로 한 듯. 진겸은 화이트보드에 다각형 사진들을 붙이고. 동호는 수사 자료들을 정리해 책상에 올려놓으며 조사 결과를 보고한다.

동호	용의자 조사 때문에 카이퍼에 들렀는데, 윤태이 교수님이 왔다 갔다고 하던데요.
진겸	교수님이요?
동호	네. 석오원 소장을 찾겠다고 했대요.
진겸	(생각이 잠기고)
동호	용의자 시신은 결국 놓친 거네요. 시간여행자들에 대한 단서도 못 찾았고요.
진겸	하나 찾았습니다.

그러면서 시영의 몽타주를 화이트보드의 다각형에 붙이는 진겸.

진겸	저희 어머니를 잘 아는 여잡니다. ... 윤태이 교수님도요.
동호	어떻게요?
진겸	... 부탁드릴 게 있습니다. 92년에 살해된 장동식 박사의 아내 분을 찾아주십시오.
동호	그분이라면 출산 도중에 사망한 걸로 나왔잖아요?
진겸	아닙니다. 딸을 보육원에 맡기고 잠적하신 겁니다.
동호	장 박사 딸이 보육원에 있었어요? 친척이 데려간 게 아니고?!
진겸	네. 시간여행자들이 왜 장 박사 가족을 노렸는지 알아야겠습니다.

진겸, 다각형을 보는.

| S# 37 | 카이퍼 소장실 | 낮 |

소장실에서 남자 연구원과 대화 중인 태이.

연구원 안 좋은 생각 안 하려고 하지만, 솔직히 아직까지 아무 소식 없는 거 보면 아무래도 소장님...

태이 아뇨. 소장님 분명히 살아 계세요. 저도 계속 찾아볼 테니까, 혹시 소장님 소식 아시면 저한테 바로 연락 주세요. 소장님 꼭 만나야 해요.

| S# 38 | 경찰서 형사과 | 낮 |

형사과 안으로 들어오는 진겸과 동호. 그런데 하·홍이 슈뢰딩거 사건 용의자 리스트를 들춰 보고 있다.

동호 뭐하세요?

하 형사 과수대에서 용의자 시신 사라진 거 때문에 왔다 갔는데, 이상한 얘기를 하네.

동호 ??

홍 형사 과수대가 강의실에서 수집한 지문으로 만든 용의자 리스트에 범인 신상정보가 있었다는데, 그것만 사라졌어요. 혹시 보셨어요?

동호 아니요.

하 형사 마지막으로 리스트 본 거 너 아니야?

동호 (가물가물) 나였나? ... 아, 그때 우리 다 같이 밥 먹으러 갔었잖아요. 팀장님만 형사과에 계셨고요.

그 말에 진겸, 고 형사 자리를 보면. 자리에 없는 고 형사.

S#39	경찰서 복도	낮

고민 가득한 얼굴로 형사과로 향하는 고 형사. 이때 형사과에서
나오던 진겸과 마주친다.

고 형사	너 또 다쳤다며? 어디 다쳤어?
진겸	별일 아닙니다.
고 형사	(걱정) 봐봐.
진겸	진짜 별거 아닙니다.
고 형사	그깟 범인 시신이 뭐라고 그거 지키다 총까지 맞냐? 내가 진짜 니 엄마한테 면목이 없다.
진겸	걱정 끼쳐 죄송합니다.
고 형사	내일 니 엄마 제사다. 8시까지 와.

고 형사, 가려는데.

진겸	팀장님.
고 형사	왜?
진겸	... 아닙니다.

그러고는 떠나는 진겸. 고 형사, 이상한 듯 보는.

S#40	언론사 사회부	낮

인터넷 기사를 보고 있는 도연. '슈뢰딩거 범인 시신, 하늘로 솟
았나'라는 헤드라인의 시신 실종 기사다. 그러다 도연, 댓글 하
나를 주목한다. '시신만 사라진 게 아니라 같이 떨어진 여자도

사라졌음. 내가 봤음.'

S#41   어느 사무실 | 낮
        30대 직장인 남자와 대화 중인 도연.

도연   그때 상황 좀 들을 수 있을까요?

        #플래시백. 고층 빌딩 옥상 야외휴게실 | 낮
        한 손으로 휴대폰을 만지작거리며 난간에 기대서 동료와 잡
        담하는 직장 남. 남자 시선으로 건너편 빌딩 옥상이 보이는데,
        바로 태이가 주해민과 함께 추락했던 빌딩이다.

(직장 남) 처음엔 애인들끼리 사랑싸움 하는 줄 알았어요.

        남자의 시선으로, 멀리 주해민이 태이를 밀어붙이는 게 보인다.

(직장 남) 근데 아무래도 이상해서 계속 봤는데 갑자기 둘이 떨어지더라
        고요.

        #다시 현재
도연   그래서요?
직장 남   그러다가 여자는 사라지고 남자만 떨어져 죽었어요.

        도연이 심각한 표정이 된다.

현관문이 열리며 장바구니를 든 태이가 들어온다. 그런데 아무런 인기척이 없다.

태이   (작은방 문을 열며) 형사님?

이때 문이 닫혀 있는 욕실에서 무언가 쿵 떨어지는 소리가 들린다. 놀란 태이, 장바구니를 내팽개치고 다급히 욕실로 다가가 문을 열면. 진겸이 상의를 탈의한 채 한 손으로 머리를 감고 있다. 진겸의 노출된 상반신에 놀라 고개를 돌려 시선을 피하는 태이.

태이   지금 뭐하는 거예요?
진겸   머리 감고 있습니다.
태이   아니, 그 몸으로 어떻게 혼자 머리를 감아요?
진겸   괜찮습니다. 제가 알아서 할 테니까 신경 쓰지 마십시오.

그러면서 진겸, 머리의 거품을 헹구기 위해 샤워기를 잡아 물을 트는데 샤워기 방향을 제대로 잡지 않은 상태에서 물을 틀다 보니 물이 진겸의 총상 부위에 쏟아진다. 그러자 고통에 몸부림치며 괴로워하는 진겸.

Cut to

진겸이 의자에 앉아 뒤로 목을 꺾고 있고, 태이가 진겸의 머리에 샴푸를 묻히고 있다.

진겸	샴푸는 했습니다. 헹구기만 하시면 됩니다.
태이	한 손으로 제대로나 했겠어요? 내가 다시 해줄게요.

쓱싹쓱싹 시원스럽게 거품을 내는 태이.

태이	시원하죠?
진겸	석오원 소장은 왜 찾으시는 겁니까?
태이	... 그냥 걱정돼서요.

진겸, 뭔가 이상한 듯 태이의 얼굴을 빤히 보면.

태이	얼굴 보지 마요. 그 각도에서 보면 못생겨 보여.
진겸	보통 때와 별반 다르지 않습니다.

태이, 짜증 나서 진겸의 얼굴에 거품을 잔뜩 묻힌다. 눈까지 거품이 묻은 진겸이 괴로워하고. 그 모습을 보고 웃는 태이. 이때 등 뒤에서 느껴지는 인기척에 뒤돌아보면, 욕실 문 앞에 서서 도연이 사납게 노려보고 있다.

도연	즐거워 보이네. 아주 빨가벗고 목욕까지 하지?

S# 43	진겸 옛집 거실	밤

드라이어로 진겸의 머리를 말려주고 있는 도연. 태이는 식탁에 앉아 지켜보고 있다. 진겸은 불편한 듯 가만히 앉아 있는데.

도연	(계속 머리 말려주며) 택시 불러드려요?
태이	택시는 갑자기 왜요?
도연	소식 못 들었어요? 범인 죽었어요. 교수님 이제 안전하니까 집에 가세요.
태이	(당황. 머뭇) 아직 범인 정체가 밝혀진 것도 아니잖아요. 나 아직 위험해요.
도연	개수작 부리지 말고 그냥 가세요.
태이	(발끈) 개수작? 지금 욕했어요?
도연	(비웃고) 욕이라니. 진짜 무식하시다. 개살구 개꿈에서 개는 동물 아니에요. 헛되고 쓸데없는 짓을 뜻하는 접두사지. 교수가 그런 것도 몰라요?
태이	(노려보다) 기자님 성격 진짜 개떡 같네요.
도연	(발끈해 노려보면)
태이	나도 욕한 거 아니에요.
도연	좋은 말로 할 때 집에 가세요. 이거 주거 침입이에요.
태이	나랑 있기 싫으면 기자님이 가요. 여기 기자님 집 아니잖아.
도연	교수님이 집에 안 가면 저도 못 가죠.

결국 서로를 매섭게 노려보는 태이와 도연. 덤덤한 얼굴로 두 여자를 지켜보는 진겸.

진겸	도연아...
도연	왜?
진겸	타는 냄새 안 나? 내 머리에서?
도연	아! 미안.

그제야 도연, 드라이어를 끄면.

진겸   (태이에게) 피곤해서 일찍 자야겠습니다. (도연에게) 난 소파에서
           잘게.
도연   아니야. 환잔데 방에서 자.
태이   그래요. 방에서 자요. 기자님이 거실에서 자면 돼요.

그러면서 태이, 도연을 보며 방긋 웃으면.

S#44   진겸 옛집 안방 | 밤
           잔뜩 짜증 난 얼굴로 누워 잠을 청하고 있는 태이. 그런데 그 옆
           에 도연이 누워 있다.

태이   꼭 이렇게 같이 자야 해요?
도연   불편하면 교수님이 거실로 나가시든가요.
태이   난 하나도 안 불편해요.
도연   저도요.

하지만 여전히 표정이 곱지 않은 두 여자.

도연   근데 뭐 하나 물어봐도 돼요? 어제 어디 있었어요?
태이   그건 갑자기 왜요?
도연   사라졌던 거 알아요. 어떻게 된 거예요?
태이   … 내가 무슨 말을 해도 안 믿을 거예요.
도연   믿을 테니까 말해봐요.

태이	기자님이랑 나랑 1년 뒤에 같이 스페인 순례길 간다고 하면 믿
	겠어요?
도연	교수님이면 믿겠어요?
태이	아니요.
도연	지금 장난쳐요?

그러면서 뒤돌아 눕는 도연.

태이	나도 뭐 하나 물어봐도 돼요?
도연	맘대로 물어보세요. 대답 안 하면 되니까.
태이	(짜증 난 듯 보다가) 형사님 언제부터 좋아했어요?
도연	그건 왜요?
태이	그냥 궁금해서요. 형사님을 왜 좋아하게 됐는지도 궁금하고.
도연	(잠시 고민) 세상에서 가장 빠른 게 뭔지 알아요? 사랑에 빠지는
	거래요. 언제부터였는지 모르겠어요. 그냥 어느 순간 좋아하고
	있더라고요.

그 말에 도연을 보는 태이.

태이	빛이에요. 세상에서 가장 빠른 건 빛. 무슨 기자가 이렇게 무식해.
도연	이과 재수 없어.

그러면서 동시에 돌아눕는 도연과 태이. 서로 이불을 자기 쪽으
로 당기며 실랑이를 펼친다.

S# 45 　　진겸 옛집 앞 골목 | 아침

출근을 위해 진겸 집에서 나오는 도연. 그런데 누군가를 보고 얼어붙는데, 보면 운동 중이던 도연 부모다.

도연 부　　너 왜 거기서 나와?

도연 모　　어제 야근이라며?

도연　　무슨 소리야? 나 지금 들어가는 거야.

그러면서 도연, 다시 진겸 집으로 들어가려는데. 도연의 뒷덜미를 잡는 도연 부.

도연　　아!!

도연 부　　너 집에 가서 얘기 좀 해. (뒷덜미 잡고 끌고 가면)

도연　　아빠, 아빠! 나 진짜 여기서 잔 거 아냐! 나 회사에서 밤 새우고 온 거라니까!

도연 모　　근데 너 머리는 왜 젖어 있어? 화장도 방금 했네.

도연　　내가 설명할게. 내가 설명할 수 있어.

도연 부　　그래. 집에 가서 설명해.

그러면서 도연 부모, 도연을 끌고 가면.

S# 46 　　도로 위 | 낮

도로 위를 달리는 스쿠터. 뒷좌석에 철가방이 고정되어 있다. 앙증맞은 헬멧을 쓰고 능숙하게 스쿠터를 운전 중인 여자, 바로 태연이다.

S# 47   수사반점 | 낮

수사반점 안으로 들어오는 태연. 카운터 앞에 있는 엄마 앞에
철가방 내려놓으며.

태연   배달 다녀왔습니다.

그런데 수사반점에서 아침 식사 중인 하·홍이 태연을 보고 벌
떡 일어선다.

하 형사   수고하셨습니다.
홍 형사   에스코트가 필요하면 언제든 말씀하십시오.

한심한 얼굴로 두 형사를 보는 태연. 그런데 하·홍, 아침부터
짜장면에 팔보채를 먹고 있다.

태연   아니 왜 맨날 느글느글하게 중국요리를 먹어요?

태이 모, 태연의 등짝을 때리며.

태이 모   이게 왜 자꾸 영업방해야? (의심) 요즘 배달 어플에 가끔씩 우리
가게 욕 올라오던데, 너지?
태연   (당황) 무슨 소리야. 내가 왜?
태이 부   (주방에서 얼굴 내밀며) 배달 밀렸어. 빨리 배달 가.
태연   (귀찮은) 또 어디?

짜증 난 얼굴로 철가방을 내려놓는 태연. 그 앞에 진겸과 태이
가 서 있다.

태연	언니가 시킨 거였어?
태이	나 여기 있는 거 엄마 아빠한테 비밀로 해.
태연	왜?

그러면서 태연, 진겸을 보면. 태연에게 꾸벅 인사를 하는 진겸.
그러자 태이를 구석으로 끌고 가는 태연.

태연	지금 뭐야? 둘이 사귀는 거였어? 언제부터?
태이	그런 거 아니야.
태연	아니긴 뭐가 아니야. 둘이 동거하면서.
태이	동거하는 건 맞는데 사귀는 건 아니야.
태연	그럼 즐기기만 하는 거야?
태이	아니라니깐! 너, 엄마 아빠 오해하니까 아무 소리도 하지 마.
태연	오해는 지금 내가 하고 있거든. 왜 둘이 같이 사는데?
태이	둘이만 있는 거 아니야. 싸가지 없는 여자도 같이 살아.
태연	(화들짝) 언니 너 그렇게 자유분방한 여자였어?
태이	뭐래. 빨리 가.
태연	(의심스럽게 보다가) 알았어. 오늘 밤에 집에 올 거지? 언니 생일이 잖아.

그 말에 놀란 듯 자매를 보는 진겸.

태이	안 그래도 밤에 갈 거야.
태연	알았어. (진겸 보고) 갈게요.

태연, 떠나면.

진겸	오늘 생일이셨습니까? 주민번호상에는 여름이셨던 거 같은데.
태이	그건 보육원에서 임의로 정한 거고, 진짜 생일은 오늘이에요.
진겸	보육원 갈 때 아무것도 기억 못 했다고 하지 않으셨습니까?
태이	그래도 두 개는 기억했어요. 이름이랑 생일.

표정이 어두워지는 진겸. 하지만 대수롭지 않은 태이. 그런데
이런 태이 목 뒤에 작은 반점 하나가 보이고. 자기도 모르게 목
뒤의 반점을 긁는 태이. 하지만 전혀 눈치채지 못하는 진겸.

S#49   수사반점 앞 도로변 | 낮

수사반점 앞에 멈춰 서는 진겸의 차 안.

태이	데려다줘서 고마워요. 오늘은 못 들어갈 거 같아요.
진겸	... 네. 생일 축하드립니다.
태이	(미소) 말로만? 선물은요?
진겸	...
태이	됐어요. 기대도 안 해요. (차에서 내리며) 바로 집으로 갈 거예요?
진겸	아니요. 저도 가볼 곳이 있습니다.
태이	조심히 가세요.

진겸의 차가 출발하고, 태이는 돌아서 수사반점을 향해 걷기 시작한다. 그런데 맞은편에서 걸어오는 한 여인, 바로 시영이다. 시영과 태이, 잠시 눈이 마주치지만, 태이는 시영을 알지 못하기에 그냥 지나친다. 태이를 지나친 시영, 돌아서서 태이의 뒷모습을 무섭게 바라본다.

S#50   앨리스 회의실 | 낮

굳은 얼굴로 모니터에 뜬 진겸의 '가족관계증명서'를 보고 있는 민혁. 92로 시작하는 진겸의 주민번호를 바라본다. 그 옆으로 '모 박선영 2010년 사망'이라고 적힌 내용도 심각한 표정으로 바라본다. 그러다 밖으로 나가면.

S#51   납골당 | 낮

납골당으로 달려온 민혁. 추모실의 어느 납골함 앞에 멈춰 선다. 그런데 얼어붙는 민혁. 납골함 안에 진겸과 선영의 사진이 있기 때문이다. 이제야 진겸이 자기 아들임을 알게 되어 망연자실한 표정으로 사진을 보는 민혁의 모습 위로, 1회 선영의 내레이션이 들려온다.

(선영)   나한테 심장이 하나 더 생겼어. 내 것보다 작고 약하지만, 느껴져. 내 아이의 심장 소리가. 근데 어떻게 지워? 내 아이야. 내 속에서 살아 숨 쉬고 있는 내 아이.

그러다 자리에 주저앉는 민혁.

민혁	태이야...

S#52 고 형사 아파트 거실 | 밤

선영의 영정 사진 앞에 펼쳐진 제사상. 표정 없는 얼굴로 엄마의 사진을 보는 진겸. 그 옆에 고 형사가 서서 술을 따라줄 준비를 하고. 고 형사 처는 주방에 서서 그 모습을 지켜보고 있다. 그런데 이때 제사상 위에 무언가를 올려놓는 도연. 바로 찹쌀떡이다.

고 형사	뭐냐?
도연	어머님이 평소에 좋아하시던 거래요. 오늘이 어머니 기일이면서 생신이시잖아요.
고 형사 처	(진겸 들으라는 듯) 그래서 일부러 사 온 거야? 어머니가 하늘에서 보고 기특해하시겠다. 우리 도연이 시집가면 참 잘할 거야. 그치?
도연	(수줍은 척) 아니에요. 아주머니.

하지만 아무런 반응 없이 엄마의 영정 사진만 보는 진겸.

고 형사	자, 빨리 인사드리고 우리도 밥 먹자.

그러면서 고 형사, 진겸의 잔에 술을 따라주고. 진겸은 잔을 제사상에 올린 후 절을 한다.

S#53   **고 형사 아파트 주차장 | 밤**

차로 향하는 진겸과 도연.

도연   나 당분간 니네 집에서 못 잘 거 같아. 아쉽지?

진겸, 생각에 잠겨 있자 그런 진겸을 흘겨보는 도연.

진겸   (그제야) 응. 아쉽다.
도연   그 여자는 아직 집에 있어?
진겸   아니. 교수님도 오늘은 안 들어오실 거야.

S#54   **진겸 옛집 거실 | 밤**

어두운 거실로 들어오는 진겸. 손에 케이크 상자가 들려 있다.
조명을 켠 후, 텅 빈 거실 소파에 앉는 진겸. 쓸쓸한 표정이다.

S#55   **수사반점 | 밤**

어둠 속에 밝혀져 있는 케이크 위의 초. 태이의 가족들, 태이가
초를 끄기를 기다리는데. 태이는 불만스러운 표정으로 케이크
를 본다.

태이   초가 왜 이렇게 많아? 한두 개만 빼.
태연   큰 의미 없다. 빨리 불어.

태이가 초를 끄면, 박수 치며 축하해주는 가족들. 가족들을 보
며 미소 짓는 태이.

태연	(조명을 켜며) 언니 생일인데 나가서 먹자. 돈은 엄마가 내고.
태이	아니야. 내가 살게. 그리고 이거.

가방에서 선물들을 꺼내 가족들에게 건네주는 태이.

태이 부	뭐야?
태이	오는 길에 샀어. 사소한 거니까 너무 기대는 말고.
태이 모	니 생일인데 니가 왜 선물을 사?
태연	언니 너 미쳤어? 되게 곱게 미쳤네.
태이	여행 가서 가족의 소중함을 깨달았어.
태연	여행? 언제? 어디로 여행 갔었어?
태이	그런 데가 있어. 가깝고도 먼 곳.

S# 56   진겸 옛집 거실 | 밤

여전히 소파에 앉아 있는 진겸. 그런데 이때 누군가 집으로 들
어온다. 바로 태이다. 놀란 얼굴로 일어서는 진겸.

진겸	생일인데 왜 오셨습니까?

그런데 태이, 식탁에 놓인 케이크 상자를 본다.

태이	그러는 형사님은 케이크 왜 사 왔어요?
진겸	...
태이	(미소) 뭐해요? 빨리 축하해주지 않고.

어두운 거실에서 밝게 빛나고 있는 케이크 위의 촛불. 그 앞에 마주 앉아 있는 진겸과 태이. 멀뚱히 서로의 얼굴만 보고 있다.

태이   노래는 안 불러줘요?

진겸이 머뭇거리며 태이를 보면.

#플래시백. 동 | 밤

(1회 39신)

선영, 진겸의 노래를 기대하듯 진겸을 얼굴을 물끄러미 바라보면, 어떤 상황에서도 표정 없던 진겸이 난감한 표정으로 엄마를 본다. 선영, 재촉하듯 고개를 끄덕이면.

진겸   (마지못해 노래) 생일 축하 합~ (차마 못 부르겠는 듯 다시 무뚝뚝하게) 빨리 꺼.

#다시 현실

태이, 진겸의 성격을 알기에 웃으며 초를 끄려고 하는데. 그 순간, 생일 축하 노래를 부르기 시작하는 진겸.

진겸   (노래) 생일 축하합니다. 생일 축하합니다. 사랑하는 (얼버무리며) 교수님 생일 축하합니다.

태이   (미소 지으며) 웬일이에요? 이런 거 안 하는 분인지 알았는데?

진겸   꼭 불러드리고 싶었습니다.

태이 활짝 웃으며 초를 끈다. 이런 태이를 빤히 보는 진겸, 서서히 미소를 짓기 시작한다. 드라마 시작 후 진겸의 첫 미소다.

태이   (놀란) 우와, 형사님 지금 웃은 거예요?
진겸   (자기가 미소 지었는지 모르는 듯 어리둥절) 제가요?
태이   방금 웃었잖아요. 형사님도 웃을 줄 아는구나. 자주 웃어요. 되게 예쁘게 웃네.
진겸   ...네.
태이   우리 삼겹살에 소주 한잔할래요?
진겸   (굳으면)
태이   왜요? 싫어요?
진겸   (아련한 눈빛으로 보다가) 제가 사 오겠습니다.
태이   그럼 같이 가요.

S#57   진겸 옛집 앞 | 밤
            집에서 나온 진겸과 태이. 그런데 진겸을 힐끔힐끔 보는 태이.

태이   근데 선물은 진짜 없어요?
진겸   ...
태이   해본 말이에요. 케이크 사줬으면 됐어. (하다가 흘기며) 그래도 이건 좀 아니다. 생일인 거 뻔히 알면서 어떻게 빈손이에요? 이건 성의 문제 아닌가. 나도 형사님 생일날 딱 케이크만 사줄 거예요.

            그런데 진겸, 주머니에서 무언가를 꺼내 건네준다. 보면, 포장된 선물이다.

태이	(금세 미소) 내 선물이에요?
진겸	네.
태이	(능청) 기대도 안 했는데, 뭘 이런 걸 준비해요. 케이크면 됐지.

그러면서 태이, 선물에 대한 기대감과 진겸에 대한 고마움으로 환한 미소를 지으며 선물을 뜯는데. 선물을 보고 얼어붙는다.

#플래시백. 2021년. 태이 집 태이 방 | 낮

책상 위에 놓인 의문의 목걸이를 발견한 태이. 그러다 데스크톱 앞에 앉아 어떤 기사를 본다. '서울남부서 박진겸 경위 15일 새벽 자택에서 시신으로 발견'이라는 제목의 기사다. 그런데 기사 날짜가 2020년 10월 15일이다.

#다시 현실

미래에서 본 목걸이와 지금 진겸에게 받은 목걸이가 완벽하게 일치한다.

진겸	(태이의 표정이 어둡자) 왜 그러십니까?

그런데 아무 말 없이 진겸을 보는 태이.

진겸	맘에 안 드십니까?

대답 없이 슬픈 얼굴로 진겸을 보는 태이. 진겸, 이런 태이를 이상하게 보는데. 그 순간, 갑자기 의식을 잃고 진겸의 품으로 쓰

러지는 태이.

진겸   (태이를 안으며) 교수님!!

놀란 진겸, 그런데 태이에게서 무언가를 발견한 듯 굳어진다.
보면, 말려 올라간 태이의 팔에 반점들이 선명하다. 얼어붙는
진겸. 그런데 이런 진겸의 시선으로 골목에 서 있는 한 남자의
모습이 보인다. 바로 민혁이다. 진겸을 아련하게 바라보다가 쓰
러진 태이를 뒤늦게 보고 놀라는 민혁. 이런 민혁을 사납게 노
려보는 진겸. 그리고 의식 없는 태이까지. 이 세 사람의 모습이
한 화면이 잡히면.

10

고 형사를 믿는 진겸

S#1 　　　미지의 공간 | 낮

검은 화면에 타이프 치는 소리가 리듬 있게 들린다. 탁...탁 탁...탁. 화면 밝아지면, 타이프에 걸린 종이에 찍히는 글자들이 보이고, 이윽고 완성되는 문장.

때가 오면 모든 것이 분명해진다. 시간은 진리의 아버지다.
　―타블레

자막 사라지면.

S#2 　　　납골당 | 낮

납골당으로 달려온 민혁. 추모실의 어느 납골함 앞에 멈춰 선다. 그런데 얼어붙는 민혁. 납골함 안에 진겸과 선영의 사진이 있기 때문이다. 이제야 진겸이 자기 아들임을 알게 되어 망연자실한 표정으로 사진을 보는 민혁의 모습 위로, 1회 선영의 내레이션이 들려온다.

| (선영) | 나한테 심장이 하나 더 생겼어. 내 것보다 작고 약하지만, 느껴져. 내 아이의 심장 소리가. 근데 어떻게 지워? 내 아이야. 내 속에서 살아 숨 쉬고 있는 내 아이. |

그러다 자리에 주저앉는 민혁.

| 민혁 | 태이야... |

| S#3 | 진겸 옛집 앞 골목 \| 밤 |

진겸의 옛집을 향해 거친 숨소리를 내뱉으며 달려가는 민혁. 그러다 무언가를 보고 멈춰 서면. 목걸이를 선물 받은 태이와 그런 태이를 보는 진겸이 보인다. 그런 진겸과 태이를 슬픈 얼굴로 보는 민혁. 이때 인기척을 느끼고 민혁을 발견한 진겸. 그런데 이 순간, 갑자기 의식을 잃고 진겸의 품으로 쓰러지는 태이.

| 진겸 | (태이를 안으며) 교수님!! |

놀란 민혁, 태이에게서 무언가를 발견한 듯 굳어진다. 보면, 말려 올라간 태이의 팔에 반점들이 선명하다. 그러자 바로 안주머니에서 뭔가를 꺼내려는 민혁. 무기라 생각하고 그 손을 거칠게 붙잡는 진겸.

| 민혁 | 교수님 시간여행 했지? 지금 당장 약을 먹지 않으면 위험해! |

이런 민혁을 바라보던 진겸, 손을 놓아주면. 약이 든 캡슐 상자

를 꺼내는 민혁.

진겸 옛집 안방 to 거실 | 밤

안방 침대에 잠이 든 태이, 다행히 반점이 사라진 듯 보이지 않는다. 진겸, 이런 태이를 바라보다가 거실로 나오면. 거실에 서서 집을 살펴보고 있는 민혁과 시선이 마주친다. 잠시 말없이 서로를 보는 두 남자.

민혁   교수님 금방 깨어나실 거야. 곁에 있어드려.

민혁, 떠나려는데.

진겸   교수님을 돕는 이유가 뭐야?
민혁   ... 너와 같은 이유야.

진겸, 굳은 얼굴로 보면.

민혁   니 어머니와 난 92년에 있었어. 임무만 마치고 떠나려고 했는데 니 어머니만 여기 남은 거야.
진겸   왜?
민혁   ... 널 위해서.
진겸   ... 무슨 뜻이야?
민혁   임신 사실을 뒤늦게 알았어. 그래서 남은 거야. 널 낳으려고.
진겸   (충격에 빠진다)
민혁   널 위해 모든 걸 포기하신 분이야. 그러니까, 어머니를 위해서

	라도 위험한 짓은 하지 마.
진겸	... 니가 뭔데 그런 말을 해?
민혁	우린... 친구였어.

민혁이 진겸을 안타깝게 보지만 진겸은 차갑게 바라보고.

| 민혁 | 미안하다. 니 어머니가 죽었는지도, 아들이 있었는지도 몰랐어. ... 지켜주지 못해서 미안해... 미리 알았다면... 대신 범인은 내가 꼭 잡아줄게. |

그 순간, 민혁에게 총을 겨누는 진겸.

| 진겸 | 헛소리하지 마. 너도 용의자 중 하나야. 니들이 우리 어머니를 죽였어. |

자신에게 총을 겨눈 아들을 슬프게 바라보는 민혁. 진겸은 민혁을 노려본다.

| 민혁 | 내가 체포되면 우리 스태프가 여기로 몰려올 거야. 그럼 교수님도 위험해져. |

하지만 계속 민혁에게 총을 겨누는 진겸의 모습에서.

고 형사를 믿는 진겸

S#5	진겸 옛집 앞 골목 | 밤

혼란스러운 표정으로 집에서 나오는 민혁. 망연자실한 표정으로 진겸의 집을 바라본다.

S#6	진겸 옛집 안방 | 밤

태이가 자고 있는 침대로 다가오는 진겸. 자고 있는 태이를 보는 진겸, 혼란스러운 표정이다.

S#7	앨리스 바 | 밤

로비 옆 바에서 술을 마시는 민혁과 철암. 철암, 민혁을 통해 모든 사실을 알게 된 듯 안타까운 얼굴로 민혁을 바라본다.

철암　내 잘못이야. 박진겸에 대해 좀 더 조사했어야 했는데.

민혁　시영이는 처음부터 다 알고 있었어.

철암　그럴 리 없어. 태이와 오 팀장은 친구였어.

민혁　시영이는 2011년에 태이를 만났다고 했어. 하지만 태이가 죽은 건 1년 전인 2010년이야. 시영이가 뭔가 숨기고 있는 게 분명해. 나 당분간 업무에서 제외해줘. 시영이를 더 조사해야겠어.

철암　(안타깝게 보다) 오 팀장이면 어떻게 하게?

민혁　왜? 내가 복수라도 할까 봐?

철암　...

민혁　내가 무슨 자격으로? 임신한 태이를 낯선 곳에 혼자 버리고 왔어. 솔직히 맘만 먹으면 얼마든지 다시 찾으러 갈 수도 있었어. 근데 안 갔어. 태이가 미웠거든. 아무 말도 없이 도망친 태이를 용서할 수 없었어. 고작 그게 서운해서 안 찾은 거야. 고작. 근데 나한테 자격이 있겠어? 낯선 곳에서 혼자 외롭게 아이를 키우다 죽었는데. 나 같은 게 무슨 염치로 복수를 해? 범인이 누군지만 찾을 거야. 누가 태이를 죽였는지만 찾아서 박진겸한테 넘겨줄 거야.

안타까운 표정으로 민혁을 바라보는 철암.

철암   앞으로 박진겸은 걱정하지 마. 내가 있는 한 박진겸이 다치는 일은 없을 거야. 그리고 부탁할 게 있으면 언제든 말해. 앨리스로 데려오고 싶다면 내가 방법을 찾아볼게. 그런데 박진겸은 니가 누군지 알아?

민혁   (진겸을 생각하듯 멍하다) ... 태이 죽인 범인부터 찾고. 그거라도 해야 내가 누군지 말할 수 있을 것 같아.

민혁, 쓸쓸한 표정으로 잔을 비우는.

S#8   진겸 옛집 안방 to 거실 | 아침

의식을 찾은 듯 천천히 눈을 뜨는 태이. 침대에 기댄 채 잠든 진겸이 보이고. 침대 주위엔 열을 내리기 위한 수건과 세숫대야, 온도계 등등... 태이를 위해 가져다 놓은 여러 가지 물건들이 보인다. 고마운 마음에 침대에 걸터앉아 잠든 진겸을 바라보는 태이. 진겸의 흘러내린 머리카락을 쓸어 넘겨주다가 슬픈 얼굴로 바라본다. 그때, 침대 머리맡에 어젯밤 진겸으로부터 선물 받은 목걸이가 보인다. 혼란스러운 표정으로 목걸이를 손에 쥐며 다시 회상에 잠기는 태이.

#플래시백. 2021년. 형사과 | 낮

(9회 1신)

태이 박 형사님 안 죽었는데 범인이 어디 있어?!! (눈가 그렁) 오늘 아
침까지 나랑 한집에 있었고 방금 전엔 날 구해주러 왔었어요.
그런 사람이 왜 죽어? 그리고 그 사람 무감정증이에요. 얼마나
독한 사람인데... 절대 죽을 사람 아니에요. 박 형사님 불러줘요.
빨리 불러줘요, 빨리요!!

#다시 현실

회상에서 빠져나와 달력을 찾아보는 태이. 휴대폰 일정표에 나
온 오늘은 10월 3일이다. 갑자기 목걸이를 꽉 쥐는 태이.

태이 (혼잣말) 바꿀 수 있어... 내가 바꿀 거야.

뭔가 결심한 듯 결연한 표정으로 일어나는 태이.

(시간 경과)

잠에서 깨는 진겸. 그런데 태이가 안 보인다. 바로 거실로 나가
는 진겸. 하지만 아무 곳에도 태이는 보이지 않는다. 대신 도연
이 식탁 위에 놓여 있는 케이크를 굳은 얼굴로 보고 있다.

진겸 교수님은?
도연 만날 사람이 있다면서 방금 나갔어.

그 말에 진겸, 태이가 걱정되는 듯 바로 태이에게 전화를 거는데, 전화를 받지 않는다.

진겸   어디로 가신다는 얘기 못 들었어?
도연   혹시 어제 교수님 생일이셨어?

그 말에 멈칫하며 도연을 보는 진겸. 도연, 심각한 표정으로 진겸을 보고 있다.

진겸   신경 쓸 거 없어. 우연이야.

그러면서 진겸, 다시 한 번 태이에게 전화를 거는데.

도연   은수가 처음에 타임머신 얘기했을 땐 애니까 충분히 할 수 있는 얘기라고 생각했어.

그 말에 굳어지며 휴대폰을 내려놓는 진겸, 도연을 보면.

도연   자기를 다섯 살이라고 주장하는 남자를 만났을 때 세상에는 미친놈이 참 많구나 생각했고. 92년에 찍힌 사진 속 남자가 전혀 늙지 않은 모습으로 나타났을 때도 단순히 닮은 사람이겠지 했어. 니가 슈뢰딩거 사건이 미리 일어날 걸 알고 있었을 때도 우연히 단서를 먼저 찾은 거라고 생각하려고 했어.
진겸   …
도연   근데 이건 이해가 안 된다. 니 어머니랑 똑같이 생긴 여자가 생일까지 같은 건.

진겸   ...

도연   걱정 마. 너한테 물어보는 거 아니야. 어차피 너 대답 안 해줄 거 잖아. 내가 알아낼게. 지금 무슨 일이 벌어지고 있는지.

그러고는 집을 떠나는 도연. 진겸, 한숨을 내쉬면.

S#9   석오원 집 현관문 앞 | 낮

집을 오래 비운 듯, 우편물과 택배가 쌓여 있는 어느 빌라 현관 문 앞에 선 태이. 택배 상자에 석오원의 이름이 적혀 있다. 걱정 스러운 표정으로 닫힌 현관을 보는 태이. 인기척에 돌아보면 도 연이 서 있다.

S#10   카페 | 낮

마주 앉아 있는 태이와 도연. 평상시와 달리 두 사람 다 진지한 표정이다.

도연   사람들은 모두 석 소장님이 죽었다고 생각하던데, 교수님은 아 닌가 보네요.

태이   소장님 실종을 취재하는 이유가 뭐예요? 기사 쓰시게요?

도연   네. 그러니까 협조 좀 해주세요.

그러면서 노트북을 꺼내 펼치는 도연. 그런데 잠시 고민하다가 생각이 바뀐 듯 다시 노트북을 닫는다.

도연	며칠 전에 저한테 한 말, 무슨 뜻이에요? 1년 뒤에 저랑 교수님이 순례길 간다는 거요.
태이	그냥 기자님이 귀찮게 해서 아무 말이나 한 거예요.

그러면서 태이, 시선을 피하는데.

도연	평행세계라고 하죠? 또 다른 내가 있는 다른 차원을.
태이	??
도연	1년 뒤에 저와 교수님 사이가 어떻게 달라질지는 몰라도 우리가 여행 가는 일은 없을 거라고 생각해요. 그런데도 제가 교수님과 함께 여행을 갔다면, 제가 아닌 또 다른 저겠죠.
태이	...
도연	교수님, 다른 차원의 미래에 갔다 오신 거죠? 그곳에 존재하는 저와 교수님이 순례길을 간 거고요.
태이	갑자기 이런 걸 묻는 이유가 뭐예요? 기자로서의 호기심이에요?
도연	아니요. 진겸이 때문에 묻는 거예요. 혹시 진겸이를 오래전부터 알고 지낸 거 같은 느낌을 받은 적 있어요?

당황스러운 표정으로 도연을 보는 태이.

태이	무슨 뜻이에요?
도연	진겸이가 얘기 안 했어요? 교수님이 어머니랑 닮았다고?
태이	... 하고 싶은 말이 뭐예요?
도연	교수님이 누구든, 어떤 존재든, 진겸이 옆에 안 계셨으면 좋겠어요.

태이	(기분 나쁜 듯 보자)
도연	지금 나, 진겸이 좋아하는 여자로서 얘기하는 게 아니라 친구로서 얘기하는 거예요. 진겸이가 너무 걱정돼서요. 진겸이 지금까지 단 한 번도 행복한 적 없었던 애예요.
태이	알아요. 무감정증이라는 거.
도연	그래서 더 힘들어하고 자책한다는 것도 알아요?
태이	??
도연	진겸이 10년 전에 비해 많이 달라졌어요. 그래서 이젠 아는 거예요. 어머니가 돌아가시기 전까지 자기가 어머니한테 어떻게 행동했는지, 자기 때문에 어머니가 얼마나 힘들게 사셨는지 그걸 자각했다고요. 그런데 교수님이 옆에 있으면 진겸이가 계속 어머니를 떠올릴 거예요. 그리고 교수님을 위해서라면 어떤 위험도 감수할 거고요.
태이	...
도연	미안한 말이지만, 교수님이 진겸이 앞에 안 나타났으면 좋겠어요.
태이	(빤히 보다가 혼잣말하듯) 형사님, 친구 잘 뒀다. 평행세계인지 아닌지는 모르겠지만, 우리 진짜 순례길 같이 갈 수 있겠다.
도연	...
태이	나도 미안한 말인데, 나 형사님 옆에 있어야 해요. 지금 형사님한테는 내가 필요하거든요. 형사님이 날 보면서 어머니를 떠올리는 건 맘이 아프지만, 난 내가 해줄 수 있는 건 뭐든 해야 해요.

　　　진겸 오피스텔 | 낮

다각형이 그려져 있는 화이트보드 앞에서 얘기 중인 진겸과 동호.

동호　　　장동식 박사 아내 찾으려고 보육원에 갔었어요. 윤태이 교수님 이 장 박사 딸이란 거, 알고 계셨죠?

진겸　　　... 네.

동호　　　왜 말 안 했어요? 귀띔이라도 해주지.

진겸　　　교수님도 아직 모르는 사실이라 말씀드릴 수 없었습니다. 교수 님을 보육원에 데려다준 여자는 찾았습니까? 어머니가 맞습니까?

동호　　　아니요. 장 박사 아내 분, 그러니까 교수님 어머니는 사망한 게 맞아요. 제가 무덤까지 확인했어요. 보육원 서류에 인계자가 엄 마라고 적힌 걸 봐선 누군가 엄마를 사칭한 것 같아요.

진겸, 생각에 잠기면.

#플래시백. 노인정 | 낮
(6회 15신)

형사 1　　　도망친 공범들이라도 잡으려고 했는데 끝내 못 잡았지.

진겸　　　(뭔가 이상한 듯) 공범들요? (1992년에 찍힌 민혁의 사진을 보이며) 이 자 말고 범인이 또 있었습니까?

형사 1　　　(끄덕이며) 여자가 있었을 거야.

동호 근데 교수님께 아버지 죽음에 대해 말씀드려야 하지 않을까요?

진겸 때가 되면 제가 말씀드리겠습니다.

S#12 진겸 옛집 앞 골목 | 밤

생각에 집중한 채 집으로 걸어가던 진겸. 이때, 맞은편에서 집으로 향하던 태이와 마주친다. 진겸을 발견하고 환하게 미소 짓는 태이.

진겸 어디 갔다 오신 겁니까?

태이 친구 만나고 왔어요. 좋은 친구.

태이, 마트에서 장을 본 듯 양손에 장바구니를 들고 있다.

진겸 그건 뭐예요?

태이 삼겹살요. 내 생일날 삼겹살 먹기로 하고 못 먹었잖아요. 그리고 소주도 한 잔!

싱긋 웃는 태이를 이상하게 보는 진겸.

S#13 진겸 옛집 거실 | 밤

식탁 위에 놓인 휴대용 가스버너 위 불판에서 지글거리며 익어가는 삼겹살. 진겸이 탄 고기를 집으려고 젓가락을 가져가면, 탄 고기를 밀어버리고 잘 익은 고기를 진겸의 접시에 놔주는 태이.

| 태이 | 왜 탄 걸 먹어요? 몸에 얼마나 안 좋은데. |

그러고는 태이, 잘 익은 고기로 정성스럽게 쌈을 싸서 진겸에게 내민다.

진겸	(민망한 듯) 제가 먹겠습니다.
태이	아, 하세요.
진겸	괜찮습니다. 교수님 드십시오.
태이	빨리요. 팔 떨어져요.

마지못해 입을 벌리는 진겸. 그러자 미소 지으며 진겸의 입에 쌈을 넣어주는 태이. 쌈을 먹으며 태이의 얼굴을 빤히 보는 진겸. 그러다 진겸이 물병으로 손을 뻗자, 어느새 물병을 집어 진겸 잔에 물을 따라주는 태이. 심지어 진겸이 먹기 편하도록 잘 익은 고기들을 진겸 앞으로 옮겨준다. 진겸, 이상한 듯 보자.

태이	내일부턴 아침 차려줄 테니까 먹고 출근해요. 형사들 밥 제때 못 먹으니까 아침이라도 챙겨 먹어야 해. 참, (싱크대 위의 박스 가리키며) 저거 경찰서에 가져가서 먹어요.
진겸	??
태이	선식인데, 배고픈데 시간 없을 때 먹기 좋아요.
진겸	(빤히 보면)
태이	내 거 시키면서 같이 시킨 거예요. 그냥 좀 먹어요.
진겸	혹시 무슨 일 있으셨습니까?
태이	아니요. (하다가) 혹시 형사님 버킷리스트 같은 거 있어요? 죽기

전에... 아니 더 늙기 전에 하고 싶은 거.

진겸   특별히 생각해본 적 없어 모르겠는데, 그건 갑자기 왜요?

태이   그냥 궁금해서요. '이건 꼭 해보고 싶다' 이런 거 누구나 있잖아요.

진겸   없습니다.

태이, 잠시 고민하다가 휴대폰으로 버킷리스트를 검색한다.

태이   그럼 사람들이 뽑은 버킷리스트 말해줄 테니까 이 중에 골라봐요. 혼자서 세계 일주. 외국어 하나 마스터하기. 열정적으로 사랑해보기. 국내 여행 완전 정복. 1년에 책 100권 읽기. 여기서 뭐가 가장 해보고 싶어요?

진겸   (당연하다듯이) 1년에 책 100권 읽기.

태이   (흘기며) 그거만 빼고.

진겸   외국어 하나 마스터하기?

태이   됐다. 그냥 밥이나 드세요.

그러면서 태이, 다시 고기를 먹는데.

진겸   사실 안 해본 게 너무 많아서 딱 하나만 고르기가 어렵습니다.

진겸을 안타깝게 보는 태이. 진겸, 목걸이가 없는 태이의 목을 본다.

진겸   목걸이 맘에 안 드십니까?

| 태이 | 아뇨. (얼버무리며) 특별한 날 하려고 아끼는 거예요. (하다가) 아, 놀이공원 가봤어요? 내가 가고 싶어서 얘기하는 건 아니에요. |

S# 14   놀이공원 롤러코스터 | 낮

빠르게 달리는 롤러코스터에서 환호성을 지르는 태이, 잔뜩 신이 난 얼굴이다. 하지만 그 옆의 진겸, 언제나처럼 늘 그랬듯 무표정하다. 태이의 목에는 진겸이 선물한 목걸이가 걸려 있다.

S# 15   놀이공원 롤러코스터 승강장 | 낮

승강장에 도착한 롤러코스터에서 내리는 진겸과 태이. 그런데 진겸이 무표정하다.

| 태이 | 웃을 줄 알면서. 좀 웃어요. 재밌죠? 행복하지 않아요? 또 탈래요? |
| 진겸 | (노려보며) 아니요. 두 번 다시 안 탈 겁니다. |

그러면서 롤러코스터가 무서웠는지 한숨을 내쉬며 승강장을 내려가는 진겸. 그 모습에 웃는 태이.

S# 16   놀이공원 벤치 | 낮

화려한 놀이공원 전경. 벤치에 앉아 음료를 마시며 행복한 사람들을 보고 있는 진겸과 태이. 이때 젊은 커플 하나가 진겸에게 다가온다.

| 커플 남 | 죄송한데 사진 한 장만 찍어주실래요? |

진겸   네.

진겸, 커플 남의 휴대폰으로 사진을 찍은 후 다시 벤치에 앉는다.

진겸   저... 우리도 사진 한 장 찍을까요?
태이   (놀란) 형사님 사진도 찍어요?
진겸   ... 기념으로 갖고 싶어서요.
태이   (피식) 네. 찍어요.

자기 휴대폰으로 셀카처럼 사진을 찍으려고 하는 진겸. 하지만 태이와 가까이 붙지 못하고 적당한 거리를 둔다. 그러자 태이, 진겸이 옆에 찰싹 붙는다.

진겸   (어색) 그럼 찍겠습니다.

그리고 찰칵 찍히는 사진.

태이   내가 먼저 볼게요. 이상하게 나왔으면 지울 거예요.

그러면서 태이, 진겸의 휴대폰을 빼앗아 사진을 보는데. 무엇 때문인지 태이의 표정이 어두워진다.

#플래시백. 2021년. 태이 집 태이 방 | 낮
(이전 플래시백에 이어지는)

데스크톱 앞에 앉아 어떤 기사를 보고 있는 태이. '서울남부서 박진겸 경위 15일 새벽 자택에서 시신으로 발견'이라는 제목의 기사다. 기사 날짜가 '2020년 10월 15일'이다. 슬픈 얼굴로 진겸의 사망 날짜를 보다가 기사 창을 닫는 태이. 그런데 모니터 바탕화면이 진겸과 태이의 셀카 사진이다.

#다시 현실

사진을 보고 굳는 태이. 이제 보니 방금 찍은 사진과 2021년 태이의 컴퓨터 바탕화면이 동일한 사진이다.

진겸   (이상한) 왜 그러십니까?

태이   ... 사진이 너무 못 나와서요.

진겸   다시 찍을까요?

태이   아니요. 우리 사진 같은 거 절대 찍지 말아요.

그러면서 사진을 지우는 태이. 진겸, 태이를 이상하게 보는데.

태이   이제 가요.

진겸   (붙잡으며) 무슨 일 있으신 거죠? 이제 말씀해주십시오. 시간여행에서 뭘 보고 오신 겁니까?

태이   ... 어머니 죽인 범인 꼭 잡아야 돼요?

진겸   ...

태이   (속상) 이런 말 해선 안 되는 거 아는데, 그냥 포기하면 안 돼요? 다른 사람들은 시간 지나면 잊기도 하고 용서도 한다던데, 형사님은 안 돼요? 그럴 수 있잖아요.

진겸   ... 제가 죽습니까?

태이	(놀라 말 못 하고 진겸을 보기만 하는데)
진겸	(태이 표정 보고 말 돌리는) 피곤해 보이시는데 돌아가시죠.

진겸, 담담하게 걸어가려는데.

태이	... 어머니 죽인 범인 잡으려다가 죽는대요.

그런데 아무런 표정 변화 없이 담담한 얼굴로 태이를 보는 진겸. 그런 진겸의 모습에 더 슬퍼하는 태이.

진겸	혹시 저희 어머니 죽인 범인이 누군지 아십니까?
태이	(어이없고. 울컥) 지금 그게 중요해요! 형사님 죽는다고요.
진겸	(담담) 제 버킷리스트에 대해서 물어보셨죠? 제가 원하는 건 언제나 단 하나뿐이었습니다. 우리 어머니 죽인 범인 잡는 거요.
태이	(슬픈) ...
진겸	누군지 말씀해주십시오.

#플래시백. 2021년. 카이퍼 소장실 | 밤

석오원	형사님은 예언서의 마지막 장을 찾으려고 하셨습니다.
태이	??
석오원	그걸 찾으면 시간여행을 막는 방법과 형사님 어머니를 살해한 자의 정체를 알 수 있기 때문이었죠. 하지만 그것 때문에 살해당하신 겁니다. 자기 어머니를 살해한 범인 손에.

무서운 표정의 진겸이 빨리 걷는다. 태이가 쫓아가며.

태이	형사님, 같이 가요.
진겸	집에 가 계십시오.
태이	형사님! 형사님! (그래도 진겸이 멀어지자 소리친다) 야! 박진겸!! 주변을 좀 보라고. 당신을 좋아하는 사람들이 안 보여? 당신 걱정하는 사람들은 왜 생각을 안 하냐고!

하지만 진겸은 이미 멀어졌다. 멀어져 가는 진겸을 걱정스럽게 보는 태이.

S# 17   달리는 진겸 차 안 | 낮

운전하며 동호와 통화 중인 진겸.

| (동호) | 예언서요? 그게 뭔데요? |
| 진겸 | 저도 정확히는 모릅니다. 하지만 그것만 찾으면 제가 잡고 싶은 놈이 누군지 알 수 있을 것 같습니다. 우선은 석오원 소장부터 찾아보죠. 저한테 예언서를 갖고 있다고 했습니다. |

#인서트

형사과 복도를 빠르게 걸으며 통화하는 동호.

| 동호 | 그 사람은 이미 죽었을 거 같은데. 안 그러면 이렇게 감쪽같이 사라질 수 없잖아요. |

10   고 형사를 믿는 진겸

진겸   교수님 말씀대로라면 아직 살아 있습니다.

S#18   앨리스 회의실 | 낮

민혁에게 패드를 건네주는 혜수.

혜수   경찰 자룝니다.

민혁   수고했어. 나가봐.

혜수가 나가면. 바로 패드를 확인하는 민혁. 경찰서 공문서 마크가 있는 '2010년 박선영 살인사건' 파일이 나온다. 빠르게 파일을 살펴보는 민혁. 그런데 무언가를 보고 굳어진다. 휴대폰 번호와 함께 '니가 자초한 일이야'라는 문자가 찍힌 사진이 보인다. 표정이 험악해지는 민혁.

S#19   앨리스 본부장실 | 낮

선영의 사건 파일을 굳은 얼굴로 보는 철암. 휴대폰 번호와 함께 '니가 자초한 일이야'라는 문자가 찍힌 사진이 보인다. 민혁이 그 앞에 서 있다.

민혁   2010년 태이가 죽던 날 아침에 누가 이런 문자를 보냈어.

철암   (심각한 표정으로 문자를 보는)

민혁   이거 우리 공용 번호 맞지? 2010년에 이 번호 쓴 스태프가 누구야?

철암	...
민혁	누구냐고!
철암	... 오 팀장.

그 말에 철암, 민혁의 눈빛이 사나워지면.

| 철암 | 니 말대로 공용 번호야. 이게 태이를 죽였다는 증거가 될 순 없어. |
| 민혁 | 알아. 이세훈한테 오시영이 찾아간 게 2011년인지 확인해볼 거야. |

민혁, 나가면. 철암, 걱정스러운 표정이 된다.

S#20   **교도소 앞 | 낮**

출소하는 재소자들. 그중 목발을 짚고 절뚝거리며 나오는 남자, 이세훈이다. 가족이나 지인들이 찾아온 다른 재소자들과 달리 혼자인 이세훈. 곧 도로를 따라 걷기 시작한다.

S#21   **앨리스 관제실 | 낮**

홀로 걷는 이세훈의 모습이 잡혀 있는 관제실 모니터. 모니터 속 이세훈을 보며 차가운 표정을 짓는 시영.

S#22   **여관 복도 to 방 | 낮**

어둡고 허름한 여관 복도, 이세훈이 불편한 다리를 끌며 누군가에게 쫓기는 듯 급하게 걷는다. 뒤로 검은 그림자가 스윽 지나가고. 겁에 질린 이세훈은 떨리는 손으로 겨우 문을 열고 들어간다. 문을 쾅 닫고 들어오는 이세훈. 문을 잠그고도 불안한지 재차 잠긴 상태를 확인한다. 이세훈, 커튼으로 창문을 가리고 난 후에야 조심스레 그 자리에 앉아, 여관 전화로 어딘가에 전화한다.

S# 23   카이퍼 소장실 | 낮

텅 빈 소장실을 뒤지고 있는 진겸. 작은 단서라도 찾으려는 듯, 꼼꼼히 살피고 있는데. 그때, 휴대폰이 울린다. 그런데 저장 안 된 번호다.

진겸   여보세요.

(이세훈) 나야. 이세훈. 기억해?

진겸   (굳은)

#인서트. 여관방

이세훈   (다급하게) 니 엄마가 왜 죽었는지 궁금하지? 날 보호해주면 말해줄게. 누가 죽였는지도 내가 알아.

그런데 이세훈이 진겸과 통화하는 사이, 닫혀 있던 여관방 문이 슬며시 열린다. 이 사실을 아직 눈치채지 못한 채 통화하는 이세훈.

#다시 소장실

진겸   지금 어딥니까?

진겸, 이세훈과 통화하며, 밖으로 나가려는데. 갑자기 전화가
끊어진다. 굳어진 진겸, 밖으로 달려 나가면.

S# 24   교차 | 낮
#도로 위

통화하며 차들 사이를 빠져나오며 돌진하는 진겸 차.

(동호)   찾았습니다. 여관 번호예요.

#달리는 민혁 차 안

다급하게 운전하는 민혁.

#여관 앞 골목

골목에 차를 세우고 내리는 남자, 바로 민혁이다. 사나운 눈빛
으로 여관으로 들어가면.

S# 25   여관 복도 to 방 | 낮

계단을 통해 복도로 올라온 민혁. 그런데 방 안을 보자마자 총
을 꺼내 드는 민혁. 보면, 이세훈이 피를 토한 듯 입에서 피를 흘
리며 쓰러져 있다. 민혁이 다가가 이세훈의 상태를 확인하지만,
이미 숨을 거둔 상태다.

      고 형사를 믿는 진겸

민혁	(귀쩌로) 이세훈이 살해당했어. 빨리 주변 CCTV 확인해!

다급히 밖으로 나가려는 민혁. 이때 방 안으로 누군가 들어오고 민혁은 본능적으로 총을 겨누는데, 바로 진겸이다. 얼어붙는 민혁. 민혁과의 갑작스러운 재회에 굳은 얼굴로 민혁을 바라보는 진겸. 그러다 민혁 너머로 살해된 이세훈의 시신을 보고 눈빛이 사나워진다.

진겸	뭘 감추려고 죽였어?

진겸의 시선을 느끼고 당황하는 민혁, 겨누었던 총구도 내린 채.

민혁	오해야. 나중에 설명해줄게.
진겸	(그런데 표정이 점점 싸늘해지며) 너구나.
민혁	??
진겸	니가 범인이었어.
민혁	(굳은) 아니야! 나도 니 어머니 죽인 놈을 찾고 있었어. 난 니 어머니랑...

그 순간 민혁에게 달려들어 민혁을 쓰러트리는 진겸. 사정없이 민혁의 얼굴에 주먹을 날리며 소리친다.

진겸	우리 엄마 왜 죽였어!!!

진겸의 공격에 일방적으로 얻어터지는 민혁. 총으로 진겸을 쏠

수 있는데도 쏘지 않고, 진겸을 밀쳐버리고 도망친다. 바로 뒤 쫓는 진겸.

S# 26   여관 앞 골목 | 낮
차에 탄 민혁, 바로 시동을 걸고 출발하며 백미러를 보면, 뒤늦게 여관에서 나온 진겸의 모습이 보인다. 진겸, 도망치는 민혁의 차를 향해 총을 겨누고 방아쇠를 당긴다. 차 창문이 깨지고 불꽃이 튀지만 민혁을 맞히진 못한다. 점점 멀어지는 민혁의 차를 보며 분해하는 진겸.

S# 27   앨리스 복도 | 낮
굳은 얼굴로 복도를 걷는 민혁. 승표가 뒤따르며 걷는다.

민혁   당장 여관 주변 CCTV 확인해. 내가 도착하기 직전에 살해당했어.
승표   여관 주변 CCTV 확인해봤는데, 전부 지워져 있었습니다.

         놀란 표정으로 멈춰 서서 승표를 보던 민혁, 표정이 험악하게 변하며.

민혁   오시영이 지금 어디 있어?!!

S# 28   앨리스 복도 to 회의실 | 낮
곤두선 얼굴로 빠르게 복도를 걷는 민혁. 회의실 문을 거칠게 열며 들어간다. 회의 중이던 시영과 10여 명의 스태프가 놀라서 보면.

민혁   (스태프에게) 모두 나가.

스태프, 당황스러운 얼굴로 민혁을 보는데. 민혁은 시영만 노려
본다. 그런 민혁의 눈을 피하지 않는 시영. 스태프, 하나둘 일어
나 자리를 피해주면.

민혁   (날 선) 이세훈이 니가 죽였어?
시영   뭐?
민혁   "니가 자초한 일이야."

그 말에, 당당하던 시영의 태도가 갑자기 동요된다.

민혁   2010년 태이가 죽던 그날, 니가 보낸 문자야. 말해! 그날 무슨
         일이 있었는지!
시영   지금 날 의심하는 거야? 내가 태이를 죽였다고?
민혁   그럼 왜 거짓말했어?
시영   그러는 민혁 씨는 우리한테 왜 거짓말했어? 이세훈 면회 갔다
         가 예언서가 태이한테 있는 걸 알았어. 그래서 태이 만나 조용
         히 해결하려고 했어.

#플래시백. 2010년. 진겸 옛집 앞 | 낮

집에서 나오다가 집 앞에 선 누군가를 보고 얼어붙는 선영. 바
로 차가운 표정의 시영이다.

(시영)	그런데 태이가 주지 않았고... 그래. 문자, 내가 보냈어. 자기가 얼마나 위험한 일을 벌였는지, 얼마나 이기적인지 태이도 알아야 한다고 생각했거든.

#다시 현실

민혁	그래서 태이를 죽인 거야?!!
시영	난 아니야! 하지만 죽었으면 했어!!
민혁	대체 왜!!
시영	민혁 씨 때문에!!
민혁	(굳은)
시영	태이가 죽은 것도, 과거인 윤태이가 위험한 것도 처음엔 말하려고 했어. 민혁 씨한테 다 말하려고 했다고! 그런데 못 했어. 민혁 씨가 또 흔들릴까 봐! 범인 잡겠다고 물불 안 가리고 덤빌까 봐!!
민혁	(격양) 변명하지 마!
시영	내 말 아직 안 끝났어! 가장 최악이 뭔지 알아? 지긋지긋한 윤태이가 사라졌는데, 윤태이가 또 나타났어! 겨우 민혁 씨랑 가까워졌다고 생각했는데! 민혁 씨는 또 그 애만 보고 있어!!

당당한 눈빛으로 민혁을 응시하는 시영.

시영	(패드를 민혁 쪽으로 던지듯 밀치며) 이세훈 출소부터 감시한 영상이야. 믿든 안 믿든 민혁 씨 맘대로 해.

패드를 받은 민혁이 아무 말도 못 하자 차가운 표정으로 나가버

리는 시영. 혼자 남은 민혁. 굳은 표정으로 패드를 바라본다.

S# 29   여관방 to 복도 | 밤

현장조사 중인 과학수사대. 그 모습을 지켜보고 있는 동호와 하 형사와 홍 형사. 그러다 복도로 나가는 동호. 복도에 곤두선 표 정으로 서 있는 진겸에게 다가간다.

동호   진짜 범인 얼굴 목격했어요?
진겸   ... 네. 제가 직접 목격했습니다.
동호   그럼 좀 이상하네요.
진겸   뭐가요?
동호   사망 추정 시간이 두 시간 전으로 나왔어요. 그놈이 범인이면, 놈 은 이세훈을 죽이고서 왜 두 시간이나 그 방에 머물렀을까요?

생각에 잠긴 진겸.

플래시백. 진겸 옛집 거실 | 밤

민혁   니 어머니와 난 92년에 있었어. 임무만 마치고 떠나려고 했는데 니 어머니만 여기 남은 거야.

플래시백. 여관방 | 낮

민혁   (굳은) 아니야! 나도 니 어머니 죽인 놈을 찾고 있었어. 난 니 어 머니랑...

#다시 현실

민혁의 정체에 대해 혼란스러워하는 진겸. 이때, 계단을 올라오는 고 형사, 진겸을 걱정스러운 얼굴로 바라본다.

S#30   고 형사 아파트 작은방 | 밤

무언가를 고민스러운 얼굴로 보고 있는 고 형사. 예언서의 마지막 찢겨져 나간 부분을 보고 있다. 고 형사, 책상 서랍 깊숙한 곳에서 꺼내는데, 구형 폴더폰이다. 고 형사는 망설이다가 폴더폰을 주머니에 넣는다.

S#31   고 형사 아파트 거실 | 밤

조촐하지만 정성이 담긴 음식들로 식사하는 고 형사와 고 형사처. 고 형사 처, 밥을 씹으며 고 형사의 얼굴을 뚫어져라 보면.

고 형사   왜?

고 형사 처   그냥. 처음 만났을 때가 생각나서. 당신 그때 참 멋졌는데. 머리
            숱도 많고. (미소 짓다가) 소개팅 날 밤에 남산 갔던 거 기억나?

고 형사   (당황해 귀 뒤를 긁으며) 어제 일도 가물가물한데 그 옛날 일을 어떻
            게 기억해?

고 형사 처   또 또. 밥 먹을 때 귀 긁지 말라니까.

고 형사   (손을 떼고) 미안...

고 형사 처   (계란말이를 고 형사 밥 위에 놔주며) 내 친구, 수진이 알지?

고 형사   (한 입 먹고) 알지. 대기업 이사님 사모님. 철마다 해외여행 가는.

고 형사 처   걔네 남편, 암이래. 3기. 그 소리 듣는데, 행복이 대단한 게 아니
            라는 생각이 들더라. 당신이랑 좋아하는 순대 먹으면서 천년만

년 사는 게 최고지 싶더라고.

고 형사	천년만년이라... 우리 마누라 꿈 대따 크네.
고 형사 처	그러니까 건강해야 돼. 당신 건강검진 받았지?
고 형사	받아야지.
고 형사 처	하여간. 받으라고 한 지가 언젠데. 다음 비번 때 나랑 같이 가. 무조건 가.
고 형사	(물끄러미 아내를 보다가) 알았어.

고 형사, 계란말이를 아내 밥 위에 올려주고 슬프게 씩 웃으면.

S#32 희망보육원 원장실 | 낮

오래된 1992년도 보육원 입소 서류들을 살펴보고 있는 태이.

원장	그건 왜?
태이	내가 여기 처음 왔을 때 뭐 가져온 거 없었어?
원장	뭐?
태이	책이라든가 아니면 종이 쪼가리라도.
원장	니가 책은 많이 읽었지만, 책을 가져오진 않았는데. 종이도.
태이	저번에 내 아버지에 대해 물었다는 사람도 내가 책 갖고 온 거 있냐고 물었다고 했지?
원장	그래, 그 수상한 놈도 책에 대해 물었어.
태이	무슨 책인지 안 물어봤어?
원장	... 응. 너 혹시 무슨 일 있어? 오전에도 덩치 큰 형사 하나가 찾아왔었어.
태이	덩치 큰 형사?

그러면서 태이, 휴대폰을 꺼내 도연의 인스타그램을 연다. 진겸
과 형사 2팀 형사들이 함께 찍은 사진을 펼쳐서 원장수녀에게
보여주면서.

태이	(동호 가리키며) 이 사람?
원장	어. 맞아.
태이	그럼 신경 안 써도 돼. 전에 내 아버지 물어봤다는 사람 조사 때 문에 왔을 거야.

그런데 갑자기 사진 속에서 무언가를 발견한 듯 눈이 동그래지
는 원장수녀.

원장	이 사람이야! 전에 와서 니 아버지에 대해 물은 사람.
태이	??

보면, 원장수녀의 손가락이 고 형사를 가리키고 있다.

#플래시백. 보육원 원장실 | 낮

원장수녀와 마주 보고 앉아 있는 남자, 모자를 쓴 고 형사다.

고 형사	윤태이 씨가 92년에 돌아가신 친아버지를 기억합니까?

#다시 현재

고 형사의 사진을 보는 태이.

고 형사를 믿는 진겸

태이	엄마가 잘못 봤겠지. 이분 형사과 팀장님이셔.
원장	그런가? 그러고 보니 아닌 것 같기도 하고. 모자 때문에 헷갈리네...

말은 그렇게 하면서도 의심쩍은 눈으로 고 형사의 사진을 보는 태이.

S#33 　경찰서 서장실 | 낮

서장과 차를 마시는 고 형사. 그런데 서장에게 무언가를 내미는데, 바로 사표다.

서장	(놀란 듯 보다가) 난 돈봉투 아니면 안 받아. 갖고 가.
고 형사	이제 이 생활 지긋지긋해서 그래요.
서장	아니, 너 경찰이 천직이야. 우리 같은 인간들은 집에 조용히 못 있어.
고 형사	사표도 내 맘대로 못 내요? 어쨌든 나 다음 달부터 안 나올 거니까 그렇게 알아요.
서장	(걱정) 대체 왜 그래? 너 무슨 일 있어?
고 형사	없어요. 그냥 좀 잠도 푹 자고, 밥도 제때 먹고, 와이프한테 사랑도 좀 받고, 그러고 싶어서 그래.
서장	제수씨가 그만두라고 그래? 그러게 인마, 내가 진작 백 하나 사 주라고 했잖아.
고 형사	(웃고) 그런 거 아니야.
서장	아니긴 뭐가 아니야. 조금만 생각해. 딱 10년 더 생각해봐.
고 형사	나 생각 많이 하고 결정한 거야.

| S# 34 | 경찰서 복도 | 낮 |

형사과로 향하는 고 형사. 그런데 복도에 선 여자가 고 형사를 빤히 바라보고 있다. 바로 태이다.

| 태이 | 안녕하세요. 저 아시죠? 잠깐 얘기 좀 할 수 있을까요? |
| 고 형사 | (보는) |

| S# 35 | 경찰서 휴게실 | 낮 |

태이에게 자판기 커피를 건네주는 고 형사. 하지만 자기 커피는 없다.

고 형사	업무 시간이라 들어가봐야 합니다. 할 얘기 있으면 빨리 하시죠.
태이	어떻게 박 형사님이랑 친해지신 거예요?
고 형사	그게 왜 궁금합니까?
태이	형사님과 가족 같은 사이라고 해서요.
고 형사	진겸이한테 못 들었어요?
태이	박 형사님, 그런 얘기 잘 안 하는 사람이잖아요. 한집에 사셨다면서요? 어떻게 박 형사님 같은 분이 팀장님이랑 같이 살게 됐는지 궁금해요.
고 형사	... 진겸이 고등학교 때 나 때문에 누명 썼어요. 그게 미안하기도 하고...
태이	진짜 이상하다.
고 형사	뭐가요?
태이	그럼 안 이상해요? 그 정도 이유로 성격도 평범하지 않은 열아홉 남자애를 갑자기 아들처럼 챙겨주면서 자기 집까지 데려온 게?

고 형사	(굳어지면)
태이	아, 오해하진 마세요. 나도 입양된 거라 혈연 중심이 아닌 가족들에게 관심이 많거든요.
고 형사	(심기 불편한 얼굴로 보는데)
태이	아이가 없으시다고 들었는데 맞죠? 왜 입양은 안 하셨어요?
고 형사	(시니컬하게) 입양 아무나 합니까?
태이	그럼 희망보육원엔 왜 가셨어요?

그 말에 얼어붙는 고 형사. 어느새 날카로운 눈빛으로 고 형사를 바라보고 있는 태이.

태이	가신 적 있잖아요?
고 형사	그런 적 없습니다. 얘기 끝난 거 같은데 가보겠습니다.

그리고 고 형사, 떠나려고 하는데 휴게실 안으로 들어오던 경찰과 부딪친다. 휴대폰을 떨어뜨리는 고 형사. 휴대폰을 집기 위해 허리를 숙이는데, 그로 인해 고 형사의 귀 뒤 상처가 태이에게 노출된다. 그 순간 무엇 때문인지 얼어붙는 태이. 그러다 갑자기 현기증을 느끼며 휘청이면.

S#36	경찰서 복도	낮

혼란스러운 표정의 태이를 걱정스럽게 바라보는 진겸.

태이	... 분명히 본 적 있어요.
진겸	뭘 말씀이십니까?

태이	팀장님 귀 뒤에 있는 상처요. 분명히 어디선가 봤어요.
진겸	(이상한) 무슨 상처를 어디서 보셨다는 말씀인지 모르겠습니다.
태이	... 나 분명 어디서 봤는데... 기억이 안 나요. (하다가) 보육원에 와서 나에 대해 물었던 남자, 기억해요? 아무래도 그 사람, 팀장님 같아요.
진겸	그럴 리 없습니다. 만일 그랬더라도 수사 때문에 가셨을 겁니다.
태이	수사는 아니에요. 분명히 내 아버지를 찾았다고 했어요.
진겸	일단 집으로 돌아가서 쉬시는 게 좋을 것 같습니다. 제가 모셔다드리겠습니다.

태이, 오히려 진겸을 걱정스레 보다가.

| 태이 | 괜찮아요. 나 오늘은 우리 집에서 잘게요. |

힘없이 걸어가는 태이를 바라보는 진겸.

S#37   부검실 | 낮

이세훈의 시신을 놓고 부검의의 설명을 듣는 진겸.

| 부검의 | 위에서 캡슐 껍데기가 하나 나왔어. 아무래도 독극물 같은데, 뭔지 모르겠어. |

그 말에 이세훈의 시신을 다시 한 번 살펴보는 진겸. 말끔하게 잘려 있는 발목부터 얼굴까지 유심히 보는데, 무언가를 발견한 듯 눈빛이 매서워진다. 바로 이세훈 귀 뒤의 상처다.

고 형사를 믿는 진겸

부검의	(진겸의 시선을 읽고) 아, 이게 좀 이상해. 전에 시신 사라졌던 놈 있지? 주해민인가. 슈뢰딩거 사건 범인.
진겸	네.
부검의	그놈에게도 같은 상처가 있었어.

진겸, 얼굴이 굳는다.

S#38 **진겸 오피스텔 | 밤**

화이트보드의 다각형(시영의 몽타주가 포함된) 속 민혁의 사진을 보며 생각에 잠겨 있는 진겸. 이때 안으로 들어오는 동호, 손에 USB가 하나 들려 있다.

동호	CCTV가 전부 지워져서 여관 주변 차량 블랙박스 전부 따왔어요. 이거 전부 확인하려면 오늘 밤 새워야 할 거 같아요.
진겸	제가 하겠습니다.

Cut to

동호가 떠난 후, 혼자 USB에 저장된 블랙박스 화면을 빠르게 돌려보는 진겸. 그런데 갑자기 화면을 정지시킨다. 화면을 계속 응시하던 진겸, 무언가를 발견한 듯 얼굴이 굳는다.

S#39 **앨리스 회의실 | 밤**

혼자서 시영이 준 패드를 보고 있는 민혁. 패드 화면에 여관에서 나오는 고 형사의 사진이 확대되어 떠 있다.

S# 40   진겸 오피스텔 | 밤

여관에서 나오는 고 형사의 모습이 찍힌 정지된 블랙박스 화면을
표정 없이 응시하고 있는 진겸. (바로 9회 2021년에서 태이가 보던 것과
동일한 영상) 한참 바라보다가 단호한 표정으로 USB를 뽑는다.

S# 41   앨리스 본부장실 | 밤

동일한 고 형사의 영상이 패드에 떠 있고, 철암이 영상을 보고
있다.

철암   계속해봐.

민혁   2010년에 이세훈을 면회한 적 있고, 불법 차원 이동을 한 흔적
도 찾았어.

철암   2010년에?

민혁   응. 거기다 태이 사건 담당 형사인 것도 수상해.

철암   그럼 박진겸한테 의도적으로 접근한 건가?

민혁   그런 거 같은데 이유는 아직 모르겠어.

철암   (잠시 생각하다) 이 건, 이제 우리끼리 해결할 문제는 아닌 거 같
다. 본사에 보고해야겠어.

민혁   조금만 시간을 줘.

철암   (보면)

민혁   본사에서 알면 일이 더 복잡해질 거야. 내가 해결해볼게.

철암   (잠시 보다가, 걱정스럽게) 시간 많이는 못 줘.

민혁   고마워, 형.

민혁이 밖으로 나가면. 걱정스럽던 철암의 표정이 갑자기 차갑

게 변한다.

고 형사 아파트 거실 | 밤

주방에서 요리하는 고 형사. 이때 거실에서 들려오는 고 형사
처의 목소리.

(고 형사 처)　이 시간에 웬일이야?

고 형사, 누가 왔나 싶어 거실로 나가면. 현관 앞에 진겸이 과일
바구니를 들고 서 있다.

진겸　어머니 제사상 챙겨주셔서 감사해서요.

고 형사 처　그렇다고 뭘 이런 걸 사 와? 당연히 아줌마가 해줘야지. 오히려
아줌마가 섭섭하다. (하지만 좋아하는 표정 감추지 못하고)

고 형사　좋으면서 싫은 척은. 야, 기왕 사 오는 거 과일을 사 오냐. 한우
정도는 사 와야지.

고 형사 처　(흘기며) 당신, 진겸이 영양가 있는 거 좀 먹여. 애 얼굴 까칠한
거 안 보여? (진겸에게) 혹시나 이 양반이 일 너무 많이 시키면 아
줌마한테 일러. (팔짱 끼며) 저녁 먹고 가.

그러면서 과일을 들고 주방으로 향하는 고 형사 처의 밝은 미
소. 아내의 미소에 덩달아 기분 좋은 고 형사.

고 형사　그동안 니가 얼마나 무심했으면 겨우 과일 받고 저렇게 좋아하
겠냐. 빨리 들어와.

진겸	밖에서 드릴 말씀이 있습니다.

진겸을 보는 고 형사. 진겸 역시 선 채로 고 형사 얼굴을 뚫어지게 쳐다보면.

S#43	회상	대중목욕탕 탕 안

온탕 안에서 얼굴만 내놓고 나란히 앉아 있는 진겸과 고 형사의 모습에서.

고 형사	(흡족한 표정) 아이고 시원하다.

그런데 두리번거리는 진겸.

고 형사	뭘 봐?
진겸	신기해서요.
고 형사	목욕탕이 뭐가 신기해?
진겸	처음 왔거든요.
고 형사	(황당) 왜? 너 씻는 거 싫어하냐?
진겸	굳이 올 필요도 없고, 같이 올 사람도 없어서요.

Cut to

진겸의 등을 빡빡 밀어주는 고 형사.

고 형사	더러운 놈, 너 앞으로 아저씨랑 일주일 한 번씩 오자.
진겸	그냥 제가 할게요.

고 형사	내가 해주고 싶어서 그래.
진겸	(가만히 있으면)
고 형사	(쓱쓱 밀어주며) 진겸아, 형사 생활 만만치 않을 거다. 뭔 일 있음 뭐든 아저씨한테 말해.
진겸	너무 걱정 마세요.
고 형사	걱정을 어떻게 안 해. 힘들 땐 언제든 말해.
진겸	(무심하게) 원래 자식들은 부모한테 자기 속마음 얘기 안 한대요.

고 형사, 감동받은 듯 일순 정지했다가 함박 미소 띤 얼굴로 진겸의 등을 다시 밀어주면.

고 형사	사는 거 뭐 있냐. 내 등 보여줄 수 있는 내 사람하고 부족한 거 채워가며 같이 가는 거지. 난 너한테 내 등 보여줬다.

하지만 무반응인 진겸. 이때 고 형사의 시선이 어느 부자에게 향한다. 계속 아빠를 부르며 쫓아다니는 어린 아들의 모습을 보며 귀여운 듯 웃는 고 형사.

진겸	왜요?
고 형사	야, 너도 나한테 아빠라고 한번 해봐라.
진겸	(뭔 뜬금없는 소리야? 하는 표정으로 보면)

갑자기 힘을 쓰며 등을 밀기 시작하는 고 형사.

진겸	아~ 아파요!

S# 44   술집 | 밤

자작으로 소주를 마시는 고 형사. 그 앞에 앉아 물끄러미 고 형사의 얼굴만 보는 진겸.

고 형사   왜?

하지만 여전히 아무 말 없이 고 형사를 보는 진겸.

고 형사   뭔데?
진겸   …
고 형사   무슨 일 있냐?
진겸   저도 한 잔만 주세요.
고 형사   술? 너 안 먹잖아?
진겸   요즘은 가끔 마셔요.
고 형사   (놀란 듯 보다가 피식) 도연이랑? 그래, 인마! 남자가 술도 먹고 그래야지!

그러면서 고 형사, 미소 지으며 진겸의 잔에 술을 따라주면. 건배 후 술을 마시는 진겸과 고 형사. 술 마시는 진겸을 보고 흐뭇한 미소를 짓는 고 형사.

고 형사   이제 안심이 된다. 니가 계속 좋아지는 게 보여서. 너 처음 만났을 땐 진짜 사람 같지도 않았는데.

고 형사에 말에 반응하지 않고 혼자 술을 따라 마시는 진겸. 그

고 형사를 믿는 진겸

모습에 웃음이 사라지고 표정이 차갑게 식어가는 고 형사. 하지만 여전히 아무런 표정 없이 딱딱한 얼굴로 고 형사를 보는 진겸. 주머니에서 무언가를 꺼내 손 안에 쥐는데, 바로 영상이 든 USB다. 진겸이 뭔가 알았다는 걸 직감한 듯 진겸의 시선을 피하는 고 형사. 긴장감을 감추려는 듯 술을 들이켜고 나서.

고 형사	이세훈 사건 때문에 온 거야? 뭐 좀 찾았고?
진겸	…
고 형사	진겸아… 아저씨는…

그 순간, 아무런 감정도 느껴지지 않던 진겸의 눈빛이 흔들린다.

진겸	아니요. 아직 단서는 못 찾았어요.

그 말에 고 형사, 혼란스러운 표정으로 진겸을 보면. 고 형사의 잔에 술을 따라주는 진겸.

진겸	저 진짜 많이 좋아졌나 봐요.
고 형사	…
진겸	다 아저씨 덕분이에요. 그러니까 지금처럼 제 곁에 있어주세요.

대답 못 하고 진겸을 보는 고 형사의 슬픈 표정에서.

S# 45   고급 레스토랑 | 밤
        가족 식사 중인 도연과 도연 부모.

도연부   주말에 뭐해?

도연   왜?

도연모   인숙이 아줌마 아들 알지? 키 크고 잘생긴.

도연   걔가 뭐가 잘생겨. 근데 걔는 왜?

도연모   이번에 승진했대.

도연   그래서 뭐? 축하라도 하라고?

도연모   너 일부러 그러지.

도연부   잔말 말고 주말에 시간 비워놔.

도연   나 바빠. 안 돼.

도연부   너 이러다 남자 한 번 못 만나보고 늙어 죽을까 봐 걱정된다.

도연   걱정 마. 진겸이가 있잖아.

도연모   진겸이 말고 좀 더 평범한 사람 찾아보면 안 돼?

도연   진겸이가 어때서. 얼마나 좋아. 여자 안 좋아해서 바람 피울 거
        정도 없고.

도연부   야, 더 걱정된다.

        이때, 도연의 휴대폰이 울리면.

S# 46   술집 앞 | 밤
        술집에서 나오는 진겸과 고 형사, 주차된 진겸의 차로 향하는
        데. 이때 택시가 멈춰 서고 한 여자가 내린다. 바로 도연이다. 진
        겸, 갑작스러운 도연의 등장에 고 형사를 보면.

고 형사	내가 불렀다. 너 술 마셨잖아.
도연	(다가와) 대리 부르셨죠? 어머, 아버지와 아들이신가 봐요. 부자가 오붓하게 술을 다 마시고. 너무 화목해 보이신다.
고 형사	(타박) 넌 제발 좀 이상한 설정 잡지 마. 이럴 때마다 어떻게 받아 줘야 될지 모르겠어.
도연	(흘기며) 에이 재미없어. (진겸 보며) 근데 무슨 일 있었어? 왜 술을 다 마셨어?
진겸	아무 일 없었어.
도연	(고 형사에게) 아저씨도 타세요. 집까지 모셔다드릴게요.
고 형사	집이 요 앞인데 뭘 타고 가. 걸어갈게. 조심히들 가고, 운전 조심하고.
도연	네.
진겸	가볼게요.
고 형사	그래, 내일 보자.

그리고 진겸의 차를 타고 출발하는 도연과 진겸. 떠나는 차를 보고 기분 좋은 미소로 바라보는 고 형사. 하지만 이내 표정이 다시 어두워지면.

S#47 달리는 진겸 차 안 | 밤

기분 좋게 운전하는 도연, 진겸을 보면. 조수석에 굳은 얼굴로 앉아 생각에 잠겨 있는 진겸의 모습.

도연	아저씨랑 술을 다 마시고. 무슨 일 있었어?
진겸	그냥 그러고 싶었어.

도연	잘했어. 아저씨가 좋아하셨겠다.

하지만 대답 없이 창밖을 보는 진겸. USB를 물끄러미 바라보다가 창문을 열고 미련 없이 버린다.

#인서트
도로에 떨어진 USB, 뒤에서 달려오던 차바퀴에 깔려 박살난다.

S#48	**술집 주차장 │ 밤**

진겸의 차가 멀어진 후에도 그 자리에 그대로 서 있는 고 형사. 한숨을 크게 내쉬는 고 형사의 쓸쓸한 모습. 이때 울리는 오래된 고전적인 멜로디의 폴더폰. 발신자를 보고 굳어지는 고 형사, 잠깐 지체했다가.

고 형사	(전화 받으며) 네, 선생님.

S#49	2010년. 교도소 앞 │ 낮

고 형사	(전화 받으며) 네, 선생님. 도착했습니다.

폴더폰으로 통화하며 교도소로 향하는 고 형사의 모습에서 떴다 사라지는 자막.

'2010년'

S#50   2010년. 교도소 면회실 | 낮

면회실에 마주 앉아 있는 이세훈과 고 형사.

고 형사   윤태이 찾으러 온 거야. 윤태이, 당신한테 면회 온 적 있지?

이세훈   그 여자는 왜?

고 형사   죽여야 돼.

고 형사의 차가운 모습에서.

S#51   2010년. 진겸 옛집 앞 골목 | 밤

진겸의 옛집을 바라보고 있는 고 형사. 이때 대문이 열리고 나
오는 선영. 선영을 차갑게 보는 고 형사의 모습에서.

S#52   달리는 고 형사 차 안 | 밤

어딘가로 운전 중인 현재의 고 형사.

S#53   달리는 진겸 차 안 | 밤

복잡한 표정으로 창밖을 한참 보는 진겸.

도연   (운전하며) 술 많이 마셨어?

진겸   아니.

도연   그럼 기왕 시작했는데 둘이 한잔 더 할까?

진겸   그래.

도연   (반색) 진짜?!!

진겸   응.

그때, 동호에게 전화가 온다.

진겸	네, 경사님.
(동호)	경위님, 석오원 소장 위치를 알아낸 거 같습니다.
진겸	알겠습니다. 지금 가겠습니다.

S#54　태이 집 거실 | 밤

생각에 잠겨 있는 태이. 켜져 있는 TV에선 뉴스가 계속 나오고 있다.

앵커　다음 소식입니다. 29년 전, 살해 혐의로 형을 살고 만기 출소한 이세훈이 출소 직후 여관에서 살해당한 채 발견됐습니다.

뉴스 화면에 이세훈의 살해 장소인 여관이 나온다. 무심코 뉴스를 본 태이, 여관을 보고 무언가 떠오른 듯 굳어지고. 곧바로 안방으로 들어간 태이, 가방에서 무언가를 찾기 시작한다. 바로 2021년에서 가져온 USB로, 진겸이 방금 전에 버린 USB와 똑같은 것이다.

#플래시백. 2021년. 진겸 옛집 진겸 방 | 밤

9회 진겸의 유품함에서 USB를 찾는 태이의 모습에서.

#다시 현실

USB에 연결된 노트북에서 영상이 흐르면, 이세훈이 살해된 여관에서 나오는 고 형사의 모습이 보인다. 뉴스에서 나온 여관 주변과 앞거리의 모습이 똑같다. 놀라는 태이에서.

S#55   경찰서 형사과 | 밤
        달려 들어오는 진겸. 기다리고 있던 동호가 다가온다.

진겸   어떻게 찾은 겁니까?
동호   인천항에 렌터카가 버려졌다는 신고가 들어왔는데, 글쎄, 계약
        자가 주해민이에요.

        동호, 렌터카 사무실에서 촬영된 주해민의 CCTV 사진을 보여
        준다.

동호   근데 유치장에 있는 주해민은 빌린 적이 없대요. (주변을 의식하며)
        아무래도 죽은 시간여행자가 빌린 거 같은데, 그 차 안에서 석
        오원의 DNA가 나왔어요.
진겸   현장에 누가 나가 있습니까?
동호   팀장님은 전화 안 받으시고, 하 형사님이랑 홍 형사가 나가 있
        습니다.
진겸   빨리 출발하시죠.

S#56   교차 | 밤
        #달리는 동호 차
        운전하는 동호. 조수석의 진겸, 고 형사에게 전화를 한다.

#달리는 고 형사 차

운전하는 고 형사. 휴대폰 액정에 진겸에게 전화가 왔다는 표시가 뜬다. 복잡한 표정으로 액정을 보다가 휴대폰을 뒤집어버리는 고 형사, 속력을 낸다.

#달리는 동호 차

고 형사가 전화를 받지 않자 더 심각해지는 진겸의 표정.

S#57 폐창고 앞 공터 | 밤

폐창고 앞에서 멈춰 서는 고 형사 차. 고 형사, 차에서 내려 폐창고로 향하며 어딘가로 전화를 건다.

고 형사 도착했습니다, 선생님. (듣고) 네, 석오원 소장 처리하겠습니다.

고 형사, 전화를 끊고 창고 안으로 들어가면.

S#58 달리는 동호 차 to 국도변 도로 | 밤

달리는 차 안 진겸의 시점. 도로 끝, 정복경찰과 하·홍이 한 낡은 렌터카 주변을 둘러싸고 있다. 진겸이 차에서 내리면, 하·홍이 다가온다.

홍 형사 인근 주민들 말로는 이곳에 버려진 지 일주일 정도 됐답니다.
하 형사 근처에 민가는 없고. 버려진 폐공장들만 몇 개 있어.

대답 없이 주변을 둘러보는 진겸. 멀리 폐창고들이 보인다.

  고 형사를 믿는 진겸

진겸	주변을 수색해보면 어딘가 석오원이 있을 겁니다.

S#59   폐창고 앞 길 to 입구 | 밤

경찰들과 동호, 진겸이 폐공장 터를 수색한다. 그러다 길 건너 수풀에 가려진 고 형사의 차를 발견하는 진겸, 표정이 굳었다가 뒤따라오던 동호에게 다가간다.

진겸	지역이 넓으니 흩어져서 찾아보죠. 이쪽은 제가 맡을 테니, 경사님은 반대쪽을 찾아주십시오.
동호	알겠어요.

동호가 멀어지고 진겸이 길을 건넌다. 다시 한 번 고 형사의 차를 확인한 진겸, 그 뒤로 돌아가보자 불이 희미하게 켜져 있는 폐창고가 보인다. 흔들리는 눈빛으로 폐창고 문 앞까지 걸어간 진겸, 권총을 꺼낸다. 서서히 열리는 문. 안에서 새어 나오는 희미한 불빛이 진겸의 불안한 표정 위로 쏟아지면.

11

고 형사의 과거

S# 1 미지의 공간 | 낮

검은 화면에 타이프 치는 소리가 리듬 있게 들린다. 탁...탁 탁...탁. 화면 밝아지면, 타이프에 걸린 종이에 찍히는 글자들이 보이고, 이윽고 완성되는 문장.

시간은 인간이 쓸 수 있는 가장 값진 것이다.
ㅡ테오프라스토스

자막 사라지면.

S# 2 폐창고 앞 공터 | 밤
(10회 엔딩에서 이어지는)

폐창고 앞에서 멈춰 서는 고 형사 차. 고 형사, 차에서 내려 폐창 고로 향하며 어딘가로 전화를 건다.

고 형사 도착했습니다, 선생님. (듣고) 네. 석오원 소장 처리하겠습니다.

고 형사, 전화를 끊고 창고 안으로 들어가면.

S#3   폐창고 앞길 to 입구 | 밤

경찰들과 동호, 진겸이 폐공장 터를 수색한다. 그러다 길 건너 수풀에 가려진 고 형사의 차를 발견하는 진겸, 표정이 굳었다가 뒤따라오던 동호에게 다가간다.

진겸   지역이 넓으니 흩어져서 찾아보죠. 이쪽은 제가 맡을 테니, 경 사님은 반대쪽을 찾아주십시오.

동호   알겠어요.

동호가 멀어지고 진겸, 길을 건넌다. 다시 한 번 고 형사의 차를 확인한 진겸, 그 뒤로 돌아가보자 희미하게 불이 켜져 있는 폐 창고가 보인다. 흔들리는 눈빛으로 폐창고 문 앞까지 걸어간 진 겸, 권총을 꺼내고 손잡이를 돌리면. 서서히 열리는 문.

S#4   폐창고 | 밤

진겸이 총을 겨눈 채 창고 안으로 들어오는 순간, 문 옆에 숨어 있던 남자가 진겸의 머리를 향해 총을 겨눈다. 진겸 역시 본능 적으로 남자에게 총을 겨누는데. 보면, 상대가 고 형사다. 진겸 의 얼굴을 확인하고 총을 내리는 고 형사.

고 형사   아씨, 놀래라.

하지만 여전히 굳은 표정으로 고 형사에게 총을 겨누는 진겸.

11   고 형사의 과거

그러다 총을 내리고 창고 안을 살피면, 석오원의 모습은 보이지 않는다.

고 형사　　아무래도 여기 석 소장이 있었던 거 같은데, 한발 늦었나 보다.

그러면서 고 형사, 진겸에게 무언가를 보여주는데. 보면, 석오원의 카이퍼 출입증이다. 굳은 얼굴로 출입증을 보는 진겸. 그러다 다시 한 번 고 형사를 보면.

고 형사　　빨리 주변 수색 시작해.

그러고는 창고를 나가는 고 형사. 진겸, 그런 고 형사를 의심스러운 눈으로 계속 보는데. 이때 창고로 들어오는 동호.

동호　　(창고 앞에서 고 형사와 마주친 듯) 팀장님 언제 오신 거예요? 경위님이 연락하셨어요?

진겸　　... 석오원부터 빨리 찾죠.

S#5　　교차 | 낮

#산속

야산을 수색 중인 하 형사과 순경들.

#공장 안

폐창고 인근 공장 직원들과 대화를 나누는 홍 형사.

#국도변

버스 정류장에 멈춰 선 버스 기사와 대화를 나누는 동호. 폐창
고를 가리키며 질문을 던지면.

#폐창고

고민스러운 표정으로 폐창고 안에 서 있는 진겸.

S#6   경찰서 회의실 | 낮

화이트보드에 주해민의 사진과 석오원의 사진이 붙어 있고, 폐
창고 위치에 동그라미 쳐진 지도도 보인다. 그리고 석오원 납치
시점부터 폐창고 발견 일자까지 시간 순서별로 적혀 있다. 그
앞에 형사 2팀이 한자리에 모여 있고, 동호가 브리핑 중이다.

동호   감식 결과, 석오원 소장이 장기간 갇혀 있었던 건 확실해 보여
        요. 발견된 지문과 머리카락은 모두 석 소장 거였고, 그 외에 범
        인 걸로 추정되는 단서는 발견되지 않았습니다.

홍 형사   창고에서 혈흔은 안 나온 거예요?

동호   응.

홍 형사   그럼 아직 살아 있다는 뜻이겠죠?

하 형사   형사 밥 하루 이틀 먹어? 벌써 어디 묻혔을 가능성이 높지 싶다.

그런데 진겸, 브리핑과 형사들의 대화가 이어지는 내내 고 형사
만 바라보고 있다. 이런 진겸의 시선을 느낀 듯 진겸의 시선을
의도적으로 피하는 고 형사. 이때 브리핑을 마치고 자리에 앉는
동호.

동호	진짜 돌겠다. 이세훈 사건도 단서 하나 안 나왔는데. (진겸 보며) 참, USB는 확인해보셨어요? 이세훈 여관 블랙박스.

그 말에 굳은 얼굴로 진겸을 보는 고 형사. 동호의 질문에 고 형사의 시선을 피하며 대답하는 진겸.

진겸	네. 확인해봤는데, 특별히 수상한 사람은 없었습니다.

고 형사, 계속 굳은 얼굴로 진겸을 보는.

S#7	태이 집 거실 ㅣ 낮

미래에서 가져온 USB를 손에 쥔 채 고민에 빠져 있는 태이, 그러다 달력을 본다. 진겸의 사망 날짜인 '10월 15일'을 보고 표정이 어두워지는 태이. 외투를 들고 나가면.

S#8	경찰서 복도 ㅣ 낮

생각에 잠긴 채 형사과로 향하는 진겸. 이때 형사과 앞에 서 있는 태이를 발견한다.

진겸	교수님.
태이	보여줄 게 있어서 왔어요. (USB 내밀며) 이거.

USB를 보고 얼어붙는 진겸.

#플래시백. 달리는 진겸 차 안 | 밤

(10회 51신)

창문으로 USB를 버리는 진겸. 뒤 차 바퀴에 깔리며 박살나는 USB.

#다시 현실

굳은 얼굴로 USB를 보던 진겸, 갑자기 태이의 손을 잡아 회의실로 끌고 간다. 조금 떨어진 곳에서 그 모습을 지켜보고 있는 시선, 바로 고 형사다.

S#9   경찰서 회의실 | 낮

회의실 안으로 태이를 끌고 들어온 진겸. 이런 진겸의 모습을 당황스러운 얼굴로 보는 태이.

태이   왜 그래요?

진겸   그거 어디서 나신 겁니까?

태이   (이상한)

진겸   어디서 나셨습니까?

태이   (눈치챈) 형사님, 이거 벌써 본 거죠? 그죠?

진겸   다른 사람한테 보여준 적 있으십니까?

태이   (답답) 지금 그게 중요해요? 여기 팀장님이 찍혀 있잖아요. 팀장님이 이세훈 살인 사건 용의자인 거 맞죠?

진겸   오해할 만한 영상인 건 압니다.

태이   (답답해 미치겠는) 오해가 아니라, 팀장님 정말 이상하다니까요!

진겸   10년 동안 가족처럼 지낸 분입니다. 어떤 분인지 제가 더 잘 압니다.

태이   그럼 팀장님은 왜 소장님을 조사 안 했을까요?

그 말에 굳어지는 진겸.

태이   형사님은 10년 전에 만들어진 몽타주만 보고도 소장님 목까지
        졸랐어요. 근데 형사님 어머니 사건을 담당했던 팀장님은 10년
        동안 단 한 번도 소장님을 조사한 적 없어요! 그게 안 이상해요?

진겸   ... USB 주십시오.

답답한 진겸의 모습에 화가 난 태이.

태이   이거 형사님 유품이에요!!

진겸   !!!

태이   이게 형사님 죽음과 관련 있을 수 있어요! 지금 이게 내가 갖고
        있는 유일한 단서라고!

진겸   ...

태이   못 줘요. (단호하게) 아무리 형사님이어도, 나 이거 절대 못 줘!

그러고는 나가버리는 태이. 진겸, 한숨을 내쉬면.

S# 10   **경찰서 복도 | 낮**

화가 난 얼굴로 밖으로 향하는 태이. 그런데 인기척이 느껴져
뒤돌아보면. 멀리서 자신을 지켜보고 있는 고 형사를 발견한다.
사나운 눈빛으로 태이를 지켜보는 고 형사. 태이 역시 그런 고

형사를 노려보다가 빠르게 계단을 내려간다.

S#11   언론사 사회부 | 낮

당황스러운 표정으로 앉아 있는 도연. 그런데 그 앞에 앉아 있
는 여자, 바로 태이다.

도연   갑자기 아저씨는 왜요?

태이   그냥 고형석 팀장님이 어떤 분인지 알고 싶어서요.

도연   대답하는 거야 어렵지 않은데, 그 질문을 왜 하는 건데요?

태이   형사님한테 아버지 같은 분이라고 자주 들어서 궁금했어요.

도연   (대뜸) 아버지 같은 분이세요.

태이   (진지한) 나 지금 장난하러 온 거 아니에요.

도연   (따라서 진지해지면)

태이   형사님이랑 팀장님 두 사람 처음 만난 게 2010년이죠? 형사님
       고등학생 때 누명을 쓴 적 있는데, 그때 형사님을 체포한 사람
       이 팀장님이라고 들었어요.

도연   다 알면서 왜 물어보시는 거예요?

태이   그 누명 사건 있고 얼마나 지나서 형사님 어머니가 돌아가신 거
       예요?

도연   (이상한) 그건 왜요?

태이   그냥 궁금해서요.

도연   ...3일요. (사이) 진겸이 풀려나고 3일 후에 돌아가셨어요.

태이, 도연의 말을 듣고 굳어지는데.

진겸 옛집 거실 | 밤

귀가하는 태이. 그런데 태이가 쓰는 안방 앞에 한 남자가 서 있다. 바로 고 형사다. 고 형사를 노려보는 태이. 고 형사 역시 차가운 표정으로 태이를 바라본다.

태이   주인 없는 집에서 뭐하세요?

고 형사   옛 생각이 나서 좀 둘러보고 있었습니다.

태이   (의심스럽게 보면)

고 형사   이 방 주인이 누군지는 아십니까?

태이   형사님 어머니께서 쓰시던 방이라고 들었어요. 왜 오신 거예요? 뭐 찾으러 오셨어요?

고 형사   아니요. 진겸이 만나러 왔습니다.

태이, 고 형사를 노려보다 방으로 들어가려는데.

고 형사   어린 시절에 대한 기억이 전혀 없으신 겁니까?

질문의 의도를 몰라 고 형사를 빤히 보는 태이. 여전히 차가운 표정으로 태이를 보는 고 형사.

태이   네. 아직은요. 팀장님이 아시면 얘기 좀 해주세요.

고 형사   그랬으면 좋겠는데, 나도 아는 게 없네요.

태이   그럼 팀장님이 아는 거 물어볼게요. 형사님 언제 처음 알게 된 거예요?

고 형사   전에 말씀드렸는데. 나 때문에 진겸이가 누명을 쓴 적이 있다고.

태이	혹시 그전부터 알고 있지는 않았어요?
고 형사	(빤히 보다가) 아닌데. 그건 왜 물으십니까?
태이	팀장님이 이상해서요. 귀 뒤에 있는 상처도 이상하고요.

그 순간, 태이를 사납게 노려보기 시작하는 고 형사. 이런 고 형사의 시선을 피하지 않는 당당한 눈빛의 태이.

태이	그 상처는 언제 생기신 거예요?
고 형사	그게 왜 알고 싶습니까?
태이	어디서 본 거 같아서요.
고 형사	어디서요?

표정이 더욱 사나워지는 고 형사, 위협적으로 한 걸음씩 태이에게 다가가기 시작한다. 태이, 살짝 겁을 먹은 표정으로 물러서는데. 이때 집 안으로 들어오는 진겸, 집 안에 있는 두 사람을 굳은 얼굴로 본다. 여전히 태이를 노려보던 고 형사, 표정을 풀며 진겸을 보면. 굳은 표정으로 고 형사를 보는 진겸의 모습에서.

S# 13   포장마차 | 밤

소주를 마시는 고 형사. 그 앞에 여전히 굳은 얼굴로 앉아 있는 진겸.

진겸	집엔 어쩐 일이세요?
고 형사	너한테 할 말이 있어서 왔어.
진겸	전화하시지 그러셨어요.

고 형사	니 얼굴 보고 얘기하고 싶었다. (사이) 나 사표 냈다.
진겸	...
고 형사	미리 말하지 못해서 미안하다. 그래도 너한테 제일 먼저 말하는 거야.
진겸	갑자기 왜요?
고 형사	그냥 사는 게 피곤해서. 일 그만두고 집사람이랑 여행이나 다니려고. 왜? 서운하냐?
진겸	아니요. 잘 생각하셨어요. 이제 좀 쉬셔야죠.
고 형사	석 소장만 찾으면 바로 그만둘 거야. 다른 애들한테 아직 말하지 마라.
진겸	... 석 소장 찾을 수 있을까요?
고 형사	(보면)
진겸	왠지 못 찾을 거 같다는 생각이 들어요.

차가운 눈빛으로 고 형사를 응시하는 진겸. 고 형사 역시 진겸의 시선을 피하지 않고 바라본다. 시선이 충돌하는 두 남자. 이때 울리는 진겸의 휴대폰.

| 진겸 | (받으며) 네. 경사님. |
| (동호) | 경위님, 석오원이 돌아왔어요. |

진겸, 놀란 표정으로 듣다가 고 형사를 보면. 담담한 얼굴로 소주를 마시는 고 형사.

카이퍼 복도를 걷는 진겸. 소장실 문을 거칠게 열고 안으로 들어오면. 예전처럼 반듯한 모습으로 자기 자리에 앉아 진겸을 보는 석오원.

Cut to

앉아 있는 진겸에게 커피를 건네고, 그 맞은편에 앉는 석오원.

석오원　　어떤 창고에 갇혀 있다 어제 간신히 탈출했습니다.

그러면서 여유롭게 커피를 마시는 석오원. 아무리 봐도 오랜 기간 감금됐던 사람으로 보이지 않는다. 그런 석오원을 이상하게 보는 진겸.

진겸　　저한테 보여주신다고 했던 예언서는 어디 있습니까?

석오원　　범인이 갖고 간 거 같습니다.

진겸　　예언서에 제가 알아야 할 게 적혀 있다고 하셨는데, 말씀해주시죠.

차를 마시며 잠시 고민하는 석오원.

석오원　　이번 일을 겪으면서 그동안 제가 얼마나 무모했는지 깨달았습니다. 저는 이제 그만두겠습니다. 더는 이 일에 관여하고 싶지 않습니다.

진겸　　힘든 일을 겪으셨다는 건 알지만, 10년이라는 긴 시간 동안 시간여행을 막으려고 노력하신 분이 이렇게 쉽게 포기할 수 있습니까?

석오원　새로운 세상에 대한 심리적 저항은 누구에게나 있는 법입니다. 저는 이제야 그걸 받아들였을 뿐이고요. 형사님도 잘 생각하십시오. 시간여행자들을 상대로 형사님이 할 수 있는 건 아무것도 없습니다.

진겸　...

석오원　더 하실 얘기 없으면 일어나겠습니다.

진겸　(뚫어지게 응시하다가) 절차가 아직 남았습니다.

S# 15　폐창고 | 낮

폐창고 문이 열리며 들어오는 진겸. 석오원이 들어오고, 고 형사가 뒤따라 들어온다.

진겸　이곳이 맞습니까?

석오원　(여유롭게 둘러보며) 네, 맞습니다.

진겸　다른 피해자는 곧바로 살해한 범인이 왜 소장님만 죽이지 않고 감금해놓았을까요?

석오원　제가 살아 돌아온 게 문제라는 것처럼 들리네요.

진겸　범인이 소장님을 살려둔 이유라도 있습니까?

석오원　그거야 저는 모르죠.

그 순간, 짧게 서로의 얼굴을 보는 석오원과 고 형사. 이런 두 사람의 시선을 알아챈 듯 날카로워지는 진겸.

진겸	... 어떻게 탈출하셨습니까?
석오원	이틀 전 범인이 통화하는 사이에 도망쳤습니다.
진겸	범인 얼굴은 보셨습니까?
석오원	아니요. 눈이 가려져 있어서 목소리만 들었습니다.
진겸	아는 목소리였습니까?
석오원	처음 듣는 목소리였습니다.

진겸, 석오원을 의심스럽게 보는데.

| 석오원 | 여기 오니 안 좋은 기억이 나서 답답한데, 이제 가도 되겠습니까? |
| 고 형사 | 협조 감사합니다. 제가 모셔다드리겠습니다. |

석오원, 고 형사를 응시하다 고개를 끄덕이고, 먼저 나가는 고
형사를 따라간다. 진겸, 밖으로 나가는 고 형사와 석오원의 뒷
모습을 빤히 바라볼 뿐이다.

S# 16 달리는 고 형사 차 안 | 낮

굳은 얼굴로 운전하는 고 형사. 조수석의 석오원도 표정을 읽을
수 없는데.

| 석오원 | 박진겸이 팀장님을 의심하는 것 같습니다. |
| 고 형사 | 소장님은 소장님 할 일이나 하십시오. |

퉁명스러운 고 형사의 대답에 이유 없이 씨익 웃는 석오원.

　　　앨리스 본부장실 | 낮

철암과 독대 중인 시영.

철암　　민혁이는?

시영　　저도 모르겠어요. 뭘 하고 다니는 건지.

철암　　민혁이 의심이 풀리려면 시간이 좀 걸릴 거야. 섭섭해하지 마.
　　　　민혁이 입장에선 당연한 거야.

시영　　알아요. 제가 거짓말한 것도 있고요. 그래서 제가 풀어보려고요.

철암　　??

시영　　이세훈이 살해당한 여관 주변 CCTV 영상을 복구 중이에요. 이
　　　　세훈 죽인 자를 알아내면, 태이를 죽인 자도 찾을 수 있겠죠. 선
　　　　생을 찾을지도 모르고요.

철암　　(잠시 보다가) 결과 나오면 나한테 바로 보고해.

S# 18　　　앨리스 관제실 | 낮

관제실 모니터에 복원 영상이 실시간 업데이트되고 있다. 흐릿
하지만 점점 형체를 찾아가는 영상. 눈을 떼지 못하는 시영.

S# 19　　　앨리스 회의실 | 낮

고 형사 관련 파일을 넘겨보는 민혁. 이때 승표가 들어온다.

승표　　경찰 쪽에서 고형석이 이세훈을 살해한 증거를 확보했습니다.
　　　　그런데 박진겸은 고형석을 체포할 생각이 없는 것 같습니다.

민혁, 눈빛이 매서워지면.

외출 준비를 마치고 밖으로 나오는 태이. 그런데 대문 앞에 서 있던 남자를 보고 얼어붙는다. 바로 민혁이다. 놀라는 태이, 뒷걸음질 치면.

민혁   놀라지 마십시오. 박진겸을 만나러 온 겁니다. 박진겸 지금 어딨습니까?

태이   형사님 만나서 뭐하려고요?

민혁   박진겸에게 해줘야 될 얘기가 있습니다.

태이   (이상한 듯 보자)

민혁   걱정 마십시오. 박진겸을 도와주려는 겁니다.

태이   얼마 전까지 형사님을 죽이려고 했으면서 이젠 도와주겠다고요?

민혁   … 그땐… 오해가 있었습니다.

태이   무슨 오해요?

민혁   (대답 못 하면)

태이   어떤 오해를 혼자서 했다가 혼자서 풀었는지 모르지만, 형사님 곁에 나타나지 않았으면 좋겠어요. 당신, 시간여행자잖아요.

민혁   (씁쓸하게 보다가) 이번 일만 해결되면 다시 나타날 생각 없습니다.

태이   이번 일이란 게 뭔데요?

하지만 민혁, 대답 없이 인사만 하고 떠나면.

| S#21 | 대학 교수실 | 낮 |

책상에 앉아서 안절부절못하는 태이.

| 태이 | (혼잣말) 대체 이번 일이 뭐야... |

그러면서 다시 달력을 보는 태이.

Cut to

교수실의 커다란 화이트보드에 뭔가를 적어 내려가기 시작한다. 컴퓨터 프로그래밍에 관한 여러 가지 기호들을 써 내려가는 태이.

Cut to

어느새 빽빽해진 화이트보드를 배경으로, 이번에는 컴퓨터 앞에 앉아 어떤 프로그램을 만들기 시작한다. 화면에는 구글 맵이 펼쳐져 있고, 어플리케이션 프로그래밍 소프트웨어(JAVA)가 구동 중이다. 어플리케이션 프로그램을 만드는 데 집중하는 태이.

| S#22 | 고 형사 아파트 거실 | 낮 |

놀란 표정으로 남편을 보는 고 형사 처. 고 형사, 미안한 듯 아내의 얼굴을 똑바로 쳐다보지 못한다.

고 형사 처	사표를 냈다고? 언제?
고 형사	며칠 됐어. 내일까지만 출근하면 돼.
고 형사 처	(황당한 표정으로 보면)

고 형사	내 맘대로 결정해서 미안해.
고 형사 처	... 잘했어.
고 형사	(믿지 못해 반문) 잘했다고?
고 형사 처	응. 안 그래도 당신 출동 나갈 때마다 걱정돼서 잠을 설쳤는데, 이제 발 뻗고 자겠다. 결혼하고 당신이 한 일 중에 제일 잘했어.

넉넉한 미소를 지어 보이는 고 형사 처. 아내의 반응에 먹먹한
표정으로 보는 고 형사.

고 형사 처	(호기롭게) 기분이다. 오늘은 마시고 싶은 만큼 마시고 와!
고 형사	(슬픔이 섞인 미소) 역시 우리 마누라 최고다.

S# 23   수사반점 | 밤

수사반점으로 들어오는 도연.

도연	뭐야? 벌써 시작했어요?

보면, 고 형사의 은퇴식을 조촐하게 하는 듯 형사 2팀이 한자리
에 모여 음식을 먹고 있다.

동호	기자님이 늦게 오신 거예요.
도연	그래도 주인공이 안 왔는데, 시작하는 건 반칙이지.
동호	(웃고) 기자님이 주인공이에요?

도연, 당연하다는 듯 진겸의 옆자리에 앉는다. 이때 주방에서

요리와 술을 추가로 갖고 오는 태이 모와 태연.

태이 모   (매상 올라 기분 좋은) 많이들 드세요. 부족하면 바로 말씀하시고요.

매상이 올라 싱글벙글한 태이 모. 하지만 형사과 손님 때문에 바빠서 표정이 좋지 않은 태연. 요리와 술을 내려놓으며 하·홍 쪽을 보고.

태연   아니, 중국집 많은데 왜 꼭 우리 집으로 와요?
홍 형사   죄송합니다. 다음부터는 꼭 다른 데서 회식하겠습니다.

그 순간, 태연의 등짝을 갈기는 태이 모.

태이 모   너 주방으로 쫓겨날래?
태이 부   (주방에서 고개 내밀며) 그래. 너 와서 짜장이나 볶아.
태연   하다 하다 이젠 주방 일까지 시키려고? (투덜) 아주 땜빵 안 하는 곳이 없어. 우리 중국집, 나 없으면 돌아가겠어?

불만 가득한 표정으로 서빙하던 태연, 어울리지 않게 상냥한 얼굴로 고 형사 앞에 요리를 내려놓으며.

태연   팀장님은 많이 드세요. 그만두셔도 종종 드시러 오시고요.
고 형사   고마워요.

그러고는 주방으로 들어가는 태연.

| 하 형사 | 자자, 모두 모였으니까 다시 잔 채우고. 거국적으로 한잔하시죠. (고 형사를 보고) 그전에 팀장님 은퇴 소감을 듣겠습니다. |

하 형사, 소주병에 숟가락 꽂아 마이크를 만들어 건네주면. 오호~ ~ 하면서 추임새를 넣는 홍 형사.

고 형사	됐어. 그냥 조용히 먹자.
홍 형사	에이, 그래도 팀장님이 한마디하셔야죠.
동호	네. 팀장님 하세요.
도연	하실 때까지 전 안 마실 거예요.

하지만 끝내 말 한마디 없이, 혼자서 술을 마셔버리는 고 형사. 다들 왜 이러나 싶은 듯 고 형사를 보는데.

| 도연 | 하긴. 요즘에 말 많으면 꼰대 취급 받아. (하며 고 형사 잔 채워주며) 은퇴 축하드려요. |

여전히 안색이 밝지 않은 고 형사와 건배하고 술잔을 비우는 도연과 형사들. 진겸은 표정이 어두운 고 형사를 빤히 바라보다 술이 아닌 물을 마신다.

| S# 24 | **고 형사 아파트 단지 | 밤** |

고 형사 아파트로 나란히 걸어오는 진겸과 고 형사. 그런데 진겸에게 할 말이 있는 듯 머뭇거리는 고 형사. 진겸, 그런 고 형사를 빤히 보는데.

고 형사	... (결국 하고 싶은 말은 못 하고 딴말하는) 집에 도착하면 전화해라.
진겸	... 네.

아파트 안으로 들어가는 고 형사를 바라보는 진겸.

S# 25   고 형사 아파트 엘리베이터 | 밤

엘리베이터 벽에 기댄 채 생각에 잠겨 있는 고 형사. 이때 도착한 엘리베이터 문이 열리자 내리려고 하는데, 엘리베이터 앞에 서 있는 한 남자를 보고 얼어붙는다. 바로 민혁이다. 얼어붙는 고 형사.

민혁	내가 누군지 아는 눈치네. 너 정체가 뭐냐?

고 형사를 사납게 노려보는 민혁의 모습에서.

S# 26   고 형사 아파트 주차장 | 밤

주차장으로 향하는 진겸. 이때 진겸의 휴대폰이 울린다. 발신자를 확인하고 전화를 받는 진겸.

진겸	네, 아주머니.

#인서트. 고 형사 아파트 거실 | 밤

진겸과 통화 중인 고 형사 처.

고 형사 처	진겸아, 아저씨 아직 같이 있지? 좀 바꿔봐. 그 양반 왜 전화를

안 받니?

#다시 주차장

그 말에 굳어지는 진겸. 뒤를 돌아 고 형사의 아파트를 응시하는 동시에, 빠르게 아파트를 향해 뛰어가는 진겸의 모습에서.

S# 27   고 형사 아파트 옥상 | 밤

사납게 고 형사의 멱살을 잡아 난간에 몰아붙이는 민혁. 그 순간 고 형사, 민혁을 향해 주먹을 날리지만, 여유롭게 공격을 피하며 배를 가격해 고 형사를 쓰러트리는 민혁. 고 형사가 다시 민혁에게 달려들어 덮치려고 하지만, 이번에도 고 형사의 턱을 가격해 쓰러트리고 머리에 총을 겨누는 민혁.

민혁   무슨 목적으로 여기 온 거야? 박진겸 옆에 붙어 있는 이유가 뭐야!

그제야 입안에 고인 피를 뱉어낸 후 입을 여는 고 형사.

고 형사   왜? 이제 와서 아버지 노릇이라도 하려고?
민혁   (굳은) 어떻게 알았어?

그 말에 민혁, 고 형사의 이마에 총구를 붙이지만. 전혀 두려움 없는 눈빛으로 민혁을 보는 고 형사.

민혁   내가 그 입 꼭 열어줄게.

그러면서 민혁, 방아쇠를 당기지 않고 오히려 고 형사 머리를 가격해서 기절시킨다. 그런데 이때 등 뒤에 느껴지는 인기척에 뒤돌아보면, 진겸이 사납게 민혁을 노려보고 있다. 당황하는 민혁.

민혁   우선 내 얘기 들어. 난 널 도와주려고 온 거야. 이 자식, 선생이
          보낸 불법 시간여행자야!

진겸   …

민혁   너도 이 자식 의심하고 있잖아! 내 말 믿어. 난 니 엄마를 죽이
          고 너까지 죽이려는 놈을 잡아주려는 거야. 내가 앨리스에 데려
          가 조사해볼게.

진겸   니가 왜?

민혁   …

진겸   니가 뭔데? 무슨 자격으로?

민혁   (굳은)

진겸   두 번 다시 아저씨 건들지 마. 아저씨, 내겐 아버지 같은 분이야.

진겸의 말에 얼어붙는 민혁.

진겸   이게 마지막 경고야.

서로를 응시하는 진겸과 민혁의 모습에서.

고 형사 아파트 안방 | 밤

천천히 눈을 뜨며 정신을 차리는 고 형사. 그 앞에 있던 진겸의
모습이 서서히 선명해진다. 그런데 고 형사, 일어나자마자 바로
진겸의 몸을 살피며 걱정한다.

고 형사   괜찮아? 너 다친 데 없어?

진심으로 진겸을 걱정하는 고 형사의 표정. 그런 고 형사를 혼
란스럽게 보는 진겸. 진겸이 아무 말 없자 고 형사, 표정이 굳어
진다. 말없이 서로를 보는 두 남자의 모습. 이때 고 형사 처가 들
어온다.

고 형사 처   깼어? (잔소리) 아니, 술을 얼마나 마셨길래 계단에서 굴러? 진겸
이가 못 찾았으면 어쩔 뻔했어!

그 말에 고 형사, 진겸이 아내에게 거짓말했다는 것을 알고 진
겸을 보면. 표정 없이 고 형사를 보는 진겸.

진겸   가볼게요. 나오지 마세요.

그러고는 거실로 나가는 진겸. 고 형사, 슬픈 표정으로 진겸의
뒷모습을 본다.

진겸 오피스텔 | 낮

다각형에 붙어 있는 엄마의 사진을 바라보는 진겸. 잠시 고민하

던 진겸, 다각형에 새로운 사진 한 장을 붙인다. 바로 고 형사의 사진이다. 그리고 시선을 '선생'이라고 써놓은 글자로 향한다.

S#30　앨리스 관제실 | 밤

혼자 남아 모니터를 보고 있는 시영. 모니터에 조금 더 복원된 영상이 나온다.

S#31　앨리스 본부장실 | 밤

철암과 대화 중인 민혁.

철암　이제 어쩔 거야?

민혁　나도 모르겠어. 태이를 죽이고 자기까지 죽이려는 사람을 박진겸이 너무 의지하고 있어서 걱정돼.

철암　그자가 태이를 죽인 건 확실해?

민혁　(보면)

철암　확실한 건 아닌 거 같아서.

민혁　선생은 예언서를 찾고 있어. 그래서 이세훈을 보냈고, 태이를 죽였고, 이젠 박진겸까지 노리는 거야.

철암의 표정이 차가워지면.

S#32　앨리스 관제실 | 밤

모니터에 조금 더 복원된 영상이 나온다. 여관 입구로 이세훈처럼 보이는 남자가 절룩이며 들어간다. 그 뒤로 형체를 알아보기 어려운 남자가 이세훈을 따라 들어간다. 영상을 보던 시영, 남자의 형체가 드러난 듯 눈이 커지기 시작하는데.

S#33   회상. 여관방 복도 to 방 안 | 낮
        (10회 23신에 이어서)
        다급하게 진겸과 통화 중인 이세훈.

이세훈   니 엄마가 왜 죽었는지 궁금하지? 날 보호해주면 말해줄게. 누
        가 죽였는지도 내가 알아.

        이때 방문 앞에서 인기척이 느껴지자 바로 전화를 끊고 돌아보
        는 이세훈. 이미 방 안으로 들어온 남자를 보고 얼어붙는다.

이세훈   서... 선생님...

        그제야 카메라가 선생을 보여주는데, 바로 철암이다. 철암은 총
        을 겨누고 있다. 그런데 아무 말 없이 알약 하나를 내미는 철암.

철암   드십시오.
이세훈   (겁에 질려) 뭐, 뭡니까?
철암   (젠틀하고 고요한 눈빛) 기회를 드리려는 겁니다.

        망설이던 이세훈, 총구를 보고는 어쩔 수 없이 약을 복용하면.
        액체가 담긴 작은 주사기를 꺼내는 철암.

철암   이건 해독젭니다. 5분 안에만 투약하면 어떤 후유증도 없으실

겁니다.

이세훈　(무릎 꿇으며) 살려주십시오, 제발...

철암　예언서 마지막 장 어디 있습니까?

이세훈　정말 제가 숨긴 게 아닙니다. 처음 봤을 때부터 없었습니다. 제발 믿어주십시오...

그때, 갑자기 쿨럭이며 피를 토하는 이세훈. 피가 철암의 신발에 튀자 미간을 조금 찡그리는 철암. 손수건을 꺼내 꼼꼼하게 닦는데.

철암　알겠습니다. 믿겠습니다.

그러자 안심한 이세훈, 해독제를 달라는 듯 손을 뻗는데. 그 순간, 주사기를 바닥에 떨어뜨리고 발로 밟아 깨뜨리는 철암.

철암　그동안 수고하셨습니다. 이제 편히 쉬십시오.

이세훈, 피를 토하며 쓰러진다. 이때, 방 안으로 들어오는 남자, 바로 고 형사다. 죽어 있는 이세훈을 보고 놀라는 고 형사. 그런 고 형사에게 젠틀하게 말하는 철암.

철암　늦으셨네요. 그럼 뒤를 부탁드립니다.

여유롭게 미소 짓는 철암.

(31신에서 이어지는)

진지하게 민혁의 얘기를 경청해주는 철암.

민혁   태이는 왜 예언서를 가지고 도망쳤을까? 대체 예언서에 뭐가
         적혀 있길래.

철암   예언서는 누가 쓴 건지도 모르고 지금까지 본 사람도 없어. 본
         사가 왜 한낱 종이 따위에 집착하는지 나도 이해가 안 돼.

민혁   그래도 본사가 찾는데는 이유가 있을 거 아냐?

철암   (대수롭지 않게) 시간여행의 종말이 적혀 있다고 들었어. 시간을
         마음대로 통제할 수 있는 자가 시간여행을 막는다는 내용이래.
         좀 황당하지?

민혁   (뭔가 걸리는 게 있는 듯)

철암   왜 그래?

민혁   박진겸. 박진겸 주위에서 이유 없이 웜홀이 열렸다 닫혔어. 그
         것도 두 번이나.

철암   (모르는 척) 확실해?

민혁   (끄덕) 내가 더 알아볼 테니까, 본사에는 아직 얘기하지 마.

철암   그래, 알았어.

다급하게 일어나 밖으로 나가는 민혁. 민혁이 나가자 테이블 밑에
서 예언서를 꺼내는 철암. 차가운 얼굴로 앞 페이지를 열어본다.

'시간의 문'을 통과해 태어난 아이는
'시간의 문'을 닫을 운명을 타고난다.

어느 은밀한 야외 공간에 도착한 고 형사. 그런데 그곳에 한 남자가 서 있다. 바로 철암이다. 고 형사, 다가가 철암에게 목례를 한다.

철암   박진겸의 능력이 시간여행으로 확대되기 시작한 거 같습니다.

고 형사   ...

철암   박진겸이 시간을 통제하기 시작하면 우리 모두가 위험해집니다. 박진겸을 죽여야겠습니다.

고 형사   (놀라며) 아직 마지막 장을 찾지 못했습니다. 마지막 장에 무엇이 쓰여 있는지도 모르는데...

철암   마지막 장도 찾을 겁니다. 하지만 시간이 없습니다. 만에 하나, 그전에 박진겸이 시간의 문을 닫기라도 하면 어떤 일이 벌어질지 모릅니다. 앨리스 자체가 소멸될 수도 있고, 이곳에 있는 모든 시간여행자들이 여기에 고립될 수도 있습니다. 박진겸을 죽이세요.

고 형사   (대답 못 하고 갈등하면)

철암   (이상하게 보다가) 왜요? 이젠 아내 분보다 박진겸이 소중해지신 겁니까?

고 형사   ... 그런 게 아니라.

철암   또 다시 아내 분을 잃으실 수 있습니다.

고 형사   !!!

철암   제 명령을 거부한 고형석 씨를 제가 여기 남겨둘 이유가 없지 않습니까. 강제추방시킬 겁니다. 그다음엔 이곳에 남아 있는 고형석 씨의 흔적을 지울 겁니다. 우선 아내 분부터 제거해야겠죠.

고형사	...
철암	이번이 마지막입니다. 이번 일만 처리하시면 고형석 씨에게 자유를 드릴 생각입니다. 그러니 빨리 결정하세요. 박진겸을 죽일지, 아니면 아내 분과 영원히 헤어질지. 어차피 박진겸은 고형석 씨의 존재를 눈치챘습니다.

절망적인 얼굴의 고 형사.

S#36 **고 형사 아파트 거실 | 밤**

아내와 같이 밥을 먹는 고 형사. 그런데 수저를 든 채 멍하니 생각에 잠겨 있고. 아내는 이런 고 형사를 이상하게 본다.

고형사 처	왜 그래? 맛이 없어?
고형사	아니. 우리 마누라가 해준 건데 맛이 없을 리 있나.

그러면서 넉살 좋게 웃으며 다시 밥을 먹는 고 형사. 하지만 고 형사 처가 계속 이상하게 보자.

고형사	아니 그냥. 이제 형사 일 그만두면 당신이랑 뭐 먹고살까 고민 돼서.
고형사 처	뭐 그런 걸 걱정해! 걱정하지 마. 우리 둘 다 몸 건강한데 굶어 죽겠어? 우선은 몇 달 집에서 푹 쉬어. 여행도 가고. 고민은 그 다음에 해도 돼. 기운 내! 파이팅, 우리 남편!

인자한 미소로 남편에게 힘을 주는 고 형사 처. 그런 아내를 빤

히 보는 고 형사.

고 형사   역시 나한텐 당신밖에 없네.

다시 밥을 먹는 고 형사. 하지만 잘 먹히지 않는지 밥을 꾸역꾸역 억지로 삼킨다.

S#37   진겸 옛집 안방 to 거실 | 밤

인터넷으로 이세훈과 관련된 기사들을 찾아보고 있는 태이. 그러다 달력을 보고 표정이 어두워져 거실로 나가면. 창가에 서서 생각에 잠겨 있는 진겸이 보인다. 그런데 태이를 피하듯 욕실로 향하는 진겸. 태이, 걱정스럽게 진겸을 보다가 테이블에 놓여 있는 진겸의 휴대폰을 발견한다. 욕실 쪽을 한번 보고, 바로 진겸의 휴대폰 비밀번호를 풀려고 하는 태이. 여러 패턴을 시도해 보지만, 풀지 못하자 조명 아래에서 지문까지 확인하며 패턴을 알아내려고 하는데. 이때 등 뒤에서 느껴지는 인기척에 뒤돌아보면, 진겸이 태이를 빤히 보고 있다.

진겸   뭐하시는 겁니까?
태이   ... 아니, 그냥... 벌써 샤워 다 했어요?
진겸   샤워한다고 한 적 없는데요.
태이   난 그냥... (얼버무리려다 포기하고) 진짜 오해 말고 들어요. 우리 어플 하나만 깔아요.
진겸   ?
태이   이거 내가 밤새 만든 위치추적 어플이에요. 우리 이거 같이 깔

	고 위치 공유해요.
진겸	제 위치를 교수님이 왜요?
태이	(훑기며) 혹시나 형사님이 무슨 일 생기면 내가 도울 수 있잖아요.
진겸	(수긍 안 하면)
태이	나한테 무슨 일이 생길 땐 형사님이 달려올 수도 있고.
진겸	(그제야) 알겠습니다.

Cut to

나란히 앉아 휴대폰 화면을 보면. 위치추적 어플에 서로의 위치가 떠 있다. 흡족한 표정으로 휴대폰을 보는 태이. 하지만 진겸은 무덤덤한 표정이다.

태이	(농담조) 이제부터 시시때때로 형사님 어디 있나 확인할 테니까, 이상한 데 가면 안 돼요.
진겸	전 그런 곳에 안 갑니다.
태이	(피식) 그런 곳이 어딘데요? 난 형사님 위험한 곳에 가지 말라는 뜻인데.
진겸	걱정 마세요. 이상한 곳이든 위험한 곳이든 안 가겠습니다.

순순히 말을 듣는 진겸을 보며 만족스러운 미소를 짓는 태이.

| S#38 | 태이 집 거실 | 낮 |

부엌에서 열심히 요리를 하는 태이. 커다란 화이트보드에 각종 요리 레시피가 공식처럼 줄줄이 쓰여 있다. 레시피를 보며 야채

를 자르고, 간도 맞추며 깐깐하게 음식을 준비하던 태이. 그러
다 휴대폰 위치 어플로 진겸의 위치를 확인한다. 진겸이 경찰서
에 있는 걸로 나타나자 안도의 미소 짓는 태이.

S# 39   교차 | 낮

#경찰서 형사과

동호와 대화 중이던 진겸. 이때 휴대폰이 울려 받는다.

진겸   네, 아저씨.

그런데 대답이 없는 고 형사. 진겸, 이상한 듯 휴대폰을 확인하면.

#고 형사 아파트 거실

하루 사이에 많이 초췌해진 모습으로 통화 중인 고 형사.

(진겸)   아저씨?
고 형사   ... 오늘 바쁘냐?

#이후 화자에 따라 장소 교차

진겸   아니요.
고 형사   그럼 간만에 밤낚시나 갈래?

무언가 이상함을 느낀 듯 잠시 굳어지는 진겸. 말없이 진겸의
대답을 기다리는 고 형사.

진겸   (고민하다가) 알겠습니다. 모시러 가겠습니다.

#고 형사 아파트 거실

전화를 끊고 책상 위에 놓인 총을 보는 고 형사. 눈빛이 고요할
정도로 차갑다.

S#40   태이 집 거실 | 밤

다 만들어진 음식들을 반찬통에 예쁘게 담는 태이. 쇼핑백에 반
찬통을 차곡차곡 넣고 만족한 미소를 지으며 다시 휴대폰의 위
치 어플을 실행시킨다. 그런데 이번엔 진겸의 위치가 서울에서
한참 떨어진 지방 국도로 나오자 표정이 어두워지는 태이. 바로
진겸에게 전화를 걸지만, 연결되지 않는다는 메시지가 흘러나
온다. 더욱 불안해진 태이, 다급하게 밖으로 나간다.

S#41   경찰서 형사과 | 밤

얼어붙은 얼굴로 서 있는 태이.

태이   둘이서만요?

동호   (이상한) 네. 두 분이서 종종 다니세요. 근데 왜 그러세요?

태이, 진겸에 대한 걱정으로 나가려고 하다가 다시 동호를 보며.

태이   저 좀 도와주세요. 형사님.

그러면서 가방에서 무언가를 꺼내는 태이. 바로 미래에서 가져

온 USB다.

동호   이게 뭔데요?

태이   팀장님이 살인 사건 용의자예요.

놀라는 동호.

S# 42   낚시터 | 밤

밤안개가 자욱한 어두운 낚시터. 불빛이라고는 하늘 위 달빛과 진겸과 고 형사가 친 작은 텐트에 매달려 있는 랜턴뿐. 텐트 앞에 나란히 앉아 밤낚시 중인 진겸과 고 형사. 고 형사, 혼자 소주를 자작하며 진겸을 보면. 진겸은 아무런 표정 없이 물 위에 떠 있는 찌만 바라보고 있다.

고 형사   출출하지? 뭐 먹을래?

진겸   ...

그러면서 진겸 뒤로 돌아가 배낭에서 뭔가를 꺼내는 고 형사. 진겸은 여전히 찌만 바라보고 있다. 배낭에 숨겨두었던 총을 꺼내는 고 형사. 진겸을 바라보는 눈빛이 점점 차가워지기 시작한다. 하지만 고 형사에 대한 아무런 경계도 없는 진겸. 진겸을 살해할 완벽한 기회라는 걸 알기에 진겸에게 천천히 총을 겨누는 고 형사. 이때 달빛이 만든 그림자가 고 형사의 움직임을 고스란히 바닥에 그린다. 그로 인해 그림자를 발견한 진겸. 하지만 아무런 표정 변화 없는 진겸. 심지어 돌아보지조차 않는다. 마치 고 형사가 쏠 때까지 기다리는 듯 담담한 표정으로 찌를 보는 진겸. 이런 진겸을 향해 총을 겨누는 고 형사.

고 형사	미안하다, 진겸아.
진겸	(그제야 보면)
고 형사	집사람을 살리려면 이러는 수밖에 없어.

괴로운 표정으로 진겸을 보는 고 형사. 그리고 고 형사를 보며 일어서는 진겸. 하지만 진겸은 피하거나 반격할 생각 없이 고 형사의 얼굴을 바라볼 뿐이다. 괴로운 고 형사의 눈빛이 점점 공허해지면…

S# 43   2050년. 시신 보관실 | 낮

공허한 눈빛으로 서 있는 고 형사(2010년과 동일한 나이). 그런데 그 앞에 놓여 있는 시신. 바로 고 형사 처다. 아내를 보다가 두 눈에 눈물이 맺히는 고 형사의 모습 위로 떴다 사라지는 자막. '2050년'. 고 형사 뒤로 다가오는 발소리가 들린다. 뒤돌아보면. 고급스러운 슈트 차림에 머리카락 한 올 흐트러짐 없는 철암이다.

철암	고형석 씨 맞으십니까?
고 형사	누구십니까?
철암	(젠틀) 당신께 기회를 드리려고 왔습니다.
고 형사	… 무슨 기회요?
철암	아내 분을 다시 만나게 해드릴 수 있습니다.

| 고 형사 | (노려보다 무시) 헛소리할 거면 꺼져. |
| 철암 | 원하면 아내 분과 다시 함께 사실 수도 있습니다. |

그 말에 고 형사, 철암의 멱살을 잡아 벽에 몰아붙인다.

고 형사	어디서 장난질이야?
철암	(침착) 저는 기회를 드리려고 온 겁니다.
고 형사	(이글거리는 분노) 죽은 사람을 어떻게 만나!
철암	시간여행으로요.

철암을 사납게 몰아붙이던 고 형사, 그 말에 놀란 표정으로 철암을 보면.

| 철암 | 시간여행으로 살아 있는 아내 분을 만나게 해드리겠습니다. 대신 2010년으로 가서 해주실 일이 있습니다. |

혼란스러운 표정으로 철암을 보는 고 형사의 모습에서.

S# 44 2010년. 달리는 차 안 | 낮

빠른 속도로 차를 모는 고 형사의 모습에서 떴다 사라지는 자막.

'2010년'

#진겸 옛집 앞 골목

선영의 집을 찾은 듯 사나운 표정으로 집 앞에 선 고 형사.

#진겸 옛집 거실 to 안방

구둣발로 선영의 집을 살피고 있는 고 형사. 총을 뽑아 들고 방 안을 하나하나 살펴보지만, 선영은 보이지 않는다. 거실에 걸려 있는 고등학생 진겸의 사진을 무표정하게 보다가 안방으로 들어가는 고 형사. 선영의 화장대와 책상을 살펴보다가 '연구원 석오원'의 명함을 발견한다.

#카이퍼 주차장

카이퍼에서 나와 자기 차를 타고 떠나는 선영. 이런 선영의 모습을 차 안에서 지켜보고 있던 고 형사. 바로 뒤쫓는다.

#도로 위

도로 위를 달리는 선영의 차. 고 형사의 차가 그 뒤를 미행한다.

#재래시장

장을 보고 있는 선영. 멀리서 선영을 훔쳐보고 있는 고 형사. 선영을 죽일 기회를 엿보는 듯 눈빛이 매섭다. 천천히 선영에게 다가가는 고 형사. 그런데 무엇 때문인지 멈칫한다. 보면, 선영 옆에서 채소를 사는 여자를 보고 얼어붙는 고 형사. 여자는 바로 고 형사 처다.

누군가를 가슴 아픈 시선으로 바라보고 있는 고 형사. 바로 장바구니를 들고 집으로 향하는 고 형사 처. 고 형사, 아내를 좀 더 가까이 보고 싶은 욕심에 천천히 다가가는데. 이때 허름한 옷차림의 남자가 아내에게 다가가자 멈칫하는 고 형사. 누구지 싶어 허름한 옷차림의 남자를 주시하는데, 남자의 얼굴을 보고 경악한다. 놀랍게도 또 다른 고 형사(이하 형석)다. 즉, 이곳에도 고 형사 부부가 살고 있었던 것. 살아 있는 아내가 또 다른 자신과 함께 있는 모습을 보고 얼어붙는 고 형사.

형석   장 보고 오는 길이야? 잘됐네. 배고파 죽겠는데.

고 형사 처   (흘기며) 누구세요? 아, 우리 남편이구나. 일주일 동안 얼굴도 못 보고 전화도 없어서 까먹었네.

형석   얘기했잖아. 방화범 잡으려고 잠복 중이라고.

고 형사 처   (계속 흘겨보자)

형석   냄새 맡아봐. 당신 남편 일주일 동안 씻지도 못했어.

고 형사 처   (코 막으며 인상 팍) 양치도 안 했어?

형석   양치는 했는데.

고 형사 처   (계속 코 막고) 이게 한 거라고?

그러자 형석, 맡아보라는 듯 아내 코에 후 바람을 불면. 더럽다며 남편의 얼굴을 밀어내는 고 형사 처. 넉살 좋게 웃으며 아내의 장바구니를 대신 들어주는 형석, 아내와 함께 집으로 향하면. 여전히 얼어붙은 얼굴로 지켜보는 고 형사.

S# 47   2010년. 찜질방 | 낮

TV 앞에 앉아 드라마를 보는 형석과 고 형사 처. 그런데 형석, 캔맥주를 벌써 다섯 개째 마시고 있다.

고 형사 처   그만 좀 마셔. 그러다 죽어.

형석   맥주 좀 마셨다고 왜 죽어?

고 형사 처   나한테 죽는다고.

형석   (웃으며) 걱정 마. 당신보단 오래 살 거니까.

고 형사 처   나보다 오래 살아서 뭐하려고?

형석   뭐하긴. 당신보다 젊고 예쁜 여자한테 새장가 가야지.

고 형사 처   젊고 예쁜 여자가 왜 당신을 만나? 나니까 만나지. 진짜 내가 눈
          이 삐었지. 왜 당신을 만나가지고.

말은 그렇게 하면서도 선한 웃음을 짓는 고 형사 처. 따라 웃는 형석. 이때 고 형사 처, 찜질방이 운동장인 것처럼 뛰어노는 어린 사내아이들을 귀엽다는 듯 바라본다. 그런 아내의 시선을 눈치채고 표정이 어두워지는 형석.

형석   아직 늦지 않았는데, 우리 다시 시도해볼까?

고 형사 처   됐어. 이제 와서 무슨.

그러면서 무심한 얼굴로 다시 TV를 보는 고 형사 처. 하지만 아내를 걱정하듯 보는 형석.

형석   왜? 우리 아직 젊어.

고 형사 처	난 당신만 있으면 돼. 그러니까 항상 몸조심해. 나 과부 만들지 말고.

그러면서 미소 띤 얼굴로 남편을 안심시킨 후 다시 드라마를 시청하는 고 형사 처. 하지만 형석, 아내를 보는 마음이 편치 않은데. 이때 전화가 온다.

형석	(받으며) 왜요? (듣고) 진짜? 진짜 찾았어? 금방 갈 테니까 기다려. (듣고) 내가 그 자식 잡으려고 몇 달을 고생했는데 빠져. 금방 갈게. (전화 끊고 아내에게) 나 먼저 가야 될 거 같아.
고 형사 처	왜?
형석	방화범 찾았대.

형석, 남탕으로 가려고 일어서는데.

고 형사 처	괜히 또 혼자 나서다가 다치지 말고 조심해.
형석	걱정 마. 당신 남편 베테랑 형사야.
고 형사 처	박태환이 수영 경기할 때도 안전요원이 있어.

피식 웃으며 남탕으로 들어가는 형석. 남편의 뒷모습을 걱정하듯 보는 고 형사 처.

S#48	2010년. 찜질방 앞 복도 │ 낮

찜질방 앞에 멍한 표정으로 서 있는 고 형사. 그러다 뒤돌아서서 떠나려고 하는데. 이때 찜질방에서 나오는 형석을 발견하고,

재빨리 몸을 돌려 얼굴을 감춘다. 다행히 고 형사의 존재를 눈치 채지 못하고 계단을 내려가 찜질방을 떠나는 형석. 그 모습을 지켜보던 고 형사, 사라진 형석을 보다가 고민스러운 표정으로 찜질방을 응시한다. 갈등하던 고 형사, 다시 찜질방으로 향하면.

S# 49   2010년. 찜질방 | 낮

찜질복을 입은 채 조심스럽게 아내를 찾는 고 형사. 이때 숯가마방에서 나와 다시 TV 앞에 앉는 아내의 모습이 보인다. 숨어서 아내를 지켜보는 고 형사. 드라마에 몰입 중인 아내의 평범하고 사소한 행동 하나하나를 놓치지 않고 바라본다. 이때 그만 컵라면을 들고 오던 학생과 부딪치는 고 형사. 컵라면의 뜨거운 물이 손에 쏟아지자 비명을 지르는 학생. 그 소리에 돌아본 고 형사 처, 고 형사를 발견한다. 아내와 눈이 마주치자 사색이 된 고 형사. 재빨리 몸 숨길 곳을 찾다가 얼떨결에 고온의 숯가마방으로 도망친 후, 누군가가 놓고 간 수건으로 얼굴을 감싸며 잠든 척 연기한다. 하지만 남편을 찾아 숯가마방 안으로 들어온 고 형사 처. 아내가 들어왔음을 직감한 듯 수건으로 얼굴을 더욱 감싸며 계속 자는 척하는 고 형사. 그런데 고 형사 처, 고 형사 옆에 쪼그리고 앉아 한심하다는 얼굴로 남편을 빤히 본다. 하지만 어떻게든 아내와 부딪치지 않기 위해 계속 얼굴만 가린 채 누워 있는 고 형사. 그런 남편을 빤히 보는 고 형사 처.

고 형사 처   지금 뭐하는 거야?

고 형사   (계속 자는 척하는)

고 형사 처   아니, 얼굴만 가리면 이 몸뚱이가 가려져?

그러면서 고 형사 처, 고 형사의 배를 찰싹 때리면. 아파하며 일어나는 고 형사. 하지만 아내와 눈이 마주치자 다시 수건으로 얼굴을 덮으며 눕는다. 고 형사 처, 황당하게 보면.

Cut to

결국 숯가마방에서 나온 듯, 땀범벅의 녹초 상태로 음료를 벌컥벌컥 마시는 고 형사. 그런 고 형사를 여전히 수상하게 보는 아내.

고형사	(눈치 보다) 놀래켜주려고 그런 거라니까.
고형사 처	방화범은?
고형사	(당황) 방화범?
고형사 처	안 가도 되는 거야?
고형사	아... 응. 안 가도 된대.

그러면서 고 형사, 괜히 딴청 피우듯 TV를 보는 척하는데. 고 형사 처, 뭔가 이상한 듯 고 형사를 유심히 본다. 고 형사, 아내의 시선을 느끼고 긴장하는데.

고형사 처	이건 뭐야? 또 언제 다쳤어?

이제 보니 고 형사 처, 고 형사의 귀 뒤 상처를 발견한 것. 바로 불법 시간여행 장치가 심어질 때 생긴 상처 자국이다.

고형사	(당황) 별거 아니야. 긁힌 거야.
고형사 처	(인상 팍) 내가 항상 몸조심하라고 했지? 어디 또 다친 데 없어?

고 형사	없어.

그런데 고 형사 처, 자기 눈으로 확인하려는 듯 고 형사의 옷을 들춰 등짝과 배를 확인한다. 당황하고 부끄러워하는 고 형사, 재빨리 옷을 내리며.

고 형사	왜 이래?
고 형사 처	(걱정) 진짜 다른 덴 없는 거지?
고 형사	... 응. 진짜 없어.
고 형사 처	(걱정하듯 보다가) 잔소리 안 할 테니까 다치면 숨기지 말고 바로 얘기해. 알았지?

고 형사, 자신을 걱정하는 아내를 보며 자기도 모르게 미소 지으며 고개를 끄덕인다.

고 형사 처	(흘기며) 왜 웃어? 미워 죽겠는데. 그럼 오늘 집에서 자는 거지? 이 드라마만 다 보고 가자.

그리고 다시 TV 드라마를 시청하는 고 형사 처. 그러면서 당연하다는 듯 남편의 허벅지를 베고 눕는다. 부부로서 낯선 상황이 아닌데도 잔뜩 긴장하는 고 형사의 모습이 귀엽다.

S#50	2010년. 동	낮

남탕과 여탕으로 나뉘는 복도 앞에 선 고 형사와 고 형사 처.

고 형사 처	한 시간 안에 나올게. 당신도 10분 만에 대충 씻지 말고 꼼꼼히 씻어.
고 형사	응.
고 형사 처	대답만 하지 말고.

그러고는 여탕으로 들어가는 고 형사 처. 그 모습을 슬프게 보는 고 형사의 모습에서.

#51   2010년. 찜질방 앞 복도 | 낮

목욕 후 찜질방에서 나오는 고 형사 처. 그런데 어디에도 고 형사의 모습이 보이지 않는다. 바로 전화를 거는 고 형사 처.

고 형사 처	나 나왔어. 어디야? 또 담배 피우러 갔지?
(형석)	뭔 소리야. 일하고 있는데.
고 형사 처	(의아한) 무슨 일? 지금 어디야?

#인서트. 달리는 승합차 안 | 낮

운전 중인 남자, 바로 젊은 하 형사다. 그리고 조수석에 반장(현 서장)이 앉아 있고. 형석은 뒷좌석에서 통화 중이다.

형석	어디긴? 당신 먹여살리려고 왔지. 이제 통화 못 하니까 전화하지 마.

#다시 찜질방 앞 복도

끊어진 전화를 당황스러운 표정으로 보는 고 형사 처. 다시 전화할까 고민하다가 휴대폰을 내려놓고 주위를 두리번거린다.

S#52   2010년. 포장마차 | 밤
        쓸쓸한 표정으로 괴로움을 달래기 위해 소주를 마시는 남자. 귀
        뒤에 상처가 있는 시간여행자 고 형사다. 이때 울리는 고 형사
        의 휴대폰.

고 형사 (받으며) 네. 선생님. (듣고) 네. 윤태이 찾았습니다. 그리고 제 집
        사람도요. (듣고) 걱정 마십시오. 윤태이 처리하자마자 복귀하겠
        습니다. (듣고) 아니요. 이미 집사람 옆에 좋은 사람이 있네요. 행
        복하게 사는 걸 봤으니 저는 그걸로 충분합니다.

        그러고는 전화를 끊고 술을 마시는 고 형사.

S#53   2010년. 아파트 놀이터 | 낮
        놀이터에서 놀고 있는 어린이집 어린아이들. 그리고 아이들을
        돌봐주는 선생님들의 모습. 그중 놀이터 벤치에 앉아 휴대폰으
        로 문자를 보내고 있는 선생님, 바로 고 형사 처다. '왜 이렇게
        전화가 안 돼? 나 할 얘기 있으니까 아무리 바빠도 전화 좀 해.'
        문자를 보낸 후 찝찝한 표정으로 전화를 기다리는 고 형사 처.
        이때 놀이터에서 놀던 어린아이 하나가 울자 달려가 인자하게
        아이를 달래주는 고 형사 처. 멀리서 그 모습을 훔쳐보고 있던
        고 형사. 떠나려는 듯 뒤돌아서는데. 이때 하 형사가 놀이터로
        들어와 어두운 표정으로 고 형사 처에게 다가간다. 고 형사, 무
        슨 일이지 싶어 지켜보면.

고 형사 처	여긴 어쩐 일이에요?
하 형사	저... 고 형사님한테 연락 없으시죠?
고 형사 처	(이상한) 같이 있는 거 아니었어요?

그런데 차마 대답을 하지 못하는 하 형사. 고 형사 처, 상황이 심각하다는 걸 직감한 듯 굳어진다.

고 형사 처	우리 그이한테 무슨 일 있어요?
하 형사	...
고 형사 처	(덜컥) 있는 거죠?
하 형사	용의자가 야산으로 도주했는데... (머뭇거리다) 수색 중에 실종되셨어요.

주저앉는 고 형사 처. 굳은 얼굴로 지켜보는 고 형사의 모습에서.

S#54   2010년. 어느 모텔 방 | 낮

노트북으로 방화범의 사진(30대)이 뜬 기사를 검색 중인 고 형사. '서울남부서 고형석 경위 야산 수색 중 실종'이라는 기사도 추가로 떠 있다. 고 형사, 갈등하는 표정으로 보다가 밖으로 나가면.

S#55   2010년. 공용 화장실 | 낮

어느 상가의 공용 화장실로 향하는 남자, 바로 방화범이다. 방화범, 화장실 안으로 들어와 소변을 보는데. 이때 방화범 뒤로 한 남자가 다가선다. 바로 고 형사다. 그런데 고 형사를 보고 사색이 되는 방화범. 본능적으로 칼을 꺼내 고 형사를 위협한다.

방화범   어떻게 살았어? 내가 분명히 찔렀는데.

그 말에 곤두선 눈빛으로 방화범을 노려보는 고 형사. 칼을 두려워하지 않고 달려들어 사정없이 방화범의 얼굴을 가격한 후.

고 형사   어디서 찔렀어?

S#56   2010년. 야산 | 낮

바닥에 떨어진 핏자국을 발견한 고 형사. 이 근처에 형석이 있다고 확신한 듯 주위를 두리번거리다 어딘가로 빠르게 뛰어가면. 복부에 칼이 찔려 쓰러져 있는 형석을 발견한다. 곧바로 형석의 상태를 살피는 고 형사. 다행히 의식이 붙어 있는 듯 희미하게 눈을 뜨는 형석. 자신의 얼굴과 똑같은 고 형사의 얼굴을 보고 놀란다. 고 형사, 형석을 업으려고 하는데. 형석, 고 형사에게 힘겹게 총을 겨누고, 고 형사는 그 자리에 굳어진다.

고 형사   도와주려는 거야. 이러다 죽어!!
형석   너... 뭐야...
고 형사   총 내려놔. 병원에 가야 돼!
형석   (하지만 계속 총을 겨누며 노려보자)
고 형사   집사람이랑 어떻게 만났어? 너도 사건 때문에 만났냐?
형석   ...
고 형사   내 집사람은 내 담당 사건 피해자 가족이었어. 그래서 꼭 범인을 잡아주려고 했지. 집사람한테 첫눈에 반했거든.

형석	누구야... 너?
고 형사	보면 모르겠어? 내가 누군지?
형석	...
고 형사	나도 애가 있었어. 심장이 기형이라서 5년밖에 못 살고 죽었는데, 그때부터 집사람이랑 멀어졌어. 집사람 볼 때마다, 집에 들어갈 때마다, 애 얼굴이 떠올라서. (울먹) 근데 넌 이겨냈잖아. 나는 못 해서... 집사람이 아프다는 것도 몰랐고, 죽을 때도 옆에 있어주지 못했어.
형석	... 미숙이가 죽었다고?
고 형사	그래. 그러니까 내가 부탁할게. 살아라. 살아서... 제발 살아서. 미숙이 옆에 있어줘. 내가 못 해준 거. 니가 해줘.

그런데 형석, 의식이 다시 희미해지는 듯 서서히 눈이 감기며 총을 떨어트린다.

| 고 형사 | 잠들면 안 돼! 눈 뜨라고, 이 새끼야! 너까지 없으면 우리 미숙이 어떻게 살라고 니가 죽어! |

그 말에 힘겹게 눈을 뜨는 형석.

| 고 형사 | 미숙이 행복한 모습만 보고 가려고 했는데, 니가 죽으면 우리 미숙이 어떡하라고!!! 내가 어떻게 가냐고!! |

고 형사의 간절한 표정을 본 형석. 힘겹게 입을 연다.

형석	가지 마...
고 형사	!!
형석	집사람 나 만나... 고생만 했어... 행복하게 해줘야 돼. 너라면... 할 수 있잖아.

당황스러운 표정으로 형석을 보는 고 형사. 그 순간, 마지막으로 눈을 부릅뜬 채 고 형사의 멱살을 움켜쥐는 형석.

형석	나한테 약속해... 집사람 행복하게 해주겠다고...약속해...

그리고 결국 숨을 거둔 듯 고개가 축 늘어진다. 그 모습에 얼어붙는 고 형사의 모습에서.

S#57	2010년. 경찰서 형사과 | 낮

심각한 얼굴로 대화 중인 반장(현 서장)과 하 형사.

하 형사	의경 애들까지 전부 동원했는데도 못 찾았어요.
반장	그래도 계속 찾아봐.
하 형사	벌써 열흘째예요. 살아 계시면 안 나타날 이유가 없잖아요.
반장	열흘이든 백일이든 찾아. 최소한 시신이라도 찾아야 할 거 아냐.

이때 인기척에 뒤돌아보면, 얼어붙은 얼굴의 고 형사 처가 서 있다. 놀라는 반장과 하 형사.

고 형사 처	시신을 찾는다니요?

반장	(애써 미소) 아, 다른 사건 얘기예요, 제수씨. 형석이 때문에 오신 거죠? 너무 걱정 마세요. 그 자식 사건 하나 맡으면 연락도 없이 종종 이러잖아요.

하지만 믿지 않는 듯 금방이라도 울 것 같은 표정의 고 형사 처. 더 이상 변명이 통하지 않는다는 걸 알기에 고개를 떨구는 반장.

반장	죄송합니다, 제수씨.

S#58	2010년. 경찰서 앞거리	낮

울었는지 퉁퉁 부은 얼굴로 경찰서에서 나오는 고 형사 처. 힘 없이 버스 정류장으로 향한다. 맞은편 거리에서 그 모습을 보고 있는 고 형사, 아내를 안타깝게 본다. 하지만 차마 아내 곁으로 다가가지 못하는 고 형사. 그렇게 아내를 떠나기 위해 뒤도는 순간, 교통사고가 일어난 듯 급브레이크 소리와 쿵 하는 충돌 소리가 들린다.

고 형사	!!!

아내가 사고를 당했다는 생각에 얼어붙는 고 형사. 자기도 모르게 사람들이 모여 있는 사고 현장으로 달려가면. 다행히 인사사고가 아니라 승용차 한 대가 단순히 앞차를 들이박은 것. 안도하는 동시에 아내를 찾는 고 형사. 그러다 버스 정류장에서 자기를 바라보고 있는 아내와 눈이 마주친다. 도망치기엔 너무 늦은 상황이기에 당황한 얼굴로 아내를 보는 고 형사. 그런 남

편에게 다가오는 고 형사 처.

고 형사 처   ... 어디 있었어?

고 형사   ...

고 형사 처   (울부짖는) 어디 있었냐고!!!

고 형사   ...

고 형사 처   내가 얼마나 걱정했는지 알아?

참았던 눈물을 터트리는 고 형사 처. 하지만 그저 지켜만 보는 고 형사. 그러다 아내를 와락 껴안는다.

고 형사   다시는 당신 걱정시키는 일 없을 거야. 진짜 다시는 안 그래. 내가 약속할게.

고 형사의 두 눈에서 뜨거운 눈물이 떨어지면.

S#59   2010년. 야산 | 낮

깊게 판 구덩이 안에 놓여 있는 형석의 시신. 그 앞에 삽을 든 고 형사가 서 있다.

고 형사   내가 우리 집사람 잘 지켜줄게. 편히 쉬어.

S#60   2010년. 경찰서 형사과 | 아침

짜증 난 얼굴로 고 형사 앞에 서 있는 반장.

반장	어떻게 된 거야?
고 형사	다쳐서 병원에 누워 있다가 어제 일어난 거라니까.

하지만 의심스러운 얼굴로 고 형사를 보는 반장. 이때 들어오는 하 형사.

하 형사	학교에서 신고 전화가 왔는데, 옥상에서 여자애 하나가 떨어졌대요.
고 형사	(반장의 시선을 피하기 위해 일어서며) 내가 갈게.

S#61   2021년. 경찰서 취조실 | 낮
(1회 29신)

고 형사 앞에 앉아 있는 고등학생. 바로 진겸이다.

고 형사	자살한 여학생이랑은 아는 사이였지?
진겸	네, 같은 연극반이에요.
고 형사	연극? 배우하고 싶어?
진겸	아니요, 엄마가 억지로 시킨 거예요. 저한테 도움이 될 거라고.

진겸을 차갑게 응시하는 고 형사의 모습에서.

S#62   교차 | 밤
#낚시터

차가운 눈빛으로 총을 겨누고 있는 현재의 고 형사. 조용히 고 형사를 바라보는 진겸.

#달리는 태이 차 안

급하게 운전 중인 태이.

#낚시터

고 형사, 차갑게 방아쇠를 당긴다. 타앙! 낚시터에 울려 퍼지는
총성.

12
밝혀진 태이의 과거

S#1   미지의 공간 | 낮

검은 화면에 타이프 치는 소리가 리듬 있게 들린다. 탁...탁
탁...탁. 화면 밝아지면, 타이프에 걸린 종이에 찍히는 글자들이
보이고, 이윽고 완성되는 문장.

나는 어제로 돌아갈 수 없어요.
왜냐하면 난 그때와 다른 사람이기 때문이에요.
─이상한 나라의 앨리스

자막 사라지면.

S#2   2010년. 낚시터 | 낮

미끼용 지렁이통의 꿈틀거리는 수십 마리 지렁이 중 하나를 잡
아 바늘에 끼우는 고 형사. 그런데 진겸, 그런 고 형사를 멀뚱히
보고 있으면 떠오르는 자막.

'2010년'

고 형사	뭐해? 끼우지 않고?
진겸	아프지 않을까요?
고 형사	너 때문에 내 마음이 아프다. (포기하고) 줘봐. 아저씨가 해줄게.
진겸	전 안 해도 되는데요.
고 형사	안 할 거면 왜 따라왔어?
진겸	아저씨가 억지로 끌고 오셨잖아요.
고 형사	(멋쩍은) 인마, 사냥은 남자의 본능이야. 이거는 키만 컸지 사내 되려면 멀었어. 너 오늘 열 마리 못 잡으면 집에 못 갈 줄 알아. 무조건 열 마리야!

Cut to

짜증 난 얼굴로 낚싯대 앞에 앉아 있는 고 형사. 고 형사 앞의 물고기 통에는 물고기가 한 마리도 없고, 그 옆 진겸의 물고기 통에는 중간 크기의 물고기가 제법 된다. 이때, 또 한 마리가 진겸의 낚싯줄에 딸려 올라오자 고 형사는 허탈해진다. 표정 없이 통에 물고기를 넣으려던 진겸, 시선을 느끼고.

진겸	드려요?
고 형사	(의심) 너 솔직히 말해봐. 낚시 처음 아니지? 왜 이렇게 잘 잡아?
진겸	사냥은 남자의 본능이니까요.

어이없는 듯 보다가 피식 웃는 고 형사.

고 형사	낚시 재밌지? 수능 끝나면 아저씨랑 종종 오자.
진겸	네.
고 형사	근데 경찰대 지원하는 거 후회 안 해? 인생이 걸린 일인데 잘 생각해. 내가 보기엔 니 성격에 경찰 안 맞아.
진겸	... 참을 수 있어요. 범인 잡을 때까진.
고 형사	(어두워지는) 아저씨 믿으라니깐. 아저씨가 잡아줄 거야. 조금만 기다려.

그러고는 편치 않은 마음으로 진겸을 보는 고 형사의 모습에서.

S#3 낚시터 | 밤
(11회 62신)
진겸을 향해 총을 겨누고 있는 현재 고 형사의 괴로운 표정.

고 형사	미안하다, 진겸아.

그제야 고 형사를 보며 일어선 진겸. 하지만 진겸은 피하거나 반격할 생각 없이 고 형사의 얼굴을 바라볼 뿐이다. 괴로운 고 형사의 눈빛이 점점 공허해진다. 그러다 방아쇠를 당기면. 낚시터에 울려 퍼지는 총성. 그런데 총상 없이 서 있는 진겸. 이제 보니 고 형사가 든 총구 방향이 진겸이 아닌 허공이다. 괴로운 표정으로 진겸을 바라보는 고 형사. 차마 진겸을 쏠 수 없었던 것. 그런 고 형사를 아무 감정 없는 눈빛으로 바라보는 진겸.

고 형사	(마치 화를 내듯) 너는 무슨 형사가 이렇게 감이 없냐? 나 인마!!

나... 너... 죽이려고 여기 데려온 거야! 왜 가만히 있어? 총을 겨누는데 왜 가만히 있어!

진겸   아저씨니까요.

그 말에 흔들리는 고 형사. 결국 들고 있던 총을 바다에 던져버린다. 차마 진겸의 얼굴을 똑바로 보지 못하고 괴로워하는 고형사.

진겸   아니죠? 아저씨가 범인일 리 없잖아요. 저한테 범인 잡아준다고 하셨잖아요.

서로를 고통스럽게 보는 진겸과 고 형사. 그런데 고 형사, 잠시 갈등하다가 갑자기 진겸의 한쪽 손목에 수갑을 채운다. 진겸이 당황스러운 얼굴로 보는 순간, 수갑의 다른 한쪽을 저수지 안내 표지판에 채워버리는 고 형사. (표지판 유무에 따라 설정 변경)

고 형사   오래 기다리게 해서 미안하다.

진겸, 무슨 뜻인지 몰라 고 형사를 보면. 슬픈 미소 띤 얼굴로 진겸을 바라보는 고 형사.

고 형사   10년 전 약속 오늘 지키마. 니 엄마 죽인 놈 내가 꼭 잡아줄게.
진겸   (놀란) 아저씨?
고 형사   ...나 없더라도. 우리 집사람 좀 돌봐줘라.
진겸   아저씨 무슨 생각하시는 거예요?

고 형사	아침까지만 여기 얌전히 있어.

진겸의 휴대폰과 차 키를 빼앗고 가버리는 고 형사. 당황한 진겸, 수갑을 풀려고 몸부림치지만 풀 방법이 없다.

진겸	아저씨!!

S#4	낚시터 초입	밤

굳은 얼굴로 낚시터 초입에 세워둔 자신의 차로 향하는 고 형사. 폴더폰을 꺼내 어딘가로 전화를 건다.

고 형사	(전화가 연결되면) 박진겸 방금 제거했습니다. 제가 박진겸에 대해 새로운 사실 하나를 알아냈는데, 지금 뵙고 싶습니다. (듣고) 네, 거기서 뵙겠습니다.

전화를 끊는 고 형사, 비장한 눈빛으로 차를 타고 빠르게 출발하면.

S#5	앨리스 본부장실	밤

통화를 마치고 폴더폰을 내려놓는 철암. 묘한 미소를 짓고 일어선다.

S#6	달리는 태이 차 안	밤

낚시터를 향해 운전 중인 태이. 진겸에게 전화를 걸어보지만 받지 않는다.

| 태이 | (불안하게 혼잣말) 왜 전화를 안 받아. |

태이, 속력을 높이는데. 이 순간, 태이의 시점으로 마주 오는 차 헤드라이트가 보이기 시작하더니, 곧 빠른 속력으로 태이를 지나쳐 다시 멀어져간다. 바로 고 형사가 탄 진겸의 차다. 태이, 스쳐가는 진겸 차를 확인하고 뒤돌아보고. 다시 거치대에 있는 휴대폰의 위치 어플을 보면, 역시 위치를 나타내는 붉은 점이 태이를 지나쳐 거꾸로 멀어지고 있다. 급하게 유턴해 진겸의 차를 쫓는 태이. 하지만 무서운 속도로 시야에서 사라지는 진겸의 차.

S#7 달리는 진겸 차 안 | 밤

비장한 표정으로 운전 중인 고 형사의 얼굴에서.

S#8 2010년. 진겸 옛집 앞 골목 | 낮
(10회 51신)

진겸의 옛집을 바라보고 있는 10년 전 고 형사. 이때 대문이 열리고 나오는 여자, 바로 선영이다.

| 선영 | 형사님, 어쩐 일이세요? |

그런데 망설이는 듯 선뜻 입을 열지 못하는 고 형사.

선영	형사님?
고 형사	윤태이 씨.
선영	(자기 본명이 불리자 얼어붙는) 당신 뭐야? 내 이름 어떻게 알아?

고 형사	선생이 당신을 노리고 있습니다. 몸조심하십시오.
선영	(놀라듯 보면)
고 형사	도와드리지 못해 죄송합니다.

그러고는 떠나는 고 형사의 모습에서.

S#9　　2010년. 경찰서 복도 | 낮

초조한 표정으로 복도를 걷는 고 형사. 그런데 이때 울리는 폴더폰. 고 형사, 잠시 고민하다가 받으면.

S#10　　2010년. 진겸 옛집 앞 골목 | 밤

고 형사, 밤하늘에 떠 있는 슈퍼 블러드문을 불길하게 보며 진겸의 집으로 향하는데. 이때 맞은편에서 다가오던 한 남자를 보고 얼어붙는다. 바로 철암이다.

철암	늦으셨네요.
고 형사	...
철암	다시 만난 아내 분과의 생활은 어떠십니까?
고 형사	(긴장)
철암	걱정 안 하셔도 됩니다. 강제로 복귀시킬 생각은 없습니다. 여기 계속 계시면서 절 도와주시면 되니까요. 우선 이번 사건부터 잘 덮어주십시오. 우리 존재가 밝혀지면 곤란합니다.
고 형사	?
철암	윤태이는 이미 처리했습니다.

고 형사	(놀라는)
철암	그럼 10년 뒤에 다시 연락드리겠습니다.

그러고는 고 형사를 지나 떠나는 철암. 고 형사, 굳은 얼굴로 철암을 보다가 진겸의 집으로 달려가면. 집 안에서 들려오는 진겸의 울음소리에 얼어붙는 고 형사의 모습에서.

S# 11	은밀한 야외 공간	밤

접선 장소로 이용하던 야외 공간에서 누군가를 기다리고 있는 현재의 고 형사. 이때 멀리서 다가오는 사람의 발소리가 들려오자 고 형사, 총을 쥔 손을 뒤로 숨긴 채 사람이 나타나기를 기다린다. 그런데 발소리가 갑자기 멈춘다. 그러자 불길한 표정으로 어둠을 응시하는 고 형사. 고 형사, 더는 기다릴 수 없는지 천천히 어둠을 향해 걸어가는데. 놀랍게도 어둠 속에서 두리번거리는 사람, 바로 태이다. 굳은 표정으로 태이를 보는 고 형사. 고형사를 발견한 태이도 표정이 굳는다.

고 형사	여긴 어떻게 온 거야?
태이	형사님 어디 있어요?

그러면서 고 형사를 밀치며 진겸을 찾는 태이. 그 순간, 거칠게 태이의 팔을 잡아 구석으로 밀어붙이는 고 형사. 하지만 겁먹지 않고 고 형사를 노려보는 태이.

태이	형님 어떻게 했어? 무슨 짓을 한 거야!

고 형사	여기 있으면 당신까지 죽어!
태이	형사님은 당신 믿었어! 당신이 어떤 사람인지 다 알면서도 믿었다고! 그런데 어떻게 죽일 생각을 해!!
고 형사	(버럭) 진겸이 내 아들이야! 내가 왜 내 아들을 죽여?!

고 형사의 표정에 느껴지는 절실한 진심에 혼란스러워하는 태이. 그런데 이때 고 형사의 주머니에서 폴더폰이 울리기 시작한다. 불길한 표정으로 폴더폰을 응시하는 고 형사와 태이.

고 형사	(위협적으로) 진겸이 살리고 싶으면 조용히 해!

의외의 전개에 당황하는 태이. 천천히 전화를 받는 고 형사.

고 형사	저 도착했습니다. 왜 안 오십니까?
(철암)	이러면 박진겸을 지킬 수 있을 거라고 생각하신 겁니까?
고 형사	!!
(철암)	이제 이 일은 제 손을 떠났습니다.

S# 12   카이퍼 소장실 | 밤

통화 중인 철암. 곧 누군가에게 공손하게 폴더폰을 건네는데, 바로 석오원이다. 미소를 지으며 여유있게 전화를 받는 석오원. 그런데, 소매 밑으로 슬쩍 보이는 손목에 특이한 상처(고 형사 귀 뒤의 상처와 동일한)가 보인다.

석오원	오늘의 선택 때문에 고형석 씨는 아내 분과 박진겸 둘 다 잃으

실 겁니다.

폴더폰을 끊고 미소 짓는 석오원.

#은밀한 야외 공간
절망하는 고 형사의 표정에서...

S# 13   낚시터 | 밤

손에 피가 날 때까지 돌을 내리쳐 수갑을 끊어버리려고 하는 진겸. 그런데 이때 묶여 있는 진겸을 향해 다가오는 남자, 바로 석오원이다. 갑작스러운 석오원의 등장에 굳어지는 진겸. 묘한 미소를 짓는 석오원.

진겸   당신이 왜...

석오원   고형석 씨가 이 정도로 박진겸 씨한테 애정을 갖고 계신진 몰랐네요.

석오원을 보는 시선이 점점 매서워지는 진겸.

진겸   당신이었어? 어디서부터였어? 언제부터 속인 거야?

석오원   (미소) 어머니도 저한테 똑같은 질문을 하셨죠.

수갑에 묶인 주먹을 부들부들 떠는 진겸. 그런 진겸을 보는 석오원. 비릿한 미소를 짓는다.

차로 향하는 고 형사를 붙잡는 태이.

태이   대체 무슨 소리예요? 소장님이라뇨?

고 형사   지금 석 소장은 당신이 알던 사람이 아니야. 그 사람도 나처럼
시간여행자야. 우리 주변엔 당신이 생각하는 것보다 훨씬 많은
시간여행자들이 존재하고 있어.

태이   (놀라 할 말을 잃으면)

고 형사   이제부터 내가 하는 말 잘 들어. 지금 석오원은 시간여행이 계
속되길 원해. 그래서 지금까지 시간여행을 막으려는 사람들을
제거해왔고 예언서의 마지막 장도 찾는 거야. 거기에 시간의 문
을 닫는 방법이 나와 있다니까 그걸 막으려고.

태이   그런데 왜 형사님을 죽이려는 거예요?

고 형사   진겸이가 시간의 문을 닫을 사람이야.

태이   ...

고 형사   예언서 마지막 장을 찾아야 해. 그게 있어야 진겸이가 시간의
문을 닫을 수 있어. 그래야 모든 게 끝나.

태이   저도 찾고 싶어요. 하지만 내가 그걸 어떻게...

고 형사   (말을 끊으며) 당신은 찾을 수 있어. 그게 예언서에 나온 당신 운명
이야.

그러면서 고 형사, 진겸의 휴대폰과 차 키를 꺼내 바닥에 던진다.

고 형사   당신은 살아남아 당신이 할 일을 해. 난 내가 할 일을 할게.

태이, 고 형사가 던진 휴대폰이 진겸의 것이란 걸 눈치채고 휴대폰을 줍는데. 그사이 차를 타고 출발하는 고 형사.

태이   **팀장님!!**

멀어지는 고 형사를 보다 자신의 차로 달려가는 태이.

S# 15   낚시터 | 밤

진겸   시간여행 때문에 우리 어머니를 죽인 거야?
석오원   (피식) 윤태이 교수와 함께 지내시니 어떠셨습니까?
진겸   …
석오원   이 세상은 하나가 아닙니다. 평행세계에는 수없이 많은 다른 차원이 존재하고, 그곳마다 또 다른 우리가 존재하죠. 시간여행의 영역이 확대되면 죽음이 무의미해지는 세상이 펼쳐질 겁니다. 돌아가신 어머니를 다시 만날 수 있는 세상이지요.

서로를 보는 진겸과 석오원.

진겸   니 말대로 다른 차원에 어머니와 똑같은 분이 수없이 많다고 해도 내 어머니는 한 분이야. 그리고 니가 우리 어머니를 죽인 건 절대 변하지 않아.
석오원   아쉽네요. 다른 사람은 몰라도 형사님은 저흴 이해하실 거라 생각했는데.
진겸   니들이 무슨 목적으로 시간여행을 오든 상관없어. 시간여행 때문에 죄 없는 이곳 사람들이 죽었다는 게 중요해.

석오원   한 가지 모르고 계신 게 있습니다. 시간여행이 어떻게 가능해졌
          다고 생각하십니까? 한 연구원의 노력 덕분입니다. 그러니 절
          원망할 게 아니라 어머니를 원망하셔야죠.

진겸   (굳은)

석오원   그 연구원이 바로 어머니시니까요.

S# 16   달리는 태이 차 안 | 밤

          캄캄한 도로를 달리는 태이. 고 형사 차의 불빛은 보이지 않는
          다. 동호에게 전화하는 태이.

태이   (다급하게) 형사님, 낚시터 위치 찾으셨어요?

(동호)   수소문 중인데 쉽지 않네요. 조금만 더 기다려주세요.

태이   빨리 찾아야 해요. 빨리요! 지금 형사님이 위험하단 말이에요!

          태이, 전화를 끊고 휴대폰의 화면을 보는데, 마침 자정이 넘으
          며 10월 14일에서 10월 15일로 날짜가 바뀐다. 휴대폰의 날짜
          를 보고 절망하는 태이.

S# 17   낚시터 | 밤

          믿기지 않는 듯 석오원을 보는 진겸.

진겸   헛소리하지 마.

석오원   사실 이해가 안 됐습니다. 어머님이 왜 우리를 배신하고 자기가
          만든 시간여행을 파괴하려고 했는지.

그러면서 진겸을 향해 총을 겨누는 석오원.

석오원   아마도 이런 일이 생길 거라는 걸 예측하셨던 게 아닐까 싶네요.

석오원, 진겸을 향해 방아쇠를 당기려고 하는데. 두려움 없는 눈빛으로 석오원을 노려보는 진겸.

석오원   죽는 게 두렵지 않으십니까?

진겸   아니, 두려워. 널 잡지 못하고 죽을까 봐 그게 너무 두려워.

석오원. 진겸을 향해 방아쇠를 당기려는데. 이때, "진겸아!!" 하며 들려오는 다급한 고 형사의 외침. 석오원, 피식 웃으며 돌아본다.

Cut to

나뭇가지를 헤치며 진겸을 향해 달려오는 고 형사. 그런데 수갑에 묶여 있는 진겸만 보이고, 석오원은 보이지 않는다.

진겸   아저씨 위험해요! 오지 마세요!!

진겸, 힘으로라도 수갑을 끊어버리려고 발버둥 치지만, 팽팽하게 당겨진 수갑 때문에 손목에서 피가 흐른다. 그런데 고 형사, 허겁지겁 진겸을 풀어주기 위해 열쇠를 꺼내 풀어주는데. 그 순간, 어둠 속에 있던 석오원이 고 형사를 향해 총을 발사한다. 발사된 총알이 고 형사의 가슴을 관통하며 쓰러지는 고 형사. 수갑 열쇠를 바닥에 떨어트린다.

진겸   아저씨!

다급하게 바닥에 떨어진 수갑 열쇠를 집기 위해 손을 뻗는 진 겸. 그 바람에 묶여 있는 수갑이 진겸의 팔목을 파고들어 피가 배어난다. 그럼에도 고 형사를 구하기 위해 이를 악무는 진겸, 간신히 수갑 열쇠를 잡는데 성공한다. 하지만 그 순간 비릿한 미소를 지으며 진겸을 향해 다시 총을 발사하는 석오원. 그 순간, 진겸을 껴안으며 진겸 대신 총을 맞는 고 형사. 총알이 고 형사의 가슴을 관통하며 그 피가 진겸의 얼굴을 뒤덮는다. 얼어붙는 진겸. 하지만 재빨리 수갑을 풀고 바닥에 떨어져 있던 고 형사 총을 집어 석오원을 향해 발사한다. 어깨에 총알이 스치며 피가 튀어 오르며 쓰러지는 석오원. 그러자 진겸, 바로 고 형사의 상태를 살핀 후 다시 석오원을 응시하지만. 도망친 듯 보이지 않는 석오원. 분한 진겸, 하지만 고 형사의 치료가 먼저이기에 고 형사를 부축해 일으키려는데.

진겸   병원부터 가셔야 해요.

고 형사   그냥 좀 쉬자. 인생 두 번 사니까 이젠 지친다.

진겸   (눈물 참으며) 이상한 소리 하지 마세요.

그러면서 진겸, 다시 고 형사를 부축해 일으키려고 하는데.

고 형사   미안하다, 진겸아. 약속 못 지켜서.

진겸	(울컥)
고 형사	내가 꼭 잡아주고 싶었는데.

하면서 손으로 진겸의 얼굴을 만져보는 고 형사. 두 눈에 눈물이 맺히는 진겸.

고 형사	(미소) 사내자식이 울긴. 이거 사내 되려면 멀었어. 내가 이거저거 더 가르쳐줘야 하는데.
진겸	아저씨...
고 형사	나는 여기 와서 더 잘 살 줄 알았어. 근데 안 잊히더라. 내 옆에서 평생 외롭게 살다 죽어간 그 사람. 시간여행을 온 순간부터 내 삶은 정지된 거였어. 그러니까 과거에 얽매이면 안 돼... 진겸아. 소중한 건 지금이고... 니 곁에 있는 사람이야... 진겸아... 알았지?
진겸	네...
고 형사	그래도 여기 와서 너도 만나고... 지금 집사람도 다시 만나... 행복했다.
진겸	...저도요... 저도 행복했어요... 아버지...

그 말에 다시 미소를 짓는 고 형사, 하지만 서서히 눈이 감기며 숨을 거둔다. 흐느끼는 진겸. 멀리 달려오는 태이가 보인다. 태이, 진겸이 살아 있음에 안도하지만, 고 형사의 죽음을 보고 어두워진다. 복잡한 태이의 표정에서. 경찰차의 사이렌 소리가 점점 커지면...

어느새 동이 트고 주위가 밝아지면. 고 형사를 안아줄 때 묻은 피를 닦지 않은 채 넋이 나간 듯 멍한 표정으로 앉아 있는 진겸. 그 앞으로 과수대의 모습이 흐릿하게 보이고, 슬픔에 빠진 하 형사와 홍 형사가 보인다. 그 옆으로 흰 천에 덮여 있는 고 형사의 시신도 보인다. 멍하니 고 형사의 시신을 바라보는 진겸. 이때 착잡한 표정으로 다가온 동호.

동호   석오원, 연구소에도 집에도 없어요. 이미 도주한 거 같아요.

하지만 아무런 반응이 없는 진겸. 이런 진겸을 멀리서 걱정스럽게 지켜보고 있는 태이. 그런데 이때 낚시터로 달려오는 도연이 보인다. 이미 소식을 들은 듯 두 눈에 눈물이 그렁한 도연. 도연, 믿기지 않는다는 듯 진겸을 붙잡고 묻는다.

도연   어떻게 된 거야?

진겸이 시선도 마주치지 못하고 땅만 바라보자 점점 절망하는 도연.

도연   아니지? 내가 잘못 들은 거지? 아저씨 아무 일 없는 거지? 너 왜 말을 안 해? 아니잖아. 아니라고 말해!

도연, 진겸을 떼어놓고 고 형사 시체가 있는 방향으로 향하는데, 어느새 다가온 동호가 도연을 막는다.

동호	기자님 들어가시면 안 돼요.
도연	(밀치고 가려고 하며) 아저씨 어딨어요? 내 눈으로 직접 봐야겠어요.
동호	(붙잡으며) 기자님! 좀 진정하세요!
도연	(울먹) 놔요! 아저씨 볼 거라고!! 들어가게 해줘요!!

결국, 그 자리에 주저앉아 눈물을 터트리는 도연. 그 모습을 슬프게 바라보는 태이. 그런데 진겸, 말없이 자리를 떠나려고 하자.

태이	어디 가세요?
진겸	아저씨를 위해 할 일이 남아 있습니다.

태이를 떠나는 진겸. 태이, 진겸의 뒷모습을 안타깝게 바라본다.

S# 19   고 형사 아파트 거실 | 낮

아직 소식을 접하지 못한 듯 평상시처럼 TV 드라마를 보며 빨래를 개고 있는 고 형사 처. 그러다 구멍 난 남편의 속옷을 발견한다.

고 형사 처	(웃으며) 이걸 왜 아직도 입고 다녀. 하여간 짠돌이라니까.

그러면서 남편의 속옷을 휴지통에 슉 던지는데. 이때 도어록이 열리며 진겸이 들어온다. 진겸의 방문에 미소 지으며 현관 앞으로 다가가는 고 형사 처.

고 형사 처	낚시 갔다 이제 온 거야? 고기 많이 잡았어? (진겸 뒤로 아무도 안

들어오자) 근데 왜 혼자야? 아저씨는?

그런데 아무 말 못 하고 고 형사 처를 바라보는 진겸. 고 형사 처, 이상하다는 듯 진겸을 보다가 진겸의 옷에 묻어 있는 피를 발견한다. 안 좋은 일이 생겼다는 걸 직감한 듯, 표정이 천천히 식어가는 고 형사 처.

고 형사 처   진겸아... 아저씨는?
진겸   ... 아주머니...

쉽게 입이 안 떨어지는 듯 머뭇거리는 진겸. 그러다 끝내 입을 열지 못하고 고개를 숙이면. 고 형사 처, 남편의 죽음을 직감한 듯 두 눈에 눈물이 고이며 주저앉으면.

S# 20   **장례식장 조문실 | 낮**
슬픈 장례식장의 모습이 이미지로 보여진다. 환하게 웃는 고 형사의 영정 사진. 현장에서 바로 온 복장으로 절을 올리며 눈물을 흘리는 동호와 하·홍. 그 옆에 오열하는 고 형사 처와 흐느끼는 도연의 안타까운 모습. 그런데 어디에도 진겸의 모습은 보이지 않는다. 조문실에서 복도로 나오는 태이. 진겸을 찾는 듯 복도를 살핀다. 그러다 진겸에게 전화를 걸어보지만 받지 않자 안타까운 표정이 되는 태이 얼굴에서.

#카이퍼 소장실

소장실 안으로 들어오는 진겸. 장례식장에 갈 생각이 없는 듯 여전히 피 묻은 옷차림이다. 하지만 텅 비어 있는 소장실.

#어느 별장 거실

와이셔츠 단추를 잠그는 석오원. 와이셔츠 안으로 가슴에 감은 붕대가 보인다.

#경찰서 형사과

모두 장례식에 참석한 듯 텅 빈 형사과. 그런데 혼자 형사과에서 고 형사의 사건 파일을 보고 있는 진겸. 파일 곁에는 지갑이나 차 키 같은 증거품들이 담긴 비닐봉지들이 보인다. 그중에서 무언가를 꺼내는 진겸. 바로 고 형사의 폴더폰이다.

#어느 별장 거실

테이블 위에 놓인 폴더폰이 울리기 시작한다. 굳은 얼굴로 폴더폰을 응시하다가 받는 석오원. 하지만 먼저 입을 열지 않고 기다린다.

#경찰서 형사과

폴더폰을 귀에 대고 있는 진겸. 하지만 진겸 역시 먼저 입을 열지 않고 기다린다.

#어느 별장 거실

석오원, 전화를 끊으려고 하는데.

#경찰서 형사과

진겸 니가 어디에 있든 상관없어. 미래로 도망치든 다른 차원으로 도망치든 반드시 찾아낼 거야. 찾아서 내가 직접 죽여줄게. 조금만 기다려.

#어느 별장 거실

석오원 (피식) 장례나 잘 치르십시오.

#경찰서 형사과

전화가 끊어지자, 분노로 폴더폰을 잡은 손이 부들부들 떨리는 진겸.

#어느 별장 거실

전화를 내려놓는 석오원의 얼굴에서.

#플래시백 야산 | 낮

야산 중턱에 커다란 구덩이가 파여 있고, 그 안에서 손발이 묶인 석오원이 버둥거리고 있다. 그런데 구덩이 밖에서 석오원을 바라보는 남자. 바로 시간여행자 석오원이다.

석오원	한 명은 시간여행을 막으려 하고, 한 명은 시간여행을 지키려 하고. 아이러니하지?

겁먹은 표정으로 시간여행자 석오원을 바라보는 구덩이 속 석오원. 주위에서 철암이 비릿한 미소를 짓고 있고, 고 형사는 눈을 질끈 감으며 괴로워한다. 잠시 후 수하로 보이는 남자가 삽으로 흙을 덮기 시작한다.

S#22	**경찰서 형사과	밤**

혼자서 사건 파일을 보고 있는 곤두선 표정의 진겸. 그중에 은밀한 야외 공간을 촬영한 현장 사진도 보인다. 그런데 이때 태이가 다가온다. 걱정스러운 표정으로 진겸을 보는 태이. 그런데 평상시처럼 사무적인 표정으로 태이를 보는 진겸.

태이	왜 여기 있어요? 사람들이 기다려요.
진겸	팀장님과 무슨 얘기를 나누셨습니까?
태이	(안타까운) 형사님.
진겸	팀장님이 거기 가셨던 이유도 들으셨습니까? 혹시 석오원에 대해 들으신 건요?
태이	... 사람마다 자기만의 방식으로 고통을 잊는다고 생각해요. 옳은 방법도 없고 틀린 방법도 없지만, 이렇게 도망치는 건 아닌 거 같아요. 팀장님 곁을 지켜드리세요. 그게 아들이 할 일이에요.

그 말에 먹먹한 얼굴로 멈춰 서 고 형사의 책상을 보는 진겸. 결국 눈물을 흘리면. 태이가 그런 진겸을 위로하듯 안아준다.

태이	내가 옆에 있어줄게요.

S# 23 　　경찰 묘지 | 낮

장엄하게 울려 퍼지는 장송곡과 함께. 고 형사의 묘 앞에 선 정복 차림의 경찰들. 일제히 거수경례를 하는 서장을 비롯해 동호와 하·홍, 상복을 입은 고 형사 처와 도연이 보이고. 맨 앞에 선 진겸의 모습이 보인다. 담담하게 슬픔을 참으며 고 형사를 보내는 진겸의 모습. 멀리서 진겸을 안타깝게 지켜보고 있는 태이. 화면이 점점 어두워진다.

S# 24 　　고수부지 | 밤

서울 야경이 아름답게 보이는 벤치에 나란히 앉은 태이와 정복 차림의 진겸.

태이	시간여행이 가능해지면 사람들이 훨씬 행복해질 거라고 믿었어요. 인간은 실수도 많고, 결함도 많고, 이별도 많은 존재니까요. 시간여행을 통해 자신의 잘못을 만회할 기회가 생기고, 만나고 싶은 사람을 만나면 더 행복해질 수 있을 거라고 생각한 거예요. 아마 형사님 어머니도 나와 같은 생각을 하셨을지 몰라요.
진겸	하지만 시간여행 때문에 저희 어머니가 살해되셨어요. 아저씨도요. 이대로 놔두면 이런 일이 계속 반복해서 일어날 거예요.
태이	(걱정스럽게 보는데)
진겸	앞으로 당분간은 저 찾아오지 마세요.
태이	(놀란) 형사님.
진겸	저와 같이 있으면 교수님도 위험해지실 거예요.

진겸, 일어서서 떠나려는데.

태이	팀장님이 예언서 마지막 장을 찾으라고 하셨어요.
진겸	(멈춰 서서 보면)
태이	하지만 난 예언서 같은 거 안 믿어요. 과학자니까. 형사님 어머니도 과학자니까 다른 방법을 찾으셨을 거예요. 혹시 어머니가 사용하시던 컴퓨터 아직 갖고 있어요? 어쩌면 우리한테 도움이 될 만한 게 있을지 몰라요.
진겸	더 이상 이 일에 신경 안 쓰셨으면 좋겠습니다.
태이	난 아직도 시간여행 자체가 문제라고 생각하지 않아요. 그걸 악용하는 사람이 문제죠. 그런 사람들 잡는 거라면 내가 도울게요.

결의에 찬 태이를 바라보는 진겸에서.

S# 25   진겸 옛집 거실 | 낮

장례식이 끝난 듯 일상복 차림으로 무언가 들고 들어오는 진겸.
창고에서 꺼내온 듯 낡고 먼지 쌓인 데스크톱과 노트북이다. 그
러자 태이, 바로 데스크톱 뚜껑을 따고 하드만 분리한다.

진겸	어머니 돌아가시고 몇 년 동안 제가 사용했는데, 특별한 게 있진 않았어요.
태이	시간여행을 만드신 분인데, 그렇게 쉽게 찾을 수 있겠어요? 제가 확인해볼게요.

이때 태이, 그런 진겸을 보다가 테이블 위에 놓인 진겸의 지갑

을 발견한다. 그런데 지갑에 피가 묻어 굳어져 있다. 그 피가 고형사 피라는 걸 바로 깨달은 태이. 걱정스럽게 진겸을 보다가 진겸 손목에 붕대를 감고 있는 것을 발견한다. 그런데 붕대 위로 피가 번져 있다.

태이   형사님.

하지만 소매를 내리며 그냥 가려는 진겸. 진겸의 팔을 붙잡는 태이. 진겸과 태이 눈이 마주친다.

Cut to

진겸의 손목에 새 붕대를 감아주는 태이. 그런데 진겸, 아파하자.

태이   (자상하게) 시간여행자들과 싸우겠다는 사람이 고작 이것도 못
          참으면 어떡해요.

진겸   (민망한)

태이   우리 꼭 잡아요. 대신 다치지 말고요.

태이의 따스한 말에 고마운 눈으로 태이를 바라보는 진겸.

진겸   네.

S# 26   대학 교수실 | 낮

선영의 데스크톱 하드를 자신의 컴퓨터에 연결하는 태이. 바로 데스크톱 파일들을 하나하나 분석하기 시작한다.

S# 27　　경찰서 형사과 | 낮

진겸을 중심으로 한자리에 모인 형사 2팀. 동호가 비닐 봉투에
든 폴더폰을 들고 브리핑 중이다.

동호　　10년 전에 개통됐는데, 특별한 건 없고 통화한 번호도 몇 개 안
　　　　돼요. 번호 중에 석오원 번호는 없었고요.

진겸　　(하 형사 보며) 석오원의 최근 행적은 알아보셨습니까?

하 형사　아직 조사 중인데 이상한 게 있어. 석오원 차 말이야. 석오원이
　　　　창고에 감금됐던 기간에도 주행한 기록이 있어. 도난당한 것도,
　　　　가족이 탄 것도 아닌데 말이야.

홍 형사　그게 말이 돼요?

하 형사　게다가 석오원이 창고를 탈출했던 날도 그 차가 창고 주변 도로
　　　　에 머물렀던 흔적이 발견됐어.

　　　　그러면서, 도로 주변의 CCTV에 찍힌 차량 사진을 진겸에게 건
　　　　네주면. 진겸과 동호, 예상했던 대로라는 듯 은밀하게 시선을
　　　　주고받고.

진겸　　(사진을 보며 동호에게) 혹시 같은 날 폴더폰 발신 지역 중에 창고
　　　　주변이 있습니까?

동호　　(서류 보다가) 어, 있어요! 근처 야산.

S# 28　　야산 | 낮

폴리스라인이 쳐진 야산 중턱. 구덩이 옆에 이미 꺼내놓은 시체
가 흰 천에 덮여 있다. 진겸이 하얀 천을 걷으면, 사체는 석오원

이다. 곁에 있던 동호.

동호　죽은 지 5일 정도 된 것 같다네요.

그 말에 표정이 어두워지는 진겸.

S# 29　납골당 | 낮
생각에 잠긴 채 선영의 납골당 앞에 서 있는 석오원. 표정 없이
선영의 사진을 본다.

석오원　(혼잣말) 이번에도 당신이 아들을 지킬 수 있을지 궁금하네.

S# 30　진겸 오피스텔 | 낮
다각형에 붙어 있는 석오원의 사진을 보고 있는 진겸. 그런 진
겸을 답답하게 보는 동호.

동호　진짜 석오원은 폐창고에 갇혀 있다가 죽은 거예요. 이대로 가다
가는 팀장님 죽인 놈 못 잡아요. 범인 시체가 나왔는데 누가 범
인을 잡으려고 하겠어요. 차라리 우리가 아는 거 전부 까고, 대
대적으로 수사해야 그 새끼 찾을 수 있어요.
진겸　어차피 공개해도 믿지 않을 겁니다.

동호, 한숨을 푹 내쉰 후.

동호　그럼 어떻게 하자는 거예요.

진겸   석오원이 예언서 마지막 장을 찾으려고 이곳에 왔다고 들었습니다. 그걸 우리가 먼저 찾죠.

그러면서 다각형에 붙어 있는 장 박사의 사진을 보는 진겸.

S#31   앨리스 회의실 | 낮

텅 빈 회의실에서 혼자 패드로 CCTV 영상을 보고 있는 시영. 영상에는 살해당하기 직전의 이세훈이 여관으로 들어가는 모습이 보이고, 잠시 뒤 한 남자가 뒤따라 들어가는 게 찍혀 있다. 남자 얼굴을 보고 놀란 시영, 화면을 정지시키면. 이세훈을 뒤따라 들어가는 남자, 바로 철암이다. 심각한 표정으로 생각에 잠기는 시영.

S#32   앨리스 본부장실 | 낮

차가운 눈빛으로 철암을 보는 시영. 하지만 철암은 태연한 눈빛으로 시영을 바라본다.

철암   안색이 안 좋네.

시영   …

철암   너무 무리하지 마. (사이) 무슨 일로 왔어?

시영   이세훈 사건 CCTV 복구 끝났어요.

철암   (여유롭게 미소) 그래? 잘됐네. 뭐 나온 건 있고?

심중을 떠보듯, 서로를 보는 철암과 시영.

철암	왜 그래?
시영	아무것도 못 찾았어요. 특별히 의심스러운 사람도 없었고요. 결과 나오면 보고하라고 해서서 온 거예요.

하지만 시영의 말을 믿지 않는 듯 시영을 빤히 보는 철암. 그런 철암의 시선을 피하지 않는 시영.

철암	아쉽네. 배후에 누가 있는지 궁금했는데.
시영	그러게요. 저도 아쉬워요.

S#33	앨리스 복도 | 낮

곤두선 표정으로 빠르게 복도를 걷는 시영. 이때 혜수가 보이자.

시영	유 팀장 지금 어디 있어?
혜수	고형석 사건을 조사 중입니다.

S#34	낚시터 맞은편 | 낮

폴리스라인이 쳐진 낚시터가 보이는 맞은편. 날카로운 표정으로 건너편 낚시터를 응시하는 민혁과 그 옆에 서 있는 승표.

민혁	박진겸을 노린 게 확실해?
승표	네.
민혁	박진겸보다 먼저 찾아야 해. 분명히 우리와 관련된 자야. 고형석이 여기 오기 전 동선 좀 알아봐.

S# 35   대학 교수실 | 낮

선영의 데스크톱 하드와 노트북을 분석 중인 태이. 하지만 특별한 걸 찾아내지 못한 듯 막막한 표정이다. 한숨을 내쉬며 커피를 마시려는데 커피가 없는 걸 보고 지갑을 들고 일어선다. 그러다 잠시 자신의 지갑을 보는 태이.

S# 36   백화점 | 낮

남성 고급 지갑 매장에서 진겸에게 선물할 지갑을 고르는 태이.

직원   (다가와) 어떤 분께 선물하실 거예요? 남자 친구 분?
태이   ... 그냥 고마운 사람요.

그러면서 계속 지갑을 고르는 태이, 입가에 옅은 미소가 번진다.

S# 37   진겸 옛집 거실 | 밤

현관문이 열리며 집 안으로 들어오는 태이.

태이   형사님?

그런데 식탁 위 진겸의 피 묻은 지갑과 차 키만 보이고, 진겸은 보이지 않는다. 방을 확인해보려는데 그때, 욕실에서 물소리가 들려온다.

#인서트. 욕실

샤워 중인 진겸의 모습이 보이고.

#다시 거실

가방에서 포장된 지갑을 꺼내 식탁에 올려놓고 미소 짓는 태이.
그러다 생각이 바뀐 듯 새 지갑의 포장을 뜯은 후, 진겸의 낡은
지갑에 들어 있는 각종 명함과 카드들을 새 지갑에 넣고 만족스
러워하는데. 이때 진겸의 낡은 지갑 안쪽에 있는 사진을 발견한
태이. 무슨 사진이지 싶어 꺼내보는데, 점점 표정이 어두워지기
시작한다. 바로 선영의 사진이다.

#플래시백 대학 교수실 | 낮

(5회 25신)

태이　　형사님 어머님이랑 나랑 많이 닮았나 봐요?

#플래시백 카페 | 낮

(10회 10신)

도연　　진겸이가 얘기 안 했어요? 교수님이 어머니랑 닮았다고?

#다시 현실

이때 욕실 문이 열리며 거실로 나오는 진겸. 엄마 사진을 보고
있는 태이를 보며 진겸의 표정이 어두워진다.

진겸　　교수님.

하지만 충격이 큰 듯 멍하니 사진만 보고 있는 태이.

태이	이분이 형사님 어머니세요? 나랑 정말 똑같네요.
진겸	... 일부러 숨길 생각은 없었습니다.
태이	(자책하듯) 나 바본가 봐. 시간여행자들이 있는 것도 알고. 내가 직접 다녀오기도 했는데... 왜 눈치 못 챘을까.
진겸	...
태이	형사님도 나 처음 봤을 때 많이 놀랐겠어요.

잠시 어색한 두 사람의 모습.

태이	... 나 약속이 있어서 가봐야겠어요...
진겸	제가 모셔다드리겠습니다.
태이	아니에요. 나오지 말아요.

허둥지둥 서둘러 가방을 들고 밖으로 나가는 태이. 태이를 붙잡지 못하는 진겸, 식탁 위에 놓인 새 지갑을 바라본다.

S#38	태이 집 앞 태이 차 안 | 밤

차 안에 한참 동안 멍한 표정으로 앉아 있는 태이. 그러다 정신을 차리고, 시동을 끄고 차 밖으로 나온다.

S#39	태이 집 앞 | 밤

혼란스러운 표정으로 집을 향해 걷는 태이. 그런데 집 앞에 서 있는 민혁을 발견한다. 태이를 보고 다가오는 민혁.

민혁	고형석이 죽기 전에 마지막으로 만나셨다고 들었습니다. 혹시

무슨 얘기 못 들으셨습니까?

태이 　(돌아서며) 그게 왜 궁금하죠? 이것도 박 형사님 위해서예요?

민혁 　누군가 박진겸을 죽이려 하고 있습니다.

태이 　(잠시 보다) 왜 그렇게 형사님을 걱정해요? 나한테도 필요 이상
　　　잘해주고. 원래 성격이 그래요?

민혁 　...

태이 　아니면, 나와 형사님 어머니를 착각해서 그런 거예요?

얼어붙은 민혁.

태이 　내가 지금 제일 두려운 게 뭔지 아세요? 어떤 사람들에겐 내가
　　　더 이상 내가 아니라는 거예요. 날 보고 있지만 나와 똑같이 생
　　　긴 다른 사람을 보는 거고, 나와 함께 있으면서 그 사람을 떠올
　　　리는 거라고요.

혼란스러워 보이는 태이를 걱정스럽게 보는 민혁.

민혁 　저도 교수님을 처음 뵙고 제가 아는 사람을 떠올렸습니다. 하지
　　　만 교수님을 만날 때마다 느끼는 건 교수님은 제가 아는 그 사
　　　람이 아니라는 사실입니다. 어떤 시간을 보내느냐가 그 사람을
　　　만드는 거니까요.

태이 　...

민혁 　어쨌든 전부 저희 때문에 생긴 착오입니다. 혼란스럽게 해드려
　　　죄송합니다.

서로를 잠시 응시하는 두 사람. 민혁이 인사하고 돌아서려는데.

태이   그쪽 정체가 뭐예요?

잠시 태이를 응시하는 민혁.

민혁   앨리스에서 온 유민혁이라고 합니다.

그 순간, 과거 민혁의 목소리가 환청처럼 울리며 지워졌던 태이의 기억이 시작된다.

#플래시백. 고급 주택 | 밤
(1회 6신)

민혁   앨리스에서 온 유민혁이라고 합니다. 예언서는 저희가 갖고 가 겠습니다.

#다시 현실
비틀거리며 호흡이 거칠어지는 태이.

민혁   왜 그러십니까?

겁먹은 태이의 눈동자에서.

플래시백. 고급 주택 | 밤

(1회 6신)

천둥 번개와 함께 이세훈이 휘두른 칼에 베여 쓰러지는 장 박사. 책상 밑의 어린 태이와 눈이 마주치는 장 박사. 눈물범벅의 태이가 나오려 하자 필사적으로 태이를 향해 나오지 말라고 고개를 젓는다.

Cut to

이세훈이 어린 태이의 목을 잡고 벽에 붙여 들어 올리고 있다. 그때, 빠르게 걸으며 아이의 목을 잡고 있는 이세훈의 팔에 총알을 박는 선영. 탕! 탕! 이세훈의 팔에서 튄 피가 어린 태이의 얼굴에 뿌려지고. 어린 태이는 더욱 세차게 비명을 지른다. 선영이 어린 태이를 꽈악 안아주지만, 어린 태이는 비명을 멈추지 않는다.

선영   미안해... 내가 미안해... (토닥이며) 이젠 괜찮아. 이름이 뭐야?

다시 현실

자신의 얼굴과 같은 선영을 떠올린 태이. 민혁, 걱정스럽게 보는데. 그 순간, 의식을 잃고 쓰러지는 태이.

민혁   교수님!!

의식을 찾은 듯 서서히 눈을 뜨는 태이. 그 앞에 걱정스러운 얼굴의 민혁이 서 있다.

민혁   괜찮으십니까?

태이   ...

민혁   박진겸한테 연락했으니 곧 올 겁니다. 저는 가보겠습니다.

민혁, 돌아서는데.

태이   ... 우리 아버지. 살해된 거네요.

그 말에 굳은 얼굴로 돌아보는 민혁.

태이   이유가 뭐예요?

민혁   (당황) 지금 무슨 말씀을 하시는지 모르겠습니다.

태이   당신도 거기 있었잖아. 우리 아버지 죽을 때.

얼어붙는 민혁. 그런데 이때 응급실 안으로 들어오는 진겸, 민혁을 발견하고 눈빛이 사나워진다. 혼란스러운 표정으로 태이를 보는 민혁. 하지만 진겸 때문에 자리를 피하려고 하자, 민혁을 거칠게 붙잡는 진겸.

민혁   여기 병원이야.

민혁이 주변의 환자들과 의료진을 보자 진겸도 의식한 듯 손에서 힘을 푼다.

민혁   교수님 돌봐드려.

밖으로 나가는 민혁. 진겸, 떠나는 민혁을 보다가 태이에게 다가가면.

진겸   어떻게 된 거예요?
태이   ... 나, 형사님 어머니 만난 적 있어요.

놀라는 진겸. 그런데 태이, 슬픈 얼굴로 진겸을 본다.

S#41   병원 앞 | 낮
굳은 얼굴로 병원에서 나오는 민혁. 다급하게 차로 향하는데. 멀리서 이 모습을 지켜보고 있는 시영이 보인다. 차가운 시영의 얼굴에서.

S#42   태이 집 거실 to 태이 방 | 밤
굳은 표정으로 집 안으로 들어오는 태이. 진겸이 뒤따라 들어온다. 태이, 소파에 앉아 미동도 않고 가만히 있으면. 진겸, 걱정스러운 얼굴로 태이를 보다가.

진겸   내일 다시 오겠습니다. 오늘은 아무 생각 마시고 주무십시오.

진겸, 돌아서는데.

태이   ... 형사님 어머니가 나 구해준 거였어요. 어머니가 시간여행 온 덕분에 내가 살 수 있었는데, 어머니가 만든 시간여행 때문에 우리 아버지는 돌아가신 거예요.

진겸   ... 죄송합니다.

태이   아니요. 형사님 잘못 아니잖아요. 우리 잘못이 아니잖아요.

진겸   (슬프게 보면)

태이   ... 시간여행으로 만나고 싶은 사람을 만날 수 있을 거라고만 생각했어요. 이렇게 만나선 안 될 사람들까지 만날 수 있다는 건 몰랐어요. (공허하게) 형사님 어머니와 난 어떤 관계일까요? 형사님과 나는요?

진겸   (안타까운) 교수님...

태이   형사님 안 만났으면 좋았을걸 그랬어요. 이런 과거 몰랐으면 좋았을걸...

그러고는 방으로 들어가는 태이. 태이, 방문에 등을 기댄 채 주저앉아 흐느끼기 시작한다. 진겸, 어두운 표정으로 닫힌 방문을 바라본다.

진겸   (혼잣말) 만나선 안 된다는 걸 알지만, 전 교수님 만나서 행복했습니다.

S# 43   앨리스 본부장실 | 밤
         혼란스러운 표정으로 철암 앞에 선 민혁.

민혁	나와 태이를 장동식 박사한테 보낸 이유가 뭐야?
철암	본사 지시였어. 너도 알잖아.
민혁	혹시 태이 죽음에 본사가 개입된 거야?
철암	말도 안 되는 소리 하지 마. 본사가 왜 그런 짓을 하겠어.
민혁	윤태이 교수가 장동식 박사의 딸이었어. 92년에 태이가 또 다른 태이를 만난 거라고!!
철암	(보다가) 윤태이 같은 케이스는 우리가 여기 온 순간부터 얼마든지 일어날 수 있는 일이야. 그 정도 패러독스는 감수해야지.
민혁	쉽게 말하지 마. 우리가 만든 시간여행 때문에 여기 있는 윤태이 인생이 뒤죽박죽된 거야. 더 이상은 안 돼. 내가 막을 거야.

철암, 민혁이 나가자 묘한 미소를 지으며 폴더폰을 꺼내 어딘가로 전화를 건다.

S#44   어느 별장 거실 | 밤

폴더폰을 받는 석오원.

(철암)	윤태이가 기억을 찾기 시작했습니다.
석오원	(미소) 이제야 마지막 장을 찾을 수 있겠네요.

S#45   앨리스 복도 | 밤

민혁이 굳은 얼굴로 어딘가를 향해 빠르게 걷는다. 그런 민혁을 발견한 시영이 민혁에게 다가간다.

시영	잠깐 얘기 좀 해.

민혁	나중에.
시영	(붙잡으며) 중요한 얘기야.

그러다 천장의 CCTV 카메라를 응시하는 시영.

시영	(불안한 듯) 보여줄 게 있어. 내 방으로 가.
민혁	(뿌리치며 차갑게) 너와 얘기할 생각 없어! 날 좀 가만 놔둬!
시영	민혁 씨 도와주려는 거야.
민혁	니 도움 필요 없어.

당황스러움을 넘어 서운한 눈빛으로 민혁을 보는 시영. 그런 시영에게 쐐기를 박는 민혁.

민혁	그런 표정으로 보지 마. 니가 거짓말만 안 했어도 태이 죽지 않았을 거야. 내가 일찍만 알았어도 태이 죽게 놔두지 않았을 거라고!
시영	그래서 그 여자를 만나는 거야? 대리만족하려고?
민혁	뭐?!!
시영	그 여자, 태이 아니야. 민혁 씨가 사랑했던 윤태이는. (차갑게) 죽었어.
민혁	맞아. 태이 죽었어. 너 때문에 죽은 거야. 나 너 절대 용서 못 해.

그러고는 민혁, 떠나려고 뒤돌아서는데. 민혁을 보는 눈빛이 점점 차가워지는 시영.

| 시영 | 이렇게 될 줄 알았으면 차라리 내 손으로 죽일 걸 그랬다. |
| 민혁 | (노려보면) |

S# 46   앨리스 본부장실 | 밤

모니터로 복도 CCTV 영상 속 민혁과 시영의 말다툼을 실시간
으로 지켜보고 있는 철암.

S# 47   언론사 사회부 | 밤

사무실을 안절부절 돌아다니는 도연. 이 모습을 불안하게 보던
김 부장.

김 부장	니가 고 팀장이랑 얼마나 각별했는지는 잘 아는데, 선 넘지 마 라. 너 기자야. 그리고 범인도 죽었다며.
도연	알아요. 근데 구멍이 너무 많이 보여요.
김 부장	그냥 박 경위 믿고 기다려봐. 아버지 같은 분이었는데, 어련히 알아서 잘할까.
도연	그래서 불안한 거예요. 너무 잘할까 봐.

S# 48   진겸 오피스텔 앞 복도 | 밤

진겸 오피스텔 앞에 도착한 도연. 자연스럽게 비밀번호를 누른
다. 하지만 비밀번호가 바뀌었는지 열리지 않는다. 진겸에게 전
화하는 도연. 신호가 가고 있는데, 복도 끝에서 커피를 들고 걸
어오는 동호를 발견한 도연, 전화를 끊고 동호를 기다리면.

| 동호 | 기자님, 여긴 어떻게... |

도연	형사님이야말로 여기 왜 있어요? 비밀번호도 바꾸고 둘이서 뭐 해요?

동호, 말을 못 하고 쭈뼛거리자 더욱 의심스러운 눈으로 보는 도연.

S# 49	진겸 오피스텔 안	밤

문이 열리며 안으로 들어오는 도연. 뒤따라 들어오는 동호는 말리려고 하지만 도연, 화이트보드 앞으로 빠르게 다가간다.

동호	그거 수사 기밀이에요. 보시면 안 돼요.

하지만 벌써 화이트보드에 적혀 있는 다각형의 이름들과 기사들을 보고 놀라는 도연.

도연	이게 뭐예요?
동호	진짜 보면 안 되는데...
도연	혹시 여기 있는 사람들 시간여행자들이에요?

동호, 놀란 얼굴로 도연을 보면. 온갖 사진이 어지럽게 붙은 보드판을 심각하게 응시하는 도연.

S# 50	앨리스 관제실	낮

텅 빈 관제실. 시영이 자신의 모니터 화면을 응시하고 있다. 화면은 여관 앞, 철암의 모습이 복구된 영상이다. 그런데 모니터

반사로 시영 뒤에 사람 형체가 어른거리는데. 바로 철암이다. 놀란 시영, 모니터를 끄며 급하게 돌아보는데.

철암	왜 그렇게 놀라? 잠깐 얘기 좀 해.
시영	나중에 하시면 안 될까요? 지금 좀 바빠서요.
철암	민혁이와 관련된 일이야.
시영	그럼 전 안 들어도 될 것 같아요.

시영, 무시하고 가려는데.

철암	민혁이가 이번 사건을 수사하면, 곧 나에 대해 알게 되겠지. (시영 응시하며) 너처럼.
시영	(멈칫하고 보면)
철암	그런 일이 일어나기 전에 내가 먼저 민혁이를 처리해야 할 테고.
시영	(노려보면)
철암	너만 도와주면 민혁이는 아무것도 모를 거야.
시영	지금 저한테 입 다물어달라는 거예요?
철암	난 항상 앨리스를 위해 최선의 선택을 해왔어. 앞으로도 그럴 거고. 그래서 너에게 기회를 주려는 거야.
시영	... 무슨 기회요?
철암	니가 민혁이를 되찾을 기회.
시영	!!
철암	윤태이에게서 반드시 찾아야 할 게 있어. 그다음에 윤태이가 어떻게 되든 난 상관 안 해. (시영 응시하며) 너와 내가 목적지는 달라도 가는 길은 같단 얘기야.

시영, 갈등하면.

철암   그 과거인이 살아 있으면 민혁이는 계속 흔들릴 거야.

S#51   대학 교수실 | 낮

인터넷으로 1992년 이세훈 사건 기사들을 찾아보고 있는 태이.
'세계적인 물리학자 장동식 박사 살해당해...'라는 제목과 체포
되는 이세훈의 사진이 실려 있고, '현장에서 총상 입은 범인 검
거', '아이는 병원에서 회복 중'이라는 작은 헤드라인 문구가 보
인다. 이번엔 포털에서 장동식 박사 인물 검색을 찾는다. ××
대학교 물리학과 교수로 재직했다는 정보가 나온다. 그러자 ×
×대 학과실에 전화를 거는 태이.

태이   안녕하세요. ××대 물리학과죠? 한국대 물리학과 윤태이 교순
데요. 혹시 30년 전에 계셨던 장동식 박사에 대한 자료나 아시
는 분을 찾을 수 있을까요? (듣고) 아니요. 개인적인 일이에요.
(듣고) 네. 그럼 연락 기다리겠습니다. 고맙습니다.

전화를 끊고 다시 장동식 박사의 사진을 보는 태이. 그러다 자
신의 목에 걸려 있는 목걸이를 만져본다. 거울을 보는 태이. 거
울에 비친 또 다른 자신의 모습을 슬프게 바라본다.

S#52   앨리스 관제실 | 낮

패드를 통해 철암의 모습이 복원된 영상을 보고 있는 시영. 갈
등하던 시영, 잠시 후 화면을 조작하자 영상을 영구히 삭제하겠

냐는 메시지가 뜬다. 굳은 얼굴로 '예'를 클릭하는 시영. 일어나 밖으로 나가면.

S#53 대학 강의실 입구 to 강의실 | 낮

어두운 표정으로 강의실 앞 복도를 걸어오던 태이. 이때, 휴대 폰이 울리자 발신자를 확인한다. 진겸이다.

#인서트. 경찰서 복도 | 낮

진겸이 태이에게 전화를 걸고 있다.

#다시 강의실 입구

잠시 갈등하다 휴대폰을 꺼버리는 태이. 학생들로 꽉 찬 강의실 안으로 들어간다. 강의를 막 시작하려는 그때, 문을 열고 들어 오는 한 사람. 바로 시영이다. 시영, 제일 마지막 줄에 앉아 강의 를 시작하는 태이를 본다.

S#54 경찰서 복도 to 회의실 | 낮

받지 않는 전화를 물끄러미 보던 진겸, 회의실로 들어가면. 회 의실에는 동호가 기다리고 있다. 테이블 위에는 ××대학교 서 류가 놓여 있다.

동호 장 박사가 일했던 ××대에 다녀왔는데, 너무 오래전 일이라 정 보가 거의 없었어요. 그런데 윤태이 교수님도 아버지를 찾고 있 는 것 같던데요.

하지만 동호 말은 듣는 둥 마는 둥 다른 생각에 빠져 있는 진겸.

진겸   ...

#플래시백. 낚시터 | 밤

고 형사   소중한 건 지금이고... 니 곁에 있는 사람이야... 진겸아... 알았
지?

#다시 현실

동호   경위님? 무슨 생각하시는 거예요?
진겸   (일어나며) 저, 교수님 좀 뵙고 오겠습니다.

S#55   대학 강의실 | 낮
화이트보드를 가득 채우고 있던 공식들을 지우는 태이.

태이   오늘 강의는 여기까지. 레포트는 이번 주까지 메일로 제출하고,
논문 일정 상의할 사람은 교수실로 와.

학생들이 우르르 일어나 나가고, 태이도 가방을 정리하는데. 시
영이 태이 앞으로 다가온다.

시영   장동식 박사님에 대해 알고 싶다고 전화 주셨죠?
태이   (놀라며) 네. 맞아요.

| 시영 | 저희 아버지가 장동식 박사님과 친구셨어요. |

S#56 교차 | 낮

#대학 주차장 입구

큰길에서 대학 입구로 들어오는 진겸의 차. 이때, 반대편 도로로 대학 주차장을 빠져나가는 차와 스쳐 지나간다. 그 짧은 순간, 스쳐 지나가는 차에 태이가 타고 있는 것을 본 진겸. 그리고 운전하는 시영을 본다.

#플래시백 지하 주차장 | 낮

(9회 22신)

자신에게 총을 겨누던 시영을 떠올리는 진겸.

#달리는 진겸 차 안

시영의 차를 뒤쫓는 진겸. 태이에게 전화를 하지만 받지 않는다. 그러자 액셀러레이터를 밟는 진겸. 차가 엄청난 속력으로 달려 나간다.

#달리는 시영 차 안

태이는 경계심을 푼 채, 시영에게 말을 건다.

태이	사실 이렇게 빨리 연락이 올지는 몰랐어요.
시영	(백미러를 보고 표정 굳는)
태이	그럼 아버님도 물리학을 전공하신 거예요?

하지만 시영은 대답하지 않고 계속 백미러로 뒤만 응시한다. 이상하게 생각한 태이. 역시 백미러로 뒤를 보는데. 진겸의 차가 빠르게 달려오고 있는 게 보인다. 갑자기 신호를 어기고 차를 과격하게 운전하기 시작하는 시영. 태이, 뭔가 잘못됐다는 것을 깨닫고 당황한다.

태이   뭐하는 거예요?

그런데 태이를 노려보며 총을 겨누는 시영. 얼어붙는 태이.

태이   당신 누구야?
시영   내가 누군지가 뭐가 중요해? 니가 누군지가 중요하지.
태이   날 알아?
시영   윤태이, 항상 니가 문제였어. 그때도, 지금도.
태이   !!

#도로 위

위태롭게 차들을 따돌리며 달리는 시영. 마찬가지로 시영의 차를 따라잡기 위해 곡예 운전을 하는 진겸. 이때, 시영의 차 앞으로 건널목을 건너는 아이가 보이고, 차가 아이를 덮칠 위급한 순간, 태이가 차의 핸들을 꺾어버린다. 그로 인해 중앙선을 침범한 후, 도로 반대편 공사 펜스를 들이박고 멈춰 서는 시영의 차. 그런데 차에 불이 붙어 연기가 나기 시작한다. 정신을 차린 시영, 가까스로 차에서 탈출하지만, 태이는 정신을 잃고 누워 있다. 불길이 사나워지기 시작한다. 자신의 차에서 내려 대로를 지나가는 차들을 피해 간신히 건너온 진겸. 불이 붙은 차로 달려가 창문을 두드리고 열어보려 애쓴다. 하지만 문은 열리지 않고, 불길은 더욱 거세지고. 태이는 정신을 차리지 못한다.

진겸   교수님! 정신 차리세요!!

안 되겠는지 시영이 빠져나온 문으로 들어가 태이를 꺼내려고 안간힘을 쓰는 진겸. 불길이 거세져 걷잡을 수 없는 지경에 이르고. 곧 차가 폭발하며 진겸과 태이, 화염 속으로 사라져버린다. 멀리서 이 모습을 바라보는 시영. 곧 몰려든 인파 속으로 사라져버린다.

S#57   2010년. 진겸 옛집 거실 | 낮
서서히 떠지는 태이의 눈꺼풀. 놀라 벌떡 일어나자마자 절박하게 진겸을 찾는다.

태이   형사님? 형사님!

어떻게 된 일인지 혼란스러운 태이. 그제야 이곳이 어딘지 살펴보면. 진겸의 옛집이다. 그런데, 자세히 보니 태이가 지내던 진겸의 집과는 다른 가구와 소품들이 보인다. 당황스러워하는 태이 모습에서 떴다 사라지는 자막.

'2010년'

이때 현관문이 열리며 들어오는 사람은 바로 진겸이다. 태이,
진겸을 보고 반가운 얼굴로 다가가며.

태이   형사...

하지만 무엇 때문인지 얼어붙는 태이. 현관으로 들어오는 진겸
은 교복 입은 고등학생 진겸이다. 태이는 어쩔 줄 몰라 황급히
주방 부근에 몸을 숨긴다. 신발을 벗고 안으로 들어오는 진겸이
건조하게 말을 건다.

고교 진겸   엄마 나 왔어.
태이   어... 그래...

뭘 찾는 것처럼 행동하는 태이, 허둥대며 대답하면. 고교 진겸,
냉장고 안의 음료수만 쏙 꺼내 방으로 향한다. 고교 진겸은 태
이의 얼굴을 보지도 않고 엄마로 생각한 것.

S#58   2010년. 진겸 옛집 안방 | 낮

도망치듯이 안방으로 들어오는 태이, 문을 닫고 걸어 잠근다.
안도의 숨을 내쉬며 한숨 돌린 태이, 선영이 지내고 있는 안방
을 둘러본다. 소품들이 달라서인지, 자신이 지내던 방과는 완전
히 다른 곳처럼 느껴진다. 태이, 장롱을 열어 선영의 옷들을 보
고 책상도 살펴본다. 책상 위에는 선영과 어린 진겸이 찍은 사
진들이 놓여 있다. 그런데 놀랍게도 사진 중 어린 태이와 어린
진겸이 함께 찍은 사진도 보인다. (7회 엔딩에서 소개된 놀이공원 사

진) 자신이 모르는 어린 시절 사진이, 그것도 진겸과 함께 찍은 사진이 있다는 게 놀라운 태이. 곧 다른 사진들도 찾아보다가 화장대 서랍 속에서 여러 장의 사진들을 발견한다. 그중 다섯 살 때 자신의 모습이 담긴 사진을 발견한다. 얼어붙는 태이의 얼굴에서 기억이 떠오른다.

S#59   1992년. 병원 | 낮

침대 위에 잠든 다섯 살의 어린 태이.

(선영)   태이야?

목소리에 이끌리듯 눈을 희미하게 뜨는 어린 태이. 침대 앞에 서 있는 흐릿한 여인의 모습이 점점 선명해지면. 바로 1992년 당시의 젊은 선영이다. 걱정스러운 표정으로 어린 태이를 보는 선영과 선영을 보고 미소 짓는 어린 태이.

S#60   1992년. 병원 복도 | 낮

놀이터처럼 꾸며진 치료실에서 다른 아이들과 놀고 있는 어린 태이. 통유리 너머에서 의사와 선영이 어린 태이를 바라보며 대화를 나눈다.

의사   기억상실을 제외하면 크게 염려할 건 없어 보입니다.
선영   정말 아무것도 기억 못 하나요?
의사   네, 친척 분을 엄마로 생각하는 것을 보면 아직은 그런 것 같습니다. 하지만 너무 걱정 마십시오. 해마 손상이 심각하지 않으니, 곧 호전될 겁니다.

이때, 어린 태이가 선영을 발견하고 달려온다. 쪼르르 달려와
선영에게 안기는 태이.

어린 태이　　엄마!

파고드는 어린 태이를 슬픈 눈으로 보는 선영. 그러다 두 팔로
태이를 따스하게 껴안아준다.

S#61　　2010년. 진겸 옛집 안방 | 낮

어린 시절의 기억을 찾고 혼란스러워하는 태이. 이때, 방문이
갑자기 열리고 누군가 들어오는데, 바로 선영이다. 태이를 보고
굳어지는 선영. 당황스러운 표정으로 서로를 보는 태이와 선영
의 모습에서.

13

세 번째 시간여행
흑화된 고교 진겸

미지의 공간 | 낮

검은 화면에 타이프 치는 소리가 리듬 있게 들린다. 탁...탁 탁...탁. 화면 밝아지면, 타이프에 걸린 종이에 찍히는 글자들이 보이고, 이윽고 완성되는 문장.

'이곳'보다 더 나은 '그곳'은 없다.

—체리 카터 스코트

자막 사라지면.

S# 2 도로 위 | 낮

(12회 56신)

위태롭게 차들을 따돌리며 달리는 시영. 마찬가지로 시영의 차를 따라잡기 위해 곡예 운전을 하는 진겸. 이때, 시영의 차 앞으로 건널목을 건너는 아이가 보이고, 차가 아이를 덮칠 위급한 순간, 태이가 차의 핸들을 꺾어버린다. 그로 인해 중앙선을 침범한 후, 도로 반대편 공사 펜스를 들이박고 멈춰 서는 시영의 차. 차에 불이 붙어 연기가 나기 시작한다. 정신을 차린 시영, 가까스로 차에서 탈출하지만, 태이는 정신을 잃고 누워 있다. 그 사이, 불길이 사나워지기 시작한다. 자신의 차에서 내려 대로를 지나가는 차들을 피해 간신히 건너온 진겸. 불이 붙은 차로 달려가 창문을 두드리고 열어보려 애쓴다. 하지만 문은 열리지 않고, 불길은 더욱 거세지고, 태이는 정신을 차리지 못한다.

진겸 교수님 정신 차리세요!

안 되겠는지 시영이 빠져나온 문으로 들어가 태이를 꺼내려고 안간힘을 쓰는 진겸. 불길이 거세져 걷잡을 수 없는 지경에 이르고. 곧 차가 폭발하며 진겸과 태이는 화염 속으로 사라져버린다.

S#3 2010년. 진겸 옛집 거실 | 낮
서서히 떠지는 태이의 눈꺼풀. 놀라 벌떡 일어나자마자 절박하게 진겸을 찾는다.

태이 형사님? 형사님!

어떻게 된 일인지 혼란스러운 태이. 그제야 이곳이 어딘지 살펴보면 진겸의 옛집이고 자신은 앉아 있다. 그런데 자세히 보니 태이가 지내던 진겸 집과는 다른 가구와 소품들이 눈에 띈다. 당황스러워하는 태이 모습에서 떴다 사라지는 자막.

'2010년'

S# 4   2010년. 진겸 옛집 앞골목 | 낮

아이들이 대문에 달라붙어 킥킥거리며 무언가를 쓰고 있다. 1회 34신과 비슷한 낙서들이 적혀 있다. '살인마' '괴물' '사이코패스' 낙서하던 한 아이가 인기척을 느끼고 돌아보는데, 고교 진겸이 차가운 표정으로 낙서를 보고 있다. 얼어붙는 아이. 그런데 아이가 문을 막고 있다.

고교 진겸   비켜.

고교 진겸의 싸늘함에 겁먹은 아이가 비켜서면, 고교 진겸은 집 안으로 들어간다.

S# 5   2010년. 진겸 옛집 거실 | 낮

영문을 몰라 당황해하는 태이. 이때 현관문이 열리며 들어오는 고교 진겸. 태이, 고교 진겸을 보고 반가운 얼굴로 다가가며.

태이   형사...

하지만 집으로 들어온 진겸이 고교 진겸임을 깨닫고. 황급히 주방 쪽으로 몸을 피하는 태이. 신발을 벗고 안으로 들어오는 고교 진겸이 건조하게 인사한다.

고교 진겸   엄마 나 왔어.

태이	어... 그래...

고교 진겸을 등지고 뭘 찾는 것처럼 행동하는 태이, 허둥대며 대답하면. 고교 진겸, 냉장고 안의 음료수만 쏙 꺼내 자기 방으로 향한다. 고교 진겸은 태이 얼굴을 보지도 않고 엄마로 생각한 것.

S#6	2010년. 정육점	낮

고기를 포장해주고 있는 정육점 아주머니. 바로 1회에 나왔던 정육점 주인이다. 그 앞에서 기다리고 있는 선영.

정육점	진겸 엄마가 직접 목격자 찾은 거라며? 고생 많았겠다. 아니, 그 여학생은 왜 하필 진겸이가 옥상에 있을 때 자살을 해. 괜히 진겸이만 억울하게 누명 썼잖아.
선영	질 나쁜 애들이 그 여학생한테 몹쓸 짓을 했나 봐요.
정육점	그런 거였어? 에고, 그 여학생도 안됐네. (고기 건네며) 내가 반 근더 얹었어. 진겸이 고3이니까 액땜했다고 생각해. 진겸이 좋은 대학 갈 거야.
선영	(쓸쓸한) 그럼요. 우리 아들 얼마나 공부를 잘하는데.

선영, 장바구니에 고기를 담은 후 계산하고 밖으로 나가면.

정육점	*쯔쯔쯔*, 저렇게 착한 엄마한테서 어째 그런 자식이 나왔누...

2010년. 진겸 옛집 거실 to 안방 | 낮

장바구니를 든 채 귀가한 선영. 현관에 놓인 고교 진겸의 운동화를 발견하고 고교 진겸 방문을 열면. 책상에 앉아 공부 중인 고교 진겸.

선영   언제 왔어? 왔으면 엄마한테 전화하지.

그 말에 고교 진겸, 건조한 표정으로 엄마를 본다.

고교 진겸   왔다고 얘기했잖아.
선영   언제?
고교 진겸   아까 거실에서.
선영   (의아한)
고교 진겸   (방해하지 말라는 듯) 나 공부해야 돼.

그러면서 고교 진겸, 무뚝뚝한 얼굴로 다시 공부를 시작한다.

선영   아, 미안. 엄마 옷 갈아입고 과일 깎아줄게.

그러고는 방문 닫아주고 안방으로 향하는 선영.

#인서트 안방

(12회 58신)

보육원 앞에서 찍은 어린 태이와 선영의 사진을 보고 놀라는 태이.

방문이 잠겨 있자 이상한 듯 안방 문을 응시하는 선영. 거실 서랍에서 열쇠를 꺼내 안방 문을 열고, 사진을 보고 있는 태이를 보고 얼어붙는다. 당황스러운 표정으로 서로를 보는 선영과 태이. 그런데 선영, 빠르게 상황 파악을 한 듯 재빨리 방문을 닫으며 들어온다.

선영　　여긴 왜 온 거야?

하지만 여전히 당황스러운 표정으로 선영을 보는 태이. 다시 보육원 사진을 본다.

선영　　어떻게 왔어?

그런데 이번에는 대답 없이 방 안을 둘러보는 태이.

선영　　태이야.

태이　　(그제야 선영을 보며) 나 어렸을 때 이 방에 온 적 있죠?

선영　　(철렁)

태이　　왜 그랬어요? 왜 내 앞에서 엄마인 척했어요?

선영의 보는 태이의 두 눈에 원망이 가득하다. 가슴 아픈 얼굴로 태이를 보는 선영. 이때 방문이 열려 뒤돌아보면.

S#8   1992년. 진겸 옛집 안방 | 낮

(화면 이어지듯)

방 안으로 들어오는 선영과 어린 태이.

선영   이제부터 여기가 우리 집이야.

어린 태이   엄마랑 둘이 사는 거야?

선영   아니, 엄마 배 속 아기랑 셋이.

그러자 어린 태이, 살짝 나온 선영의 배를 어루만지며 신기한
듯 미소 짓는다. 선영도 귀여운 듯 미소 지으면. 화면 아래 떴다
사라지는 자막, '1992년'.

S#9   1992년. 진겸 옛집 거실 to 안방 | 낮

주방에서 반찬을 만들고 있는 선영. 어린 태이는 거실 바닥에
누워 공책에 무언가를 열심히 쓰고 있다. 점심상을 다 차린 후
어린 태이에게 다가가는 선영. 그런데 태이, 또래 아이들처럼
글씨 공부를 하는 게 아니라 어려운 미적분 공식을 풀고 있다.

선영   (놀란) 이런 건 어디서 배웠어?

어린 태이   의사 선생님. 내가 가르쳐달라고 졸랐어. 선생님이 틀린 거, 내
          가 맞힌 적도 있다. 선생님이 나보고 천재래.

그러면서 천진난만하게 웃는 어린 태이.

선영   (걱정스럽게 보다가 미소) 엄마 닮아서 똑똑하네, 우리 태이.

그러면서 선영, 공책을 넘기며 태이가 예전에 풀었던 수학 공식들을 보는데. 다음 페이지를 보고 굳어진다. 무언가를 보고 베낀 듯한 그 그림은, 바로 예언서 첫 장에 나왔던 삽화다. 자기 눈을 의심하는 듯 충격을 받은 선영, 노트를 들고 안방으로 들어간다. 안방 서랍장 깊숙한 곳에서 앤티크한 박스를 꺼내 뚜껑을 열자 예언서가 보인다. 예언서 첫 장을 펼치자 어린 태이가 그린 그림과 비슷한 삽화가 나온다. 굳어지는 선영, 선영을 따라 안방으로 온 어린 태이에게 물어본다.

선영	이 그림, 태이가 그렸어?
어린태이	(뿌듯) 응. 잘 그렸지? 뒤에 또 있어.

공책 다음 장을 펼치자, 이번엔 태이가 보지 못했던 그림이 나온다.

선영	뭘 보고 그렸는데?

어린 태이가 안방 옷장에서 자기 옷을 꺼내려고 하는데, 키가 닿지 않는다. 그러자 선영이 꺼내주는데, 1회 장 박사 집에서 어린 태이가 입고 있던 바로 그 잠옷이다. 잠옷 주머니에서 무언가를 꺼내는 어린 태이. 보면, 꼬깃꼬깃 접혀 있는 종이다. 그런데 뒷면에 어떤 글귀들이 적혀 있다. 글귀 내용을 보고 얼어붙는 선영. 곧바로 예언서를 펼쳐 찢어진 부분을 붙여 대조하면. 놀랍게도 찢어진 부분이 정확히 일치한다. 즉, 어린 태이가 갖고 있던 종이가 예언서 마지막 장이 맞았던 것. 절망적인 표정

의 선영이 다시 천천히 예언서 마지막 장을 보면. 마지막 장 전체 일곱 줄의 문장 중 두 줄만 짧게 소개된다.

그녀는 금지된 시간의 문을 열었고 넘지 말아야 할 세계를 보았다.
이제 그녀가 감당해야 할 형벌은 정해졌다. 그녀는...

나머지 문장을 읽는 선영의 눈과 손이 부들부들 떨린다. 떨고 있는 선영이 이상한 듯, 선영을 빤히 보는 어린 태이. 혼란스러운 표정으로 어린 태이를 보는 선영.

어린 태이	엄마, 왜 그래?
선영	이거 읽어봤어?
어린 태이	(끄덕) 근데 하나도 모르겠어.
선영	(꽉 껴안으며) 괜찮아. 너는 몰라도 되는 내용이야.

S# 10   1992년. 진겸 옛집 안방 | 밤

침대에 잠든 어린 태이. 침대 머리맡에 기대앉아 괴로운 표정으로 마지막 장을 보고 있는 선영. 주체할 수 없이 북받치는 감정으로 마지막 장을 잡은 손이 떨리기 시작한다. 그러다 잠든 어린 태이를 바라보는 슬픈 표정의 선영.

S# 11   1992년. 진겸 옛집 창고 | 밤

어두운 창고에 들어온 선영. 잠시 망설이다 마음의 결심을 한 후 라이터를 꺼내 마지막 장에 불을 붙이면. 마지막 장 모서리에 불이 붙기 시작한다.

S# 12   1992년. 보육원 마당 | 낮

어린 태이의 손을 잡고 보육원으로 걸어 들어오는 선영. 어린 태이의 표정은 밝고 발걸음도 가벼운 반면, 선영은 표정이 어둡다. 보육원 앞 커다란 은행나무를 보더니 신나서 달려가는 태이.

어린 태이   엄마! 여기 대따 큰 나무다.

선영, 어린 태이 앞으로 다가가 무릎 굽혀 시선을 맞춘다.

선영   태이야, 지금부터 엄마가 하는 말 잘 들어. 이제부터 여기가 태이 집이야.

어린 태이   (보육원 보며) 여기가?

선영   응. 그러니까 수녀님들 말씀 잘 들어야 돼.

어린 태이   (놀란) 엄마는?

선영   (마음 아픈) 우린 같이 못 살아. 우린 같이 살면 안 돼.

어린 태이   (바로 울먹) 왜? 왜 같이 못 사는데?

선영   엄마랑 살면 태이가 위험해져.

하지만 차마 말을 잇지 못하는 선영. 그러자 울음을 터트린 태이, 선영에게 안기려고 한다.

어린 태이   나 엄마랑 같이 있을 거야. 엄마랑 같이 살 거야.

맘 아픈 선영. 일부러 태이를 위해 안아주지 않고 냉정하게 밀어내려 하지만, 결국 맘이 약해져 태이를 안아버린다.

선영   (눈물 맺히며) 미안해. 엄마가 여기로 와서 정말 미안해...

S# 13   2010년. 진겸 옛집 안방 to 거실 | 낮

원망과 슬픔을 동시에 간직한 눈빛으로 선영을 바라보는 현재의 태이.

태이   다 용서했었어요. 날 버린 이유가 있겠지. 엄마도 어쩔 수 없었겠지. 그래도 엄마니까 다 용서해주려고 했어요.

선영   (마음 아픈)

태이   혹시 예언서 때문이에요?

선영   ...

태이   그거 때문에 내 앞에서 엄마인 척하고 날 버린 거예요?

선영   아니야. 그땐... 그땐. 그럴 수밖에 없었어.

시선을 피하는 선영. 그런 선영을 원망스럽게 보는 태이.

태이   마지막 장 어디 있어요?

선영   ... 태웠어. 아무도 봐선 안 되는 거라서.

당황스러운 얼굴로 선영을 보는 태이.

태이   왜 태워요? 내가 그걸 찾으려고 얼마나 헤맸는지 알아요?

선영   널 위해서였어.

태이   아버지가 나한테 주신 거잖아요?

선영   니 아버지도 날 이해하실 거야.

원망스러운 눈으로 선영을 보는 태이. 이때 노크 소리와 함께
거실에서 들려오는 고교 진겸의 목소리.

(고교 진겸)   엄마.

선영, 놀란 표정으로 문을 응시하면.

#거실

닫혀 있는 안방 문 앞에 서 있는 고교 진겸.

고교 진겸   누구랑 통화해?

#안방

선영   ...응. 엄마 통화만 끝나고 나갈게. (태이에게 작은 목소리로) 진겸이
는 아무것도 몰라. 알아서도 안 되고.

이런 선영을 원망과 서운함이 뒤섞인 표정으로 바라보는 태이.
선영은 미안한 표정이 되어.

선영   금방 돌아올게.

#거실

거실로 나오며 재빨리 방문을 닫는 선영. 방문 앞에 서 있는 고교 진겸이 엄마를 빤히 보고 있다.

선영   왜, 뭐 필요해?

고교 진겸   방에 누구 있어?

선영   (얼버무리는) 있긴 누가 있어. 과일 깎아줄게. 조금만 기다려.

그러면서 선영, 태연하게 냉장고 앞으로 다가가 과일을 꺼내려는데. 하지만 여전히 안방을 주시하고 있는 고교 진겸. 선영, 불안한 얼굴로 고교 진겸을 보다가 과일을 깎기 시작하는데. 그 순간, 안방 문을 여는 고교 진겸. 놀라는 선영. 방 안에 있던 태이, 급하게 몸을 숨기려는데. 그런데 고교 진겸이 갑자기 코피를 흘리며 의식을 잃고 쓰러진다. 선영은 물론, 열린 방문으로 쓰러지는 고교 진겸을 본 태이 역시 놀란다.

선영/태이   (동시에) 진겸아! | 형사님!

S# 14   2010년. 도로 위 | 낮

강렬한 빛이 진겸의 얼굴로 쏟아진다. 빛 때문에 눈을 찌푸리고 있던 진겸, 빛이 사라지면 혼란스러운 얼굴로 주위를 두리번거린다. 분명 사고(12회 엔딩)가 났던 도로 위에 서 있지만, 사고의 흔적은 물론 태이의 모습조차 보이지 않는다. 진겸, 휴대폰을 꺼내 전화를 걸어보지만 먹통이다. 도로 중앙에 서 있는 진겸 때문에 차들이 빵빵거리기 시작한다. 빵빵대는 차를 향해 걸어가는 진겸. 차 주인은 놀라 겁을 먹는데, 진겸이 다짜고짜 문을 열고 물어본다.

진겸	지금이 몇 년돕니까?
남자	(황당한) 뭐요?
진겸	지금이 몇 년도냐고?!!
남자	(더 황당하게 보다가) 2010년요...

그제야 자신이 시간여행 왔다는 것을 깨달은 진겸. 곧장 집을 향해 달려가기 시작한다. 그런데 이때 갑자기 심각한 어지럼증을 느끼는 듯 휘청이는 진겸. 심지어 코에서 코피가 흘러내리더니, 일순간 의식을 잃고 쓰러진다.

S# 15   2010년. 진겸 옛집 진겸 방 | 낮

침대 위에 의식 없이 누워 있는 고교 진겸을 걱정스럽게 보는 선영. 그런데 고교 진겸의 손에서 뭔가를 발견한다. 바로 반점이다. 이제 보니 고교 진겸 팔에 반점들이 가득하다. 절망적인 얼굴로 고교 진겸을 보는 선영. 문 앞에 서 있던 태이 역시 반점을 보고 굳어진다.

태이	빨리 병원에 데려가야 돼요. 시간여행 때문에 나도 같은 반점이 생겼었다고요.
선영	병원 가도 소용없어. 진겸이가 여길 떠나야 돼.
태이	??
선영	왜 얘기 안 했니? 진겸이도 같이 왔다고.

| 태이 | (놀란) 형사님도 여기에 있다고요? |
| 선영 | 진겸이 지금 어디 있어? 진겸이 빨리 찾아야 해. 진겸이가 이곳에 있으면 둘 다 위험해져. |

그런데 이때 울리는 선영의 휴대폰.

선영	(받으며) 여보세요.
(경찰)	혹시 박진겸 학생 어머니 되십니까?
선영	네.
(경찰)	방금 병원으로 박진겸 학생이 실려 와서 연락드렸습니다.
선영	(놀란) 우리 진겸이가요? 진겸인 지금 집에... (순간 굳어지며) 어느 병원이에요?

S# 16 2010년. 병원 응급실 | 낮

통화를 마치고 전화를 끊는 경찰. 이제 보니 진겸의 지갑 속에 들어 있는 진겸의 주민등록증을 손에 들고 있다.

| 경찰 | (간호사에게) 보호자랑 연락됐습니다. |

그러고는 응급실 침대 위에 의식 없이 누워 있는 진겸을 보는 경찰. 이상한 듯 다시 한 번 진겸의 주민등록증을 본다.

| 경찰 | (혼잣말) 92년생이면 열아홉인데? |

경찰, 갸웃하며 돌아서 멀어지면. 의식을 찾은 듯 천천히 눈을

뜨는 진겸.

현관 앞에 서서 놀란 표정으로 선영을 보는 태이.

태이   같이 안 가세요?
선영   난 안 만나는 게 나아. 진겸이 만나면 바로 돌아가라고 해.
태이   형사님 그냥 안 돌아가실 거예요.
선영   그러니까 니가 설득해줘. 엄마 죽는 거 걱정할 필요 없다고.

선영의 말에 굳어지는 태이.

태이   앞으로 무슨 일이 생길지 알고 계신 거예요?
선영   ...
태이   마지막 장에 나와 있는 거죠? 범인이 누군지도 아시겠네요.
선영   내 죽음은 진겸이가 막을 수 있는 게 아니야. 단념하지 않으면 시간이 흐를수록 그 아이만 위험해져.
태이   자기 아들을 그렇게 모르세요? 어머니 죽인 범인 잡으려고 형사까지 된 사람이에요. 10년 동안 그 생각밖에 안 한 사람이라고요.
선영   그러니까 니가 진겸이 못 오게 해줘. 진겸이 보면 나도 흔들릴 거야.

그러고는 진겸 방으로 들어가버리는 선영. 혼란스러운 표정으로 닫힌 방문을 바라보는 태이.

S# 18   2010년. 병원 응급실 | 낮

응급실로 들어오는 태이. 천천히 응급실을 둘러보다가 경찰을 발견하고 다가간다.

태이   저기, 박진겸이라고, 여기 있다고 해서 왔는데요.

경찰, 난감하다는 표정으로 진겸이 누워 있던 침대를 보면. 침대가 비어 있다.

경찰   좀 전에 깼는데, 도망쳤어요.

태이   (굳어진) 죄송한데, 저 전화 좀 쓸 수 있을까요?

경찰의 휴대폰을 건네받은 태이. 경찰 휴대폰의 최근 통화 내역에서 선영의 전화번호를 찾는다.

S# 19   2010년. 진겸 옛집 앞 골목 | 낮

대문 앞에 헐떡이며 서 있는 남자, 바로 병원에서 도망쳐온 진겸이다. 잠시 고민하다가 대문을 열고 안으로 들어가면.

S# 20   2010년. 진겸 옛집 거실 | 낮

집 안으로 들어온 진겸, 엄마를 찾아 거실을 살펴보는데. 열려 있는 자기 방 침대 위에 누워 있는 고교 진겸이 보인다. 과거의 자신을 목격하고 큰 충격을 받은 듯 얼어붙는 진겸. 천천히 고교 진겸의 방으로 다가가는 진겸, 방 안으로 들어가려는 순간, 인기척에 뒤를 돌아보면 선영이 서 있다. 진겸, 이번엔 살아 있

는 엄마의 모습을 믿기지 않는 듯 빤히 바라본다. 빠른 걸음으로 엄마에게 다가가 와락 껴안는 진겸.

진겸   (읊조리듯) 엄마...

먹먹한 표정으로 진겸을 안아주려는 듯 올라가던 선영의 손. 하지만 안아주지 않고 오히려 진겸을 밀어내는 선영. 성인이 된 진겸을 볼 수 있어 행복하지만 애써 차가운 눈빛으로 진겸을 본다.

선영   니가 여길 왜 와? 여긴 니가 있으면 안 되는 곳이야.
진겸   (놀라) 왜 그래, 엄마.
선영   나가서 얘기해.

매몰차게 돌아서 밖으로 나가는 선영. 엄마의 차가운 모습에 충격을 받는 진겸.

S#21   2010년. 진겸 옛집 창고 앞 | 낮
        2층 창고 앞에서 진겸과 선영이 대화 중이다.

선영   (매몰차게) 니가 여기 있으면 모두가 위험해져. 돌아가.
진겸   (서운) 지금은 못 가. 나, 엄마를 위해 할 일이 남아 있어.
선영   엄마도 구하고 범인도 잡으려고?
진겸   (놀라며) 엄마가 그걸 어떻게 알아?
선영   잘 들어. 니가 날 살린다고 해서 바뀌는 건 없어. 바뀌는 건 내가 아니라 너고, 너가 사는 세계야.

진겸	... 하루도 거르지 않고 매일같이 생각했어. 단 한 번만이라도 좋으니까 그날로 돌아가서 엄마를 구했으면 좋겠다고. 내일이 그날이야. 엄마 생일. 내일까지만 여기 있을게.
선영	모르겠어? 그게 우리를 더 위험하게 만드는 거야.
진겸	!
선영	날 위한다면 제발 여기 다신 오지 마.
진겸	엄마.
선영	(차갑게) 내 아들은 지금 집에 있어.

그러고는 매몰차게 집으로 향하는 선영. 하지만 차가웠던 선영, 진겸을 등지며 괴로운 표정을 드러낸다. 이런 엄마의 마음을 모르는 진겸의 망연자실한 표정에서.

S# 22   2010년. 교차 | 낮
#진겸 옛집 진겸방 to 거실

잠에서 깨어나는 고교 진겸, 두통이 있는 듯 머리를 누르며 거실로 나온다. 엄마를 찾는 듯 두리번거리는데. 이때 거실에 놓여 있던 선영의 휴대폰이 진동한다. 선영이 자기 휴대폰을 놓고 나간 것.

고교 진겸	(전화를 받으며) 여보세요.

#응급실

경찰 옆에서 전화를 걸고 있는 태이, 고교 진겸의 목소리가 들려오자 굳어진다. 섣불리 입을 열지 못한 채 망설이는 태이.

고교 진겸, 아무 말도 없자 전화를 끊으려고 하는데.

#이후 화자에 따라 장소 교차

태이	(조심스럽게) 일어났어?
고교 진겸	(목소리가 엄마라고 생각하고) 엄마?
태이	... 어. 몸은 어때? 괜찮아?
고교 진겸	(의심) 어디야?
태이	잠깐 볼 일이 있어 나왔어. (잠깐 망설이다) 저기, 이상한 사람 찾 아오지 않았지?
고교 진겸	누구?
태이	...
고교 진겸	이제 걱정 안 해도 돼. 경찰은 성은이가 자살한 거라고 생각하 니까.
태이	... 그게 무슨 소리야?

순간, 고교 진겸의 표정이 섬뜩해진다.

고교 진겸	너 누구야?
태이	(굳은)
고교 진겸	(싸늘) 이제 알았다. 얼굴만 똑같은 줄 알았는데 목소리까지 똑 같네.
태이	!!
고교 진겸	우리 아까 만났잖아, 집에서.

놀란 태이, 전화를 황급히 끊는다.

#진겸 옛집 거실

고교 진겸, 휴대폰을 내려놓고 자기 방으로 들어가려는데. 현관 문이 열리며 집 안으로 들어오는 선영.

선영   (놀라며) 언제 일어났어?

고교 진겸   (표정 없이 보며) ... 좀 전에.

선영   엄마 없어서 놀랐지?

그러면서 선영, 고교 진겸의 팔을 확인하는데 다행히 반점이 사라지고 보이지 않는다.

선영   (안도하며) 배고프지? 조금만 기다려.

그러면서 주방으로 향하는 선영. 그런데 고교 진겸, 차가운 눈빛으로 엄마를 본다. 이때 선영의 휴대폰에 문자가 도착한다. 문자를 보고 어두워지는 선영.

고교 진겸   왜? 무슨 안 좋은 소식이라도 있어?

서늘한 미소를 띤 후 자기 방으로 들어가는 고교 진겸. 선영, 굳은 얼굴로 고교 진겸을 보다가 다시 문자를 보면. 다름 아닌 부고 문자다. (죽은 사람의 이름은 정확히 보여주지 않음) 문자를 보다가 고개를 들어 당황스러운 표정으로 고교 진겸의 방을 보는 선영.

먹먹한 얼굴로 자신의 집을 바라보는 진겸. 이때 진겸에게 다가
오는 태이.

진겸　　(놀라며) 교수님! 여기 계셨는지 몰랐습니다. 다치신 데는 없으십
　　　　니까?

태이　　어머니는 만나보셨어요?

진겸　　... 네.

표정이 어두워지는 진겸.

태이　　(다 안다는 듯이) 괜찮아요?

진겸　　(서운한) 이해가 안 가요. 엄마가 왜 절 피하려고 하시는지 모르
　　　　겠어요.

그런데 태이, 역시 무언가 걱정스러운 표정으로 진겸을 본다.

진겸　　왜 그러십니까?

태이　　나 형사님께 궁금한 게 있어요. 고등학생 때 갑자기 코피 흘리
　　　　면서 기절한 적 있어요?

진겸　　아니요. 없습니다.

태이　　형사님 무감정증 때문에 문제를 일으킨 적은요?

진겸　　... 그런 건 왜 물어보시는 겁니까?

태이　　여기 있는 고등학생 형사님이랑 통화를 했는데. 아무리 10년 전
　　　　형사님이라고 해도, 제가 아는 형사님 같지 않았어요. 어머니

반응도 이상하셨고요. 어쩌면 우리가 이곳에 와서 변화가 생겼거나, 우리가 다른 차원에 왔을 수도 있어요.

진겸   상관없습니다. 어머니가 다시 돌아가시기 전에 석오원만 잡으면 됩니다.

S# 24   2010년. 카페 | 낮

카페로 들어오는 진겸. 테이블에 앉아 기다리던 태이에게 선불폰을 하나 건넨다. 또 다른 선불폰을 자기 주머니에 넣으며 앉는 진겸.

진겸   이곳에 계신 동안은 이 전화를 쓰세요.

여전히 찜찜한 표정으로 선불폰을 받는 태이.

태이   만약 여기가 형사님이 기억하는 과거랑 다른 과거라면요? 그리고 소장님이 범인이면 어머니가 여기서 소장님을 만날 이유가 없잖아요.

진겸   이곳에도 두 명의 석오원이 있고, 저희 어머니가 살해당했을 때 시간여행자 석오원이 현장에 있었던 건 분명합니다. 진짜 범인이 따로 있더라도 석오원부터 잡아야 합니다. (호텔 키를 주며) 길 건너에 있는 호텔을 잡아놨습니다. 혹시라도 무슨 일 있으시면 바로 연락 주십시오.

인사하고 떠나는 진겸. 혼자 남겨진 태이, 걱정스럽게 멀어지는 진겸을 바라본다.

260 × 261

S# 25   2010년. 진겸 옛집 진겸 방 | 낮

혼자 공부하고 있던 고교 진겸. 그런데 갑자기 허공을 초점 없는 눈빛으로 응시한다. 목을 한쪽으로 삐딱하게 움츠리며 작은 경련을 일으키더니, 순간 짧지만 섬뜩한 미소를 지으며 혼잣말 하는 고교 진겸.

고교 진겸   갈게요. 지금.

책상 위에 있던 자신의 휴대폰을 집어 들고 나가는 고교 진겸.

S# 26   2010년. 진겸 옛집 앞 골목 | 낮

집에서 나오는 고교 진겸. 어딘가로 향하는데. 이 모습을 멀리서 지켜보고 있는 시선. 바로 태이다.

S# 27   2010년. 고등학교 비상계단 to 옥상 | 낮

국화꽃을 들고 옥상으로 올라가는 여고생. 바로 도연이다. 이 때 옥상에서 내려오던 검은 후드를 쓴 남자와 스쳐 지나간다. 도연, 뭔가 이상한 듯 남자의 뒷모습을 보다가 옥상으로 들어서면. 옥상에는 죽은 성은이를 기리기 위해 아이들이 가져다놓은 꽃다발들이 보인다. 그때, 도연이 옥상 난간 앞에 서 있는 고교 진겸을 발견한다. 옥상에서 혼자 먼 곳을 응시하고 있는 고교 진겸.

도연   집에 안 갔어?

고교 진겸, 대답 없이 옥상을 내려가려는데.

도연	고마워.
고교 진겸	(돌아보면)
도연	너 덕분에 성은이가 왜 자살했는지 알았잖아.

그러면서 국화꽃을 난간에 내려놓는 도연.

도연	나한테 미리 말해줬으면 내가 도와줄 방법을 찾았을 텐데. (다시 진겸 보며) 넌 어떻게 알았어? 성은이가 여기서 떨어지기 전에 말한 거야? 너한테 또 무슨 얘기했어?
고교 진겸	(빤히 보는)
도연	친구니까 알고 싶어서.
고교 진겸	... 살려달라고 했어.

처음에는 무슨 뜻인지 이해하지 못하던 도연, 점점 굳어진다.

도연	무슨 뜻이야?
고교 진겸	(표정 없이 보는)
도연	살려달라고 했다는 게 무슨 뜻이냐고!

그러자 싸늘한 시선으로 도연에게 다가가는 고교 진겸. 위압감을 느낀 듯 뒷걸음치는 도연. 옥상 난간 끝에 도달한다. 겁에 질린 도연. 도연을 난간 끝까지 몰던 고교 진겸. 갑자기 멈춰 서 싸늘한 표정으로 도연을 응시한다.

고교 진겸	넌 안 하네?

그러고는 옥상을 떠나려는 듯 뒤돌아서는 고교 진겸.

\#고등학교 옥상 입구

불안한 표정으로 도연과 고교 진겸을 지켜보던 태이, 고교 진겸이 입구로 다가오자 몸을 숨긴다. 고교 진겸이 태이의 존재를 눈치채지 못한 채 옥상을 떠나면. 불안한 표정으로 도연을 보는 태이.

S# 28	2010년. 골목 | 밤

생각에 잠긴 채 걷고 있는 도연. 검은 그림자가 다가오자 놀란 도연이 돌아보는데, 그림자는 바로 태이다.

태이	니가 도연이지?
도연	누구세요?
태이	진겸이 이모야. 진겸이에 대해서 좀 물어볼게 있어서.
도연	진겸이 얘기를 왜 저한테 물으세요?
태이	진겸이가 자기 친구는 너밖에 없다고 했거든.
도연	걔가 그래요? 미친...(하다가 말조심하고) 저 걔랑 하나도 안 친해요.
태이	(실망) 그렇구나. 그래도 요즘에 평소랑 달라 보이진 않았어?
도연	걘 맨날 이상해요.
태이	그럼 진겸이랑 옥상에서 무슨 얘기 했어?
도연	생각하기도 싫어요.
태이	...

도연   저 가도 돼요?

태이, 고개를 끄덕이면. 도연, 태이에게 가볍게 목례한 후 떠난
다. 모퉁이를 돌아가는 도연을 지켜보다, 한숨을 쉬며 돌아서는
태이. 그런데 이때, 도연의 비명소리가 들리자, 소리가 난 곳을
향해 달리기 시작하는 태이. 도연이 돌아갔던 모퉁이로 태이가
꺾어 들어가면, 길바닥에 쓰러져 있는 도연이 보인다. 머리 주
위에 피가 흐르고 있다.

태이   기자님!!

달려가 도연을 안는 태이. 그런데, 도연 옆에 정체불명의 휴대
폰이 떨어져 있다.

S#29   2010년. 카이퍼 로비 | 밤

10년 후와 비교해서 크게 달라진 게 없는 카이퍼. 그 안으로 들
어온 진겸. 곧장 로비 안 안내데스크의 직원을 향해 걸어간다.

진겸   석오원 박사님을 만나러 왔습니다. 어디 계신지 알 수 있습니
까?

직원   (어두운) 무슨 일이십니까?

진겸   연구와 관련해 중요하게 전할 말이 있습니다.

직원   박사님 어젯밤에 살해당하셨습니다.

진겸   (굳은)

| S#30 | 2010년. 장례식장 조문실 | 밤 |

절을 올리는 검은 정장 차림의 선영. 영정 사진 속 고인은 석오원이다.

| S#31 | 2010년. 카이퍼 입구 | 밤 |

찜찜한 표정으로 카이퍼를 나오는 진겸. 이때, 진겸의 전화가 울린다.

진겸	교수님?
(태이)	김 기자님이 다쳤어요.
진겸	도연이가요?

| S#32 | 2010년. 병원 앞 | 밤 |

응급실을 향해 달려가는 진겸.

| S#33 | 2010년. 응급실 복도 | 밤 |

달려온 진겸, 바로 응급실 안으로 들어가려는데. 이때 진겸을 붙잡는 태이.

| 태이 | 지금 들어가시면 안 돼요. 기자님이 정신 차리셨어요. 기자님이 형사님 얼굴 보면 안 돼요. |

그 말에 응급실 안으로 들어가지 못하고 머리에 붕대를 감고 침대에 앉아 있는 도연을, 멀리서 걱정스럽게 바라보는 진겸.

태이	크게 다치진 않았어요.
진겸	누구 짓입니까?
태이	뒤에서 갑자기 공격당해서 범인 얼굴은 못 봤대요.

도연의 사건 현장에서 주운 휴대폰을 진겸에게 건네는 태이.

태이	대신 내가 현장에서 이걸 발견했어요. 범인 거 같긴 한데 비밀 번호가 잠겨 있어서 누구 폰인지는 모르겠어요.

하지만 진겸, 휴대폰을 보자마자 얼굴이 굳는다.

태이	왜 그러세요? 누구 건지 알겠어요?

하지만 아무 대답 없이 심각한 표정으로 휴대폰을 보는 진겸.

S# 34   2010년. 교차 | 밤

#진겸 옛집 거실

어두운 표정으로 귀가하는 선영. 그런데 고교 진겸의 방문이 열려 있고, 고교 진겸이 보이지 않는다. 화장실과 안방도 확인해보지만 역시 고교 진겸이 보이지 않는다. 그러자 선영, 바로 자신의 휴대폰을 꺼내 '내 아들'이라고 저장된 번호로 전화를 걸면.

#진겸 옛집 앞 골목

용의자가 떨어트린 휴대폰을 든 채, 집 앞에 서 있는 진겸. 이때 용의자의 휴대폰이 울린다. 진겸, 잠시 고민하다가 전화를 받으면, 놀랍게도 선영의 목소리가 들린다.

(선영)　　　어디야? 밖에 나갔어?

망연자실한 표정으로 엄마의 목소리를 듣고 있는 진겸. 그제야 밝혀지는 용의자 휴대폰의 정체. 바로 고교 진겸의 폰이다.

#진겸 옛집 거실
대답이 없자 전화가 끊겼나 싶어 휴대폰 액정을 확인하는 선영.

선영　　　(다시 휴대폰을 귀에 대고) 아들? 엄마 말 안 들려?

#진겸 옛집 앞 골목
엄마의 목소리를 듣고 있는 진겸. 차마 대답하지 못하고 전화를 끊어버리면. 괴로운 표정으로 고교 진겸의 휴대폰을 보는 진겸.

#진겸 옛집 거실
전화가 끊어지자 걱정스러운 표정으로 다시 전화를 거는 선영. 하지만 연결되지 않는 휴대폰.

#진겸 옛집 앞 골목
골목 어귀에 몸을 숨긴 채 생각에 잠겨 있는 진겸. 이때 귀가하던 고교 진겸을 발견하고 지켜본다. 고교 진겸, 진겸의 감시를 눈치채지 못한 채 대문을 열고 들어가려는데. 무언가가 고교 진겸의 발에 차인다. 바로 고교 진겸의 휴대폰이다. 진겸이 대문 입구에 폰을 두고 간 것. 고교 진겸, 자신의 폰을 줍고는 섬뜩한 미소를 지으며 주위를 두리번거리다 집 안으로 들어가면. 멀리서 지켜보고 있는 혼란스러운 표정의 진겸.

S#35   진겸 옛집 거실 to 진겸 방 | 밤

집 안으로 들어오는 고교 진겸에게 다가오는 선영.

선영   어디 갔다 왔어?
고교 진겸   바람 좀 쐬고 왔어.

그러면서 고교 진겸, 자기 방으로 들어가려는데.

선영   전화기 고장 났어?
고교 진겸   (자기 휴대폰 보며) 아니.

그러고는 방으로 들어가 문을 닫는 고교 진겸. 그 순간, 어디선가 들려오는 여자의 날카로운 비명. 멈칫하며 허공을 응시하기 시작하는 공허한 눈빛의 고교 진겸. 그 순간, 갑자기 여기저기서 쏟아지듯 수많은 사람의 평범한 목소리가 뒤섞인 채 들려온다. 분명 어디에도 사람은 보이지 않지만, 뒤섞인 수많은 목소리가 기괴하고 공포스럽게 방 안을 채우기 시작한다. 고교 진겸, 여전히 공허한 눈빛으로 허공을 응시하더니, 갑자기 자신의 소매를 걷어 올린다. 보면 또 다시 붉은 반점이 고교 진겸의 팔을 뒤덮어버렸다. 하지만 대수롭지 않다는 표정으로 소매를 다시 내리는 고교 진겸.

S#36   2010년. 거리 | 밤

곤두선 얼굴로 빠르게 걷는 진겸. 태이가 뒤쫓아 와 진겸을 붙잡는다.

태이   형사님 어머니께 말씀드려야 해요. 어머니, 분명 뭔가 알고 계셨어요.

진겸   단순히 도연이가 그 휴대폰을 소지하고 있었던 것일 수도 있습니다. 저한테 도연이는 특별한 친굽니다. 그건 여기 있는 나한테도 마찬가지고요. 이곳의 내가 도연이를 저렇게 만들 리 없습니다.

태이   그럼 내가 내일 어머니를 만나볼게요.

진겸   아니요. 그럴 시간 없습니다. 석오원 사건부터 조사해야 하는데, 교수님이 도와주셔야 합니다.

태이   (이상한 멈춰서며) 무슨 사건요?

진겸   (멈춰 서서 보며) 살해당했습니다.

태이   !

진겸   2020년까지는 살아 있어야 할 진짜 석오원이 죽은 겁니다.

놀라는 태이.

진겸   석오원이 어머니와 연구할 때 어머니한테 예언서를 받았다고 했습니다. 아무래도 그 예언서 때문에 살해됐을 가능성이 높습니다.

태이	그래서 소장님 방에 들어가게요?
진겸	네. 시간여행자 석오원이 예언서를 찾으려고 그 방에 들어갔었을 겁니다. 그놈을 잡을 단서를 찾아야 합니다.

그러면서 진겸, 다시 앞장서는데.

태이	지금 형사님 신분으론 거기 못 들어가요. 하지만 사람들이 저와 어머니를 구분하진 못할 거예요.

S#37	2010년. 카이퍼 로비	밤

진겸과 태이가 로비 안으로 들어온다. 모자를 쓴 태이, 안내데스크로 향하면. 데스크의 직원이 먼저 태이에게 인사를 한다.

직원	안녕하세요. 박 선생님.
태이	(태연히) 네. 잘 지내셨어요? 출입증을 깜빡 잊고 안 가져왔는데 들어가봐도 될까요?

S#38	2010년. 카이퍼 소장실 to 밀실	밤

소장실로 들어온 진겸과 태이. 하지만 특별한 침입자의 흔적 없이 깔끔하게 정리되어 있다. 들어오자마자 서랍을 뒤지기 시작하는 진겸. 태이는 섣불리 찾지 않고 주변을 천천히 둘러본다.

태이	소장님이 예언서를 여기다 보관하셨을까요?

그러다 뭔가 이상한 듯 주위를 둘러보는 태이.

태이	이상하지 않아요?
진겸	(보면)
태이	내가 소장님을 만난 게 2010년 이즈음이에요. 하지만 어머니에 대한 이야기를 듣거나 어머니 연구실을 본 적은 없어요. 데스크 직원이 어머니를 알 정도면, 어머니가 여기 자주 오셨다는 건데, 어머니는 어디서 연구를 하셨을까요?

그러면서 소장실을 계속 살펴보는 태이. 석오원 책상 위에 재떨이와 함께 장식용 라이터가 보인다.

태이	(라이터와 종이를 집으며) 실내 온도를 최대한 높여주세요.
진겸	(벽의 온도 장치를 조작하며) 뭐하시려는 겁니까?
태이	(종이를 태우며) 열역학 중에 이상 기체 상태 방정식이란 게 있어요. 실내 온도가 상승하면 공기 속 분자 운동 에너지가 높아지고 벽면을 때리는 횟수나 힘이 증가하면서 압력이 높아져요. 만약 이곳에 밀실이 있다면 압력 차이로 연기를 빨아들일 거예요.

종이에 붙은 불을 끄자, 공중에 하얀 연기가 피어오른다. 그런데, 공중에 떠오른 연기가 띠를 그리며 움직이기 시작한다. 그러다 곧 벽의 틈 사이로 빨려 들어가는 연기. 벽 너머에 빈 공간이 있다는 것을 찾은 것이다.

태이	(벽을 두드려보며) 여기예요. 가까운 곳에 스위치가 있을 거예요.

갑자기 책장의 책들을 빼내기 시작하는 태이. 진겸은 책상 밑과

소파를 찾아본다. 그러던 중, 책장의 책 한 권이 빠져나오지 않고 마치 스위치처럼 딸깍하며 기울어진다. 그러자 웅장한 소리와 함께 밀실의 자동문이 움직이기 시작한다. 천천히 밀실로 들어가는 태이. 진겸도 따라 들어간다. 밀실 안에는 책상들과 컴퓨터 등이 놓여 있다.

태이 여기에서 어머니가 연구를 하셨나 봐요.

밀실을 둘러보던 태이의 시야에 문이 열린 금고가 들어온다. 그리고 테이블 위에 놓인 책은 바로 예언서다. 예언서를 읽기 시작하는 진겸과 태이.

시간의 문을 열고 태어난 아이는 언젠가 시간을 다스리게 될 것이다. 하지만 기뻐하기보단 슬퍼해야 한다. 시간을 다스린다는 것은 고통스러운 대가를 치러야 한다는 뜻이며, 견딜 수 없는 상실감을 맛보게 된다는 뜻이기 때문이다.

빠르게 마지막 페이지까지 읽는 태이. 하지만 마지막 장은 찢어진 상태다. 찢어진 부분을 살펴보던 태이. 그 순간, 무언가 떠오르기 시작하면.

#플래시백. 1992년. 진겸 옛집 거실 | 낮

예언서 마지막 장의 삽화를 보며 그림을 그리던 어린 태이, 예언서 마지막 장을 읽기 시작한다. 하지만 내용이 이해 안 되는 듯 머리를 갸웃한다.

무엇 때문인지 점점 표정이 굳기 시작하는 태이. 화이트보드 앞으로 다가가더니 무언가를 빠르게 쓰기 시작한다. 글씨를 다 쓴 후, 상기된 표정으로 화이트보드를 응시하는 태이. 문장을 보는 진겸. 점점 굳어진다.

진겸   이게...

태이   나, 예언서 마지막 장을 본 적 있어요.

진겸   ...

태이   내용 전체가 기억나진 않는데. 이 문장만큼은 정확히 기억나요.

그제야 보여지는 화이트보드.

시간의 문을 연 죗값으로 그녀는 아들의 손에 숨을 거두리라.

당황스러운 표정으로 화이트보드를 보는 진겸.

태이   그땐 이해 못 했는데, 여기 나오는 시간의 문을 연 여자가 아무래도 형사님 어머니를 뜻하는 거 같아요.

마른침을 삼키며 다시 화이트보드를 보는 진겸의 모습에서.

S# 39   2010년. 진겸 옛집 안방 | 밤

잠들어 있는 선영. 그런데 누군가 선영을 내려다보고 있다. 잠든 엄마를 차가운 눈으로 빤히 보고 있는 고교 진겸이다. 하지만 이 사실을 모른 채 잠들어 있는 선영. 엄마의 숨소리를 듣겠다는 듯이 아주 가까이 다가가는 고교 진겸. 잠시 바라보다 조용히 방을 떠나면. 그 순간, 낮게 숨을 토해내고 두 눈을 뜨는 선영. 자는 척하고 있었던 것. 자신의 아들이 이상해지고 있다는 것을 알고 있는 듯 슬픔으로 가득 찬 선영의 두 눈. 그런데 들려오는 고교 진겸의 목소리.

(고교 진겸)   자는 척한 거야?

놀란 선영이 고개를 돌리면. 다시 돌아온 듯 차가운 눈빛으로 침대 옆에 서 있는 고교 진겸. 겁먹은 표정으로 아들을 보는 선영. 이런 엄마를 보며 소름 끼치는 미소를 짓는 고교 진겸. 하지만 순순히 자기 방으로 돌아가면. 슬픔과 공포가 뒤섞인 선영의 두 눈에 눈물이 맺힌다.

S#40   2010년. 카이퍼 소장실 밀실 | 밤
호흡조차 거칠어진 모습으로 화이트보드의 문구를 보고 있는 진겸.

진겸   교수님 기억이 잘못된 겁니다.

자신을 보는 태이에게 격양된 목소리로 소리치는 진겸.

진겸   제가 어머니를 죽인다는 게 말이 된다고 생각하십니까?
태이   아들에 대한 끔찍한 이야기가 나와 있어서 태운 거예요. 절대 누구한테도 보여주지 않으려고.

진겸	교수님 기억이 잘못된 거라고 말씀드렸습니다.
태이	형사님을 의심하는 게 아니에요. 여기 있는 고등학생 박진겸이 범인일 수도 있어요.
진겸	(자신에게 화를 내듯) 그놈도 나야! 내가 왜 우리 엄마를 죽여!
태이	(걱정스럽게 보면)
진겸	(진정하며) 10년 전 어머니가 살해당할 때 전 어머니를 찾아다녔습니다. 제가 범인일 수도 없고, 범인이 바뀔 리도 없습니다.

그 순간, 갑자기 들려오는 여자의 비명. 놀란 진겸이 소리가 나는 구석을 응시한다.

태이	(이상한) 형사님?
진겸	방금 못 들으셨습니까?
태이	뭘요?
진겸	비명소리요.
태이	아니요. 아무 소리도 안 들렸는데.

하지만 진겸, 분명히 들렸기에 계속 구석을 응시하는데. 그 순간. 여기저기서 사람들의 목소리가 들려오기 시작한다. 점점 상기되며 호흡까지 거칠어지는 진겸. 눈동자가 극단적으로 좌우로 움직이며 주위를 살피기 시작한다. 지금껏 본 적 없는 패닉에 빠진 모습이다. 고교 진겸이 겪었던 증상과 동일한 증상을 겪고 있는 것. 이런 진겸의 모습을 보고 놀라는 태이.

진겸	이 소리 진짜 안 들려요?
태이	(걱정) 무슨 소리요?

그러면서 두 귀를 막고 괴로워하는 진겸. 그런데 순식간에 붉은 반점이 진겸의 얼굴을 뒤덮는다.

태이	형사님! 형사님!!

S# 41	2010년. 진겸 옛집 거실	아침

등교하려는 듯 교복을 입고 거실로 나오는 고교 진겸. 선영이 아침상을 차려놓고 기다린다. 식탁을 보는 고교 진겸. 식탁 위에 놓인 미역국을 발견한다.

선영	밥 먹어.

하지만, 대답 없이 싸늘하게 선영을 바라보고 밖으로 나가는 고교 진겸. 선영, 걱정스러운 표정으로 아들을 보는데. 이때 휴대폰이 울린다.

선영	(받으며) 여보세요.

S# 42	2010년. 호텔 입구	아침

금방이라도 울 것 같은 표정으로 호텔 로비로 달려 들어오는 선영.

호텔 안으로 들어오는 선영. 보면, 침대에 잠들어 있는 진겸. 그 옆에 태이가 앉아 있다. 걱정스러운 표정으로 진겸을 보는 선영. 다행히 진겸 얼굴의 반점들은 사라지고 보이지 않는다.

선영   어떻게 된 거야?

태이   모르겠어요. 밤새 환청에 시달리다가 방금 잠들었어요.

선영   ... 환청 아니야.

태이   ??

선영   (걱정스럽게 진겸을 보며) 다른 차원의 소리가 들리는 거야.

태이   다른 차원의 소리란 게 뭐예요?

선영   다른 차원에 사는 사람들의 목소리.

태이, 굳으면.

선영   진겸이는 여기 오면 안 됐어. 아니 시간여행을 하면 안 되는 거였어. 웜홀을 통과할 때마다 진겸이한테 이상한 일들이 벌어질 거야.

태이   그래서 고등학생 아드님한테까지 문제가 생기는 거예요?

태이의 질문이 이상한 듯, 태이를 보는 선영.

태이   '시간의 문을 연 죗값으로 그녀는 아들의 손에 숨을 거두리라.' 맞죠? 마지막 장.

선영   (굳은) ...

태이	마지막 장에 나오는 아들이 형사님이에요?
선영	(외면) 니가 오해하는 거야. 진겸이랑은 관련 없어.
태이	그럼 왜 형사님한테 돌아가라고 하셨어요? 형사님 때문에 문제가 생긴다는 걸 알고 계신 거잖아요. 그래서 시간여행을 막으려고 하신 거 아니에요? 시간여행을 막아서 아드님에게 문제가 생기는 걸 막으려고요?

그러면서 선영에게 무언가를 건네주는 태이. 바로 카이퍼 밀실에 찾은 예언서다.

태이	예언서에 나왔어요. 시간여행을 막는 사람들에 대해서.
선영	(슬픈 눈으로 예언서를 보는)
태이	시간여행을 막는 방법이 뭐예요?
선영	... 못 막아.
태이	??
선영	시간여행은 막을 수 있는 게 아니야. 한번 시작된 시간여행은 그 누구도 못 막아.
태이	하지만 시간여행을 만드신 분이잖아요. 방법이 있을 거예요.
선영	방법이 있었으면 내가 벌써 막았을 거야.
태이	(굳은)
선영	다 내 잘못이야. 시간여행 같은 거 만드는 게 아니었어. 니 엄마도 이렇게까지 될진 몰랐을 거야.
태이	(이상한) 엄마요?
선영	(아차 싶은 듯 입을 다무는)
태이	우리 엄마를 아세요? 어떻게요?

괴로운 표정으로 태이를 보는 선영.

선영   예언서를 처음 발견한 사람이 니 엄마야.
태이   (놀란) 아버지가 아니고요?
선영   니 엄마도 시간여행자였어.

그 말에 얼어붙는 태이.

S#44   2010년. 호텔 야외 정원 | 아침

인적 없는 정원 벤치에 나란히 앉아 대화를 나누는 선영과 태이.

선영   내가 니 나이 때 시간여행에 성공했어. 그때 이상한 소문이 돌
        았어. 시간여행의 종말이 적힌 책이 있다는 소문이.
태이   …
선영   처음엔 안 믿었어. 누군가 지어낸 헛소문이라고 생각했지. 시간
        여행이라는 신세계가 열리기 직전인데, 이미 그 끝이 적힌 책이
        존재한다는 걸 어떻게 믿겠어. 하지만 니 엄마가 찾아냈어, 예
        언서를. 그리고 예언서를 가지고 도망쳐버렸어.
태이   왜요?
선영   아무도 그 이유를 몰랐어. 니 엄마가 왜 그런 선택을 했는지. 니
        엄마가 도망친 곳이 1986년이라는 것도 나중에 알았으니까. 거
        기서 니 엄만 어떤 과거인을 만나 결혼했어. 그게 니 아버지 장
        동식 박사님이야. 그다음은 니가 아는 대로 니 엄만 널 낳다가
        돌아가셨고, 니 아버지가 니 엄마 유품에서 예언서를 찾았어.
        뒤늦게 니 엄마의 위치를 알게 된 나는 예언서를 되찾기 위해

92년 이곳으로 온 거야. 예언서에 뭐가 적혀 있는지 직접 확인
하고 싶어서.

태이　　(믿기 힘든) ...

선영　　하지만 너무 늦게 도착해서 니 아버지를 구해드리지 못했어. 대
　　　　신 내가 직접 널 키우려고 했어.

태이　　... 왜요?

선영　　나도 너처럼 고아로 자랐어. 그래서 시간여행에 매달렸어. 부모
　　　　님을 찾고 싶어서. 내가 기억하는 건 아버지 얼굴뿐이었어. 그
　　　　런데 92년에 가서야 아버지를 찾을 수 있었어.

선영의 말을 이해한 듯 점점 얼어붙는 태이.

태이　　... 말도 안 돼.

선영　　그때 알았지. 예언서를 찾은 시간여행자가 내 어머니고, 장동식
　　　　박사가 내 아버지일 수도 있다는 것을. 그리고 그때 내 눈앞에
　　　　서 울고 있는 어린아이가 나일 수도 있다는 것을.

태이　　...

선영　　그래서 널 내가 돌보려고 했던 거야. ... 하지만 마지막 장을 보
　　　　고 생각을 바꿨어. 너만이라도 이 운명에서 벗어나게 해주고 싶
　　　　어서.

태이　　무슨 운명요?

선영　　시간의 문을 연 죗값을 치러야 하는 여자가 나만을 뜻하는 건
　　　　아니니까.

얼어붙은 얼굴로 선영을 보는 태이.

선영	돌아가면 다 잊어. 진겸이도 만나지 말고.

그러면서 태이에게 메모지 한 장을 건네주는 선영. 태이, 메모지를 보면 어떤 주소가 적혀 있다.

선영	니 부모님 산소야. 내가 모시고 있었어.

혼란스러운 표정으로 메모지를 보는 태이의 모습에서.

S#45	2010년. 공동묘지	낮

깔끔하게 정리된 부모님 묘 앞에 멍하니 서 있는 태이.

S#46	2010년. 호텔방	낮

차츰 눈을 뜨는 진겸. 그 앞에서 진겸을 보고 있는 선영. 엄마를 보고 진겸이 벌떡 일어나 앉으면. 그런 아들을 슬프게 보는 선영.

진겸	... 엄마.
선영	괜찮니?
진겸	... 응...
선영	밥은? 밥 먹었어?

S#47	2010년. 진겸 옛집 거실	낮

식탁 앞에 반찬들을 내려놓고 진겸과 마주 앉는 선영. 아무 말 없이 엄마가 만든 반찬들을 멍하니 보는 진겸. 미역국도 놓여 있다.

선영	왜 안 먹어?

진겸   ... 10년 만이라서. 엄마가 해준 밥 먹는 게.

그 말에 슬픈 얼굴로 아들을 보는 선영. 엄마를 보다가 숟가락을 드는 진겸. 천천히 한입 먹는다. 10년 만이다... 오래전 먹었던 그 맛이다... 맛있다... 이것도 맛있고... 저것도 맛있다... 입안이 가득 차 더 먹을 수 없는데도 계속 먹는 진겸. 그 순간, 진겸의 두 눈에 눈물이 맺힌다.

선영   왜 울어?
진겸   맛있어서... 진짜... 너무 맛있다... 엄마...

그러다 괴로워하는 진겸.

진겸   엄마, 예언서가 잘못된 거야. 내가 범인일 리 없잖아. 내가 어떻게 엄마한테 그런 짓을 해.
선영   ...
진겸   내가 확인해볼게. 여기 있는 내가 범인인지 아닌지. 걱정하지 마. 직접 만나진 않을게.
선영   진겸아, 엄마 걱정 안 해도 돼.
진겸   어떻게 걱정을 안 해? 나 무조건 엄마 지킬 거야. 그리고 떠날게. 미련 없이 떠날게.
선영   ...
진겸   엄마 나 때문에 19년 동안 혼자 외롭게 살았잖아. 내가 지켜줄게.
선영   엄마 외롭지 않았어. 니가 있어서 19년 동안 하루하루가 행복했어.

그러면서 진겸의 손을 잡아주는 선영.

선영   (슬픈 미소) 우리 아들, 엄마 없이도 잘 컸네. 이젠 걱정 안 해도
       되겠다.

S# 48   2010년. 고등학교 교실 | 낮
       모의고사 기간인 듯 시험지를 풀고 있는 고3 교실. 평범한 학생
       들처럼 문제를 풀고 있는 고교 진겸. 쥐죽은 듯 조용한 교실에서
       갑자기 사람들의 목소리가 들려오기 시작한다. 고교 진겸에게 찾
       아온 환청 증상이다. 하지만 신경 쓰지 않고 공부에 집중하는 고
       교 진겸. 그런데 일순간 모든 소리가 사라지고 단 한 명의 목소리
       가 들려오는데. 어딘가 익숙한 남자(석오원)의 목소리다.

(남자)   기다리고 있습니다.

       그 순간, 처음으로 반응하듯 고개를 드는 고교 진겸. 갑자기 일
       어나 밖으로 나간다. 학생들은 물론, 감독 교사까지 황당한 표
       정으로 고교 진겸을 본다.

감독 교사 야, 너 어디 가?

S# 49   2010년. 고등학교 뒤편 | 낮
       학교 건물 뒤편의 으슥한 곳으로 나오는 고교 진겸. 보면, 한 남
       자가 고교 진겸을 기다리고 있는데, 천천히 드러나는 남자의 얼
       굴. 바로 석오원이다. 그런데 석오원, 마치 보스에게 인사하듯

고교 진겸을 향해 90도로 인사한다. 아무 말 없이 석오원을 보는 고교 진겸의 모습에서.

S#50 2010년. 고등학교 앞길 | 낮

고등학교를 향해 걸어오고 있는 진겸.

S#51 2010년. 고등학교 인근 거리 | 낮

학교가 끝난 듯 하교 중인 학생들 속 고교 진겸이 보인다. 멀리서 고교 진겸을 지켜보고 있는 시선. 바로 진겸이다. 진겸, 고교 진겸을 주시하며 미행하는데. 갑자기 멈춰서는 고교 진겸. 멍하니 서서 무언가를 고민한다. 그런 고교 진겸을 계속 주시하고 있는 진겸. 그런데 고교 진겸, 어딘가로 들어가는데. 바로 케이크 전문점이다. 잠시 뒤, 케이크 전문점에서 나오는 고교 진겸. 케이크 상자를 들고 있다. 1회 진겸이 샀던 케이크와 동일한 케이크다. 고교 진겸이 엄마의 생일 케이크를 사기 위해 케이크 가게에 들어갔다는 것을 알고 안도하는 진겸. 이때 멀리서 진겸을 응시하고 있는 남자와 눈이 마주친다. 바로 석오원이다. 놀라는 진겸. 하지만 곧 석오원을 사납게 노려보면. 진겸을 빤히 응시하던 석오원. 여유롭게 골목으로 사라진다. 바로 석오원을 쫓는 진겸.

S#52 2010년. 공동묘지 | 낮

부모님 산소 비석에 기대앉아 있던 태이. 그런데 갑자기 무슨 생각이 들었는지 일어나 달리기 시작한다.

S#53 　　2010년. 골목 to 다른 골목 | 낮

골목을 빠르게 달리는 진겸. 골목을 빠져나와 다시 거리로 나오는데. 석오원을 놓친 듯 어디에도 보이지 않는다. 하지만 진겸, 날카로운 눈빛으로 석오원을 찾기 위해 빠르게 주위를 살피기 시작하는데. 이때 또 다른 골목으로 들어서는 석오원을 발견한다. 달려가는 진겸.

S#54 　　2010년. 진겸 옛집 거실 to 안방 | 밤

집 안으로 들어온 태이. 선영을 찾아 안방으로 들어가는데 선영이 안 보인다. 그러자 태이, 다시 거실로 나가려는데. 이때 케이크를 사 들고 집으로 들어오는 고교 진겸의 소리가 들린다. 고교 진겸 때문에 어쩔 수 없이 안방에서 나가지 못하는 태이. 태이의 존재를 눈치채지 못한 고교 진겸, 케이크를 식탁에 올려놓고 화장실로 들어간다. 안방에서 도망칠 기회를 엿보고 있던 태이. 그런데 이때 현관문 열리는 소리가 들려 거실 쪽을 보면.

(1회 39신) 삼겹살을 들고 들어오는 선영, 그런데 무언가를 보고 놀란다. 보면, 거실 테이블 위에 케이크 상자가 놓여 있고, 작은 카드가 올려져 있다. 카드를 보면, '엄마, 생일 축하해'라고 짤막한 문장이 적혀 있다. 미소 짓는 선영. 이때 화장실에서 나오는 고교 진겸. 고교 진겸, 엄마를 보고도 인사말도 없이 방으로 들어가려고 하자.

선영 　　그냥 들어가면 어떡해? (미소) 초 켜줘야지.

고교 진겸 　　알았어.

선영 　　엄마 옷만 갈아입고 나올게.

그러고는 선영, 미소 띤 얼굴로 안방으로 들어가는데. 안방에
숨어 있는 태이를 발견하고 놀라는 선영.

태이	거짓말이죠? 시간여행을 막을 수 없다는 말.
선영	진짜야. 내가 왜 그런 거짓말을 해.
태이	그럼 10년 전 석 소장님이 날 찾은 게 우연이에요? 어머니 연구를 이어가도록 의도적으로 날 끌어들인 거 아니에요?
선영	(불안한 표정으로) 여기서 나가자. 나가서 얘기해.

태이의 손목을 잡고 나가는 선영.

S# 55   2010년. 진겸 옛집 창고 | 밤

태이를 데리고 창고 안으로 들어온 선영.

선영	니 말이 맞아. 시간여행 막는 방법을 찾았었어. 근데 내가 미처 생각 못 한 게 있었어. 그래서 중단한 거야.
태이	?
선영	시간여행을 막으면 모든 게 리셋돼.
태이	리셋요?
선영	시간여행이 존재하지 않는 세상이 되고, 모든 시간여행자들이 사라지는 거야.
태이	그게 우리가 원하는 거잖아요.
선영	... 아니야. 리셋은 안 돼. 이미 너무 멀리 와버렸어.
태이	갑자기 그게 무슨 말씀이세요?

그 순간 선영, 창고 밖으로 나오며 창고 문을 닫아버린다. 놀라는 태이, 재빨리 창고 문을 열려고 하지만 열리지 않는다.

S#56   2010년. 다른 골목 | 밤
        (5회 20신의 골목)

석오원의 그림자를 쫓아 달려온 진겸. 하지만 이내 석오원의 모습은 사라지고. 석오원을 찾아 두리번거리는 진겸. 이때 인기척도 없이 진겸 등 뒤에서 나타나 진겸의 뒤통수를 향해 총을 겨누는 석오원. 하지만 이를 눈치챈 진겸, 빠르게 석오원의 팔을 꺾으며 가격해 석오원을 쓰러트린다. 쓰러진 석오원의 먹살을 잡아 벽에 몰아붙이는 진겸. 그런데 석오원, 핀치에 몰린 상황인데도 여유로운 미소를 짓는다. 석오원의 태도가 이상한 듯 굳는 진겸.

진겸   뭐가 웃겨?

석오원   박진겸 씨도 언젠가 모든 진실을 아시게 될 날이 오면, 지금 이 순간이 얼마나 재밌는지 느끼게 되실 겁니다.

진겸   개수작 떨지 마. 니가 우리 어머니 죽인 범인인 걸 내가 모를 줄 알아?

석오원   제가 감히 어떻게 그분을 죽일 수 있겠습니까? 하지만 그분의 죽음은 필연입니다.

진겸   (굳은) 그럼 누구야? 누가 우리 엄마를 노리는 거야?!!

석오원   받아들이십시오.

진겸   누군지 말해!

석오원   (피식) 이미 알고 계신 거 같은데요.

창백하게 얼어붙는 진겸. 석오원의 얼굴을 걷어차 기절시킨 후 계단을 향해 달려간다.

S#57   2010년. 진겸 옛집 창고 | 밤

꽝꽝꽝 문을 두들기는 태이. 이때 선영의 비명소리가 들리자 태이, 겁을 먹으며 뒷걸음치다가 실수로 선반을 쓰러뜨리고, 그 위의 박스들이 쏟아지고 만다. 박스가 바닥에 부딪쳐 박살나며 안에 가득했던 액자가 와장창 깨진다. 그중에 놀이공원에 찍은 여덟 살 어린 태이와 어린 진겸의 사진 액자를 발견한 태이. (7회 엔딩 사진) 그런데 액자 뒤에 삐죽이 삐져나온 뭔가가 보인다. 바로 모서리만 불탄 예언서 마지막 장이다.

#플래시백. 1992년 동 | 밤

예언서 마지막 장에 불을 붙이는 선영. 하지만 이내 생각이 바뀐 듯 곧 불을 끈다.

#다시 현실

태이, 재빨리 마지막 장을 읽어보기 시작하면.

S#58   2010년. 진겸 옛집 앞 골목 to 거실 | 밤

다급하게 달려온 진겸. 집 안으로 달려 들어간다. 하지만 이미 거실 소파에서 피를 흘린 채 숨을 거둔 선영. 1회와 동일한 모습이다. 얼어붙는 진겸.

진겸   … 엄마…

그런데 이때 진겸, 등 뒤에서 느껴지는 인기척. 뒤돌아보면, 고교 진겸이다. 두 손이 피가 묻은 채, 붉은 반점으로 뒤덮인 소름 돋는 모습의 고교 진겸. 고교 진겸이 차가운 시선으로 진겸을 응시한다.

진겸   (망연자실) ... 진짜... 너였어?

표정 없이 진겸을 보던 고교 진겸, 갑자기 미소를 짓는다. 그 순간, 고교 진겸에게 달려들어 쓰러트리고 고교 진겸의 목을 조르는 진겸.

진겸   말해! 니가 그랬냐고!!
고교 진겸   (무표정하게 진겸을 보면)
진겸   아니라고 말해... 아니라고 해, 이 새끼야!

울부짖는 진겸의 모습에서.

14
노인 진겸의 등장

S#1   미지의 공간 | 낮

검은 화면에 타이프 치는 소리가 리듬 있게 들린다. 탁...탁 탁...탁. 화면 밝아지면, 타이프에 걸린 종이에 찍히는 글자들이 보이고, 이윽고 완성되는 문장.

춤추는 별을 잉태하려면 반드시 스스로의 내면에 혼돈을 지녀야 한다.

—프리드리히 니체

자막 사라지면.

S#2   2010년. 교차 | 밤

#인서트

밤하늘에 휘영청 뜬 붉은 달이 불길하게 사라지기 시작한다.

집 안으로 달려 들어가는 진겸. 하지만 이미 거실 소파에서 피를 흘린 채 숨을 거둔 선영. 1회와 동일한 모습이다. 얼어붙는 진겸.

진겸   ... 엄마...

그런데 이때 진겸, 등 뒤에서 느껴지는 인기척에 뒤돌아보면. 두 손에 피가 묻은 고교 진겸이 서 있다.

진겸   (망연자실) ... 진짜... 너였어?

표정 없이 진겸을 보는 고교 진겸.

#2010년. 진겸 옛집 창고

작게 접힌 낡은 예언서 마지막 장을 펴는 태이. 창문을 통해 들어오는 붉은 달빛으로 예언서 마지막 장을 읽는다.

그녀는 금지된 시간의 문을 열었고 넘지 말아야 할 세계를 보았다. 이제 그녀가 감당해야 할 형벌은 정해졌다. 시간의 문을 닫기 위해 그녀가 사랑하는 아들을 죽여야 하지만. 시간의 문을 연 죗값으로 그녀는 아들의 손에 숨을 거두리라. 아들은 만인의 살인자, 만물의 파괴자가 되어 시간 위에 군림한다. 파괴자인 아들은 오직 그녀가 만든 놀라운 창조물에 의해서만 숨을 거둘 것이고, 멈춰져 있던 시간은 다시 흐르기 시작할 것이다.

동화 속 앨리스를 휘감은 구렁이가 앨리스를 향해 이빨과 혀를 날름거리는 삽화가 보인다. 마지막장을 보며 놀라는 태이. 그때 밖에서 문 열리는 소리가 들리자 놀란 태이가 뒤로 주춤 물러선다.

태이   형사님?

그런데 문이 열리고 들어오는 사람은 진겸이 아니다. 위협적인 모습으로 창고 안으로 들어오는 검은 후드로 얼굴로 가린 남자. 겁먹은 태이의 표정에서.

#진겸 옛집 거실

고교 진겸에게 달려들어 쓰러트리고 고교 진겸의 목을 조르는 진겸.

진겸   말해! 니가 그랬냐고!!
고교 진겸   (무표정하게 진겸을 보면)
진겸   아니라고 말해... 아니라고 해, 이 새끼야!

울부짖는 진겸이 고교 진겸의 멱살을 잡고 흔들지만, 고교 진겸의 얼굴 표정은 변화가 없다.

#진겸 옛집 창고

마지막 장을 달라는 듯 손을 내미는 검은 후드의 남자. 뒷걸음 칠 정도로 겁먹은 태이. 하지만 마지막 장을 빼앗길 수 없다는 생각에 주머니에 넣는다. 그 순간, 태이의 멱살을 잡는 검은 후드의 남자.

#진겸 옛집 거실

고교 진겸의 목을 조르는 진겸. 그런데 이때 창고에서 날카롭게 들려오는 태이의 비명소리. 놀란 진겸, 고교 진겸을 보다가 황급히 창고로 달려가면.

#진겸 옛집 창고

창고 문을 열고 안으로 들어오는 진겸. 의식을 잃고 쓰러진 태이를 진겸이 안아 올린다.

진겸   교수님, 정신 차리세요!

서서히 의식을 찾는 태이, 그런데 진겸의 뒤를 보며 눈이 커다래진다. 놀란 태이의 얼굴을 보고 뒤돌아보는 진겸. 그때, 푹! 어느새 나타난 남자가 기다렸다는 듯이 진겸의 복부를 칼로 찌른다. 복부에 칼이 박힌 채 쓰러지는 진겸.

태이   형사님!!

진겸을 안으며 소리 지르는 태이. 이 순간, 개기월식이 절정에 다다른 듯, 사방이 어두워지기 시작하고. 남자는 점점 태이를 향해 위협적으로 다가오기 시작한다. 진겸, 태이를 끌어당겨 안으며!

진겸   안 돼!!

S#3   언론사 사회부 | 밤

벌떡 깨는 도연. 언론사 책상에 엎드려 자다가 깨어난 것. 도
연, 악몽이라도 꾼 것처럼 숨을 토해내며 텀블러의 물을 벌컥
벌컥 마시는데. 모니터에 떠 있는 인터넷 기사의 제목이 '차량
폭발과 함께 사라진 사람들'이다. 그 위로 떴다 사라지는 자막,
'2020'년. 불길한 예감이 드는지 주섬주섬 가방을 싸 들고 밖으
로 나가는 도연.

S#4   경찰서 형사과 | 밤

콰쾅! 하며 뒤엎어지는 책상. 책상을 엎은 사람은 다름 아닌 태
이 부다. 흥분한 상태로 동호의 멱살까지 움켜잡으며 씩씩거리
는 태이 부.

태이 부   실종된 지 열흘이 다 됐는데, 한다는 소리가 차량에서 사체로
보이는 유골은 발견되지 않았다고? 아무것도 없으면 죽은 게
아니고, 죽은 게 아니면 나가서 찾으면 될 일이지. 유골은 뭐고
사체는 뭐야! 그렇게 내 새끼 죽이고 싶어?

죄송스러운 마음에 고개만 숙이고 있는 동호. 다행히 태연이 이
런 태이 부를 말린다.

태연   아빠 그만해! 이런다고 언니가 돌아와?
태이 모   (달래는) 그래, 그만해, 여보. 형사님 동료 분도 실종되셨어.

그러자 동호의 멱살을 푸는 태이 부. 벽면에 붙어 있는 실종자 명단 속 태이의 사진을 보고는 주저앉아 울기 시작한다. 태연도 아빠 옆에 서서 울고.

태이 부	아이고, 태이야, 어디에 있는 거냐, 태이야!
태이 모	(남편 앞에 앉으며) 여보...
태이 부	(태이 모 잡고) 우리 태이 잘못된 거 아니겠지?
태이 모	당연하지. 우리 태이가 어떤 앤데. 아무 일 없어. 내가 장담해.

그러고는 단단한 표정으로 일어서는 태이 모. 죄인처럼 서 있는 동호에게 대신 사과한다.

태이 모	실례 많았습니다.

그때 들어오던 도연, 경찰서 내에 벌어진 광경을 보고 걸음을 멈추면.

S#5	경찰서 회의실 | 밤

지친 얼굴로 멍하니 앉아 있는 동호에게 커피를 건네는 도연.

도연	괜찮아요?
동호	뭐 이 정도야. 저보다는 교수님 가족 분들이나 기자님이 더 힘드시죠.
도연	(얼굴에 근심 가득한) ...
동호	괜찮으세요? 벌써 며칠째 집에도 못 들어가셨죠?

도연	정말 시간여행이라도 간 걸까요?
동호	차라리 그랬으면 좋겠어요. 그럼 언젠가는 다시 돌아올 거 아니에요.
도연	... 꼭 돌아올 거예요.
동호	(끄덕)

S#6   수사반점 앞거리 | 밤

가게를 향해 힘없이 걸어가는 태이 가족. 풀이 죽은 태이 부는 점점 뒤처진다.

태이 부	(의기소침) 아깐 미안했어.
태이 모	어깨 펴. 당신이 안 엎었으면 내가 엎으려고 했어. 배 안 고파? 뭐 좀 먹자. 기운을 차려야 태이 또 찾지.

그런데, 어둡던 가게에 갑자기 간판과 전등이 켜진다. 그 모습을 본 태이 모와 태연, 눈이 커지고. 가게를 뒤늦게 본 태이 부.

태이 부	가게 불을 안 끄고 왔나 보네.
태이 모	아니야. 불 방금 켜졌어! (태연 보고) 너도 봤지?
태연	어. 나올 때 문 잠갔는데, 누가...

하다가 헉! 서로를 바라보는 가족들, 달리기 시작한다.

태이 모. 재빨리 가게 문을 열고 들어가면. 식당 중앙에 어리둥
절하게 서 있는 태이, 놀란 얼굴로 엄마를 바라본다.

태이	엄마...
태이 부	태이야!!
태연	언니!!

태이 이름도 부르지 못하고 서 있던 태이 모. 지금까지 단단했
던 표정이 순식간에 무너지고 참았던 눈물이 쏟아지더니. 태이
에게 달려가 사정없이 등을 내리치기 시작한다.

태이 모	너 어떻게 된 거야! 그동안 어디 갔었어!
태연	(엄마 말리며) 엄마 그만해.
태이 모	어디 갔었냐고!

이런 엄마의 모습에 비로소 자기가 현실로 돌아왔다는 걸 깨닫
고 굳어지는 태이. 태이 부도 아내를 말린다.

태이 부	여보, 그만해. (아내를 의자에 앉히고) (태이에게) 다친 덴 없지?
태이	... 아빠 나 돌아온 거 맞아? 여기 우리 집 맞냐고?

걱정스럽게 태이를 보는 가족. 자기를 걱정해주는 가족들을 보
는 태이.

태연	언니, 너 왜 그래? (그러다가 뭔가 발견한 듯) 이거 무슨 피야?

태연의 시선을 따라 보면 태이 소매에 진겸의 피가 묻어 있다.
놀란 가족들.

태이 모	너 다쳤어?
태이	내 피 아니야...
태연	그럼 누구 피야?
태이	형사님이 다쳤어. 형사님 찾아야 해. 엄마, 나 잠깐 나갔다 올게. 금방 올 거야. 걱정하지 마.
태이 모	태이야! 태이야!!

하지만 밖으로 달려 나가버리는 태이.

S#8   진겸 옛집 거실 | 밤

전등이 켜지는 진겸 옛집 거실. 불을 켠 사람은 도연이다. 텅 빈
거실과 방 안은, 형사들이 수색이라도 했는지 서랍들이 죄다 열
려 있고 어지럽혀져 있다. 방 안을 보던 도연, 갑자기 소매를 걷
어붙인다.

Cut to

열심히 걸레질하는 도연. 땀인지 눈물인지 모를 물이 자꾸만 떨
어진다.

도연	(훌쩍) 박진겸, 너 돌아오기만 해봐. 이번엔 정말 가만 안 둔다.

그렇다고 안 오기만 해. 그럼 진짜 끝이야, 끝!

(진겸)   도연아...

진겸의 목소리에 획 돌아보는 도연. 하지만 진겸의 모습이 보이지 않는다.

도연   나 미쳤나 봐. 이제 환청까지 들리네.

다시 돌아서 걸레질을 시작하는데, 방금 전까지는 없던 피가 바닥에 흥건하다. 놀라 고개를 들고 앞을 보는 도연. 도연을 향해 걸어오는 진겸이 무너지듯 도연을 안으며 쓰러진다.

도연   진겸아! 박진겸!

이제 보니 진겸의 배에 칼에 꽂혀 있다.

S#9   달리는 차 안 | 택시 | 밤
초조하게 창밖을 내다보던 태이. 이때 휴대폰이 울려서 받으면.

태이   여보세요?

전화를 받고 얼어붙는 태이.

S#10   병원. 수술실 앞 | 밤
초조한 얼굴로 의사가 나오기를 기다리고 있는 도연. 도연의 눈

노인 진겸의 등장

에 복도를 따라 달려오는 태이가 보인다. 태이를 보자 차가워지
는 도연.

태이 형사님은요? 형사님은 괜찮아요?
도연 그걸 왜 나한테 물어요? 교수님이 나한테 알려줘야죠. 어디 있
었던 거예요? 누가 진겸이를 저렇게 만든 거냐고요?

도연, 감정을 주체하지 못하고 소리 지르자, 태이가 의자에 주
저앉아 혼잣말처럼 주절댄다.

태이 나도 모르겠어요... 너무 어두웠고 무서웠어요...

잠시 두 사람 사이에 침묵이 이어지는데, 수술실 문이 열리고
의사가 나온다.

도연 (달려가서) 선생님!
의사 다행히 장기는 피했습니다. 상처는 봉합하고 있고, 수혈도 하고
있으니 곧 깨어날 겁니다.
도연 (맥이 풀리며) 감사합니다, 선생님.

안도하는 태이. 그런데 자신의 주머니 속에 든 무언가를 발견한
다. 바로 과거에서 가져온 예언서 마지막 장이다. 혼란스러운
표정으로 마지막 장을 보는 태이.

복부에 붕대를 감은 채 앉아 있는 진겸. 이때 회복실로 들어오는 여자, 태이다.

태이   좀 괜찮아요?

태이를 보고 안도하는 진겸.

진겸   교수님도 돌아오셔서 다행입니다.

태이   ... 다 형사님 덕분에요.

진겸   (이상한 듯 보면)

태이   그동안 나나 형사님의 시간여행 전부가, 형사님 때문에 가능했던 거예요.

진겸   (굳어지면)

태이   예언서에서 봤던, 시간의 문을 열고 태어나 시간을 다스린다는 아이가 형사님인 거 같아요.

그러면서 진겸에게 마지막 장을 내미는 태이.

태이   지금까지 시간여행자들이 형사님을 노린 것도, 어머니가 이 마지막 장을 숨긴 것도 형사님 능력 때문이고요.

잠시 고민하다가 마지막 장을 보는 진겸. 표정이 굳어진다.

태이   마지막 장 내용이 전부 이해되진 않아요. 어쩌면 은유나 상징적인 단어로 쓰인 거 같기도 하고. 하지만 어머니는 분명히 시간 여행을 막을 방법을 연구하셨어요. 그게 창조물을 뜻하는 걸 거예요.

대답 없이 마지막 장을 보던 진겸, 그런데 바로 구겨버린다.

태이	(다시 빼앗으며) 형사님!
진겸	이딴 종이 따위 잊으십시오. 이미 오류가 있습니다. 어머니를 살해한 범인은 저도, 거기 있던 고등학생도 아닙니다. 교수님을 공격하고 절 찌른 놈입니다.
태이	(의아한) 그 사람이 범인이라고요?

그러자 진겸, 침대에서 내려와 회복실 서랍에 보관 중이던 헝겊에 싸인 무언가를 꺼낸다. 헝겊 풀면 2010년에 진겸을 찌른 피 묻은 칼이다. 밝은 곳에서 보니, 평범한 칼이 아니다. 일반 식칼 크기지만, 특별히 주문 제작된 듯 기묘한 칼 손잡이에 칼날 역시 양날이다.

진겸	놈이 이 칼로 어머니를 살해했습니다.
태이	어머니도요? 어머니는 총에 맞아 돌아가셨었잖아요.
진겸	저도 그게 이상합니다. 분명히 10년 전에는 총상을 입고 돌아가셨는데, 이번에는 자상이었습니다.

#플래시백. 2010년. 진겸 옛집 거실 | 밤

(2신)

칼에 찔려 살해된 엄마의 시신을 보는 진겸.

#다시 현실

태이   우리가 다른 차원에 갔다 온 걸까요?

진겸   다른 차원이든 어디든, 어머니는 같은 시간 같은 장소에서 살해
당하셨습니다. 범인까지 바뀌진 않았을 겁니다.

그러면서 칼을 보는 진겸. 그런 진겸을 보는 태이.

S# 12   병원. 회복실 밖 복도 | 밤

약을 들고 회복실로 다가오던 도연. 병실 앞에 서서 병실 안을
보고 있는 한 남자가 보인다. 바로 민혁이다. 다가오는 도연을
보고 모른 척 지나가는 민혁. 긴가민가하던 도연이 돌아서 민혁
을 부른다.

도연   저기요!

하지만 민혁은 대꾸하지 않고 비상계단 문으로 들어가고. 뒤따
라간 도연이 문을 열어보지만, 민혁은 이미 사라졌다.

S# 13   앨리스 본부장실 | 낮

문이 열리고 들어오는 철암. 방 안에는 민혁이 철암을 기다리고

14   노인 진겸의 등장

있었던 듯 앉아 있다. 철암이 들어와 자신의 책상에 앉는다.

철암   박진겸은 좀 어때?

민혁   괜찮은 거 같아. 근데 어느 시간대로 갔다 온 건지는 확인됐어?

철암   조금만 더 기다려봐.

민혁   (끄덕) 시영이는?

철암   아무 말도 안 해. 이대로 계속 감금해놓을 순 없어. 본사에 알리
        고 추방 조치 해야겠어.

민혁   대답을 듣기 전에는 안 돼. 왜 윤태이 교수를 납치하려고 했는
        지 알아야 해.

철암   그걸 몰라서 묻는 거야? 시영이가 널 어떻게 생각하는지 알잖
        아. 시영이 입장에선 과거인 윤태이를 죽이고 싶었을 거야.

민혁   죽이려고 했으면 어렵게 납치까지 하진 않았을 거야. 다른 이유
        가 있어.

철암의 불편한 표정에서.

S# 14   앨리스 객실 | 낮
         힘없이 창가에 서 있는 시영. 이때 객실로 들어오는 철암.

시영   더 이상 여기 있고 싶지 않아요. 본사로 돌아갈게요.

철암   그전에 니가 꼭 해줘야 할 일이 있어. 그 일만 끝나면 민혁이와
        함께 본사로 복귀시켜줄게.

시영   민혁 씨는 여기 남을 거예요. 여기 박진겸이 있고, 윤태이도 있
        으니까.

철암	(묘한 미소) 그 두 사람 때문에 여기 남을 일은 없을 거야.

시영, 의아한 얼굴로 보면. 떠나는 철암.

S# 15　　대학교 실험실 | 낮

조교와 마주 앉아 있는 태이. 태이 손톱 밑을 조심스럽게 긁어 내서 페트리접시에 털어 넣는 조교.

#플래시백 2010년. 진겸 옛집 창고 안 | 밤

검은 후드의 남자가 태이의 목을 조른다. 태이가 남자의 손목을 잡고 빠져나오려고 애쓰는데, 태이의 손톱이 남자의 손목을 긁어 상처가 난다.

#다시 현재

조교	경찰서에 가시는 게 낫지 않을까요? DNA 분석이야 우리도 할 수 있지만, 대조할 범인 샘플이 없으면 분석에 의미가 없잖아요?
태이	언젠가는 범인이 잡힐 거야. 그땐 이 증거가 필요해.

S# 16　　카이퍼 소장실 to 밀실 | 낮

카이퍼 안으로 들어오는 태이. 2010년에서 밀실을 여는 스위치를 알아냈기에 똑같은 방법으로 밀실 문을 열고 들어간다. 하지만 단서조차 찾을 수 없을 정도로 이미 텅 비어 있다. 그러다가 가방에서 예언서 마지막 장을 꺼내 보는 태이. '그녀가 만든 놀라운 창조물'이란 문장이 계속 눈에 밟히면서, 창고에서 선영이

했던 말이 생각난다.

플래시백. 2010년. 진겸 옛집 창고 | 밤

선영	시간여행을 막으면 모든 게 리셋돼.
태이	리셋요?
선영	시간여행이 존재하지 않는 세상이 되고, 모든 시간여행자들이 사라지는 거야.
태이	그게 우리가 원하는 거잖아요.
선영	... 아니야. 리셋은 안 돼. 이미 너무 멀리 와버렸어.

#다시 현재

그 이유가 뭘까 궁금한 태이.

태이	(혼잣말) 왜 리셋은 안 된다고 했을까?

S#17	진겸 오피스텔	낮

띠띠띠. 문밖에서 비밀번호가 눌리고 문을 열고 들어오는 사람, 진겸이다. 진겸을 본 동호, 반가웠는지 와락 진겸을 껴안는다.

동호	(감격한) 경위님! 잘 돌아오셨어요!
진겸	윽. (상처를 감싸며 허리를 숙이면)
동호	(머쓱하고 아차) 아, 미안해요. 너무 반가워서 나도 모르게.
진겸	반갑다는 분이 병원엔 안 오셨네요.
동호	가려고 했는데 퇴원한다고 하셔서... (하다가 놀라서) 지금 농담하

신 거예요?

진겸, 이전과는 다르게 희미하게 미소 짓다가, 미소를 지우고 헝겊에 싸인 칼을 꺼낸다. 놀란 얼굴로 칼을 보는 동호.

Cut to

조심스럽게 칼을 들여다보고 돌려보는 동호.

동호	이걸 2010년에서 가져오셨다고요? 칼에 묻은 피는 경위님 피고요?
진겸	네.
동호	공장에서 찍어낸 칼은 아닌 거 같지만, 이것만 갖고 찾을 수 있을까요? 10년 전에 사용된 흉기인데.
진겸	그래도 특이한 칼이니까 뭐든 나올 겁니다.

S# 18   골동품 시장 | 낮

오래된 물건들이 진열장과 매대에 넘치는 골동품 시장 골목. 진겸, 이곳저곳에 들어가 상점 주인에게 칼을 보여준다. 하지만 고개를 절레절레 흔드는 주인들. 진겸, 배의 상처가 아픈지 가끔 멈춰 선다. 배를 내려다보면, 셔츠 위로 피가 배어 나오고 있다. 하지만 고통을 참으며 다른 상인에게 칼에 대해 묻는 진겸. 이때 칼에 대해 잘 아는 듯한 상인을 만난 듯 대화가 길어진다. 상인이 어딘가를 가리키면.

어느 고급 매장 안에서 노인과 대화 중인 진겸. 노인이 2010년
에서 가져온 범인의 칼을 보고 있다.

진겸   사장님께서 갖고 계셨던 칼이 맞습니까?

노인   (끄덕) 10년 전인가 칼 모양이 신기해서 경매에서 샀다가 손님한
         테 팔았지.

진겸   손님한테 판 것도 10년 전입니까?

노인   아니, 며칠 안 됐어.

진겸   (굳은) 며칠 안 됐다고요?

노인   (끄덕) 한 열흘 됐나?

그 말에 눈빛이 매서워지는 진겸.

진겸   손님 얼굴 기억하십니까?

노인   그걸 어떻게 기억해. 근데 이 칼을 산 손님이랑 아는 사이 아니
         야?

진겸   왜 그렇게 생각하신 겁니까?

노인   단 하나밖에 없는 칼인데, 당신이 갖고 있잖아.

진겸   혹시 똑같은 칼이 또 있는 거 아닐까요?

노인   젊은 친구가 뭘 모르네. 이런 칼은 똑같이 만들고 싶어도 못 만
         들어.

| S# 20 | 경찰서 형사과 | 낮 |

황당한 표정으로 전화를 받는 동호.

| 동호 | 그러니까 2010년에 발견된 칼을 열흘 전에 사 간 사람이 있다 고요? |

| S# 21 | 진겸 오피스텔 복도 to 안 | 낮 |

엘리베이터에서 내리는 진겸. 동호와 통화하며 오피스텔로 향한다.

진겸	네. 그 사람이 누군지 빨리 찾아야 합니다.
(동호)	알았어요. 제가 한번 알아볼게요.
진겸	부탁드리겠습니다.

전화를 끊고 아픈 듯 미간을 찌푸리는 진겸. 배 부분에 피 얼룩이 크게 졌다. 고통을 참으며 문을 열고 들어가는데, 한 남자가 기다리고 있다. 바로 민혁이다. 싸늘한 시선으로 민혁을 바라보는 진겸. 하지만 배 부분이 피로 얼룩진 진겸을 걱정스럽게 보는 민혁.

민혁	그런 몸으론 좀도둑도 잡기 힘들 거야. 병원에 더 누워 있어.
진겸	당신이 뭔데 함부로 여길 들어와?
민혁	시간여행 어디로 갔다 왔어? 거기서 무슨 일이 있었던 거야?
진겸	…
민혁	도와주려는 거야.

노인 진겸의 등장

진견   (잠시 고민하다가) 이 칼 본 적 있어?

민혁에게 칼을 보여주는 진견.

민혁   나한테 넘겨. 내가 알아볼게.

그러면서 민혁, 칼을 받기 위해 진견에게 다가가는데. 민혁을
응시할 뿐 칼을 건네주지 않는 진견.

진견   니들 중 하나야.
민혁   알아. 그러니까 나한테 넘겨.
진견   엄마가 죽는 걸 세 번이나 봤어.
민혁   (굳은)
진견   내가 잡아야 돼.
민혁   (안타깝게 보다가) 우선은 치료부터 해.

그러면서 민혁, 테이블 위에 무언가를 내려놓는다. 바로 약 봉
투다. 민혁, 현관문을 열고 떠나려는데.

진견   (차갑게) 당신이 나한테 특별한 사람이라고 착각하지 마.

상처받은 민혁이 잠시 진견을 바라보다 문을 닫고 떠나면. 약
봉투를 보는 진견.

민혁이 준 약 봉투가 열려 있고. 상처에 새 붕대를 감고 있는
진겸.

S# 22   납골당 | 낮
참담한 표정으로 선영의 납골당 앞으로 걸어오는 민혁. 그런데
납골당 유리에 노란 포스트잇이 붙어 있다.

유민혁 씨 물어볼 게 있어요.

— 윤태이

포스트잇을 보는 민혁의 당황스러운 표정에서.

S# 23   진겸 옛집 창고 | 낮
전등불이 켜지고 태이가 안으로 들어온다. 진겸 옛집 창고는
2010년의 모습과 다르지 않다. 마지막 장을 찾았던 박스도 그
대로 있다. 박스를 꺼내 열어보지만, 2010년에 봤던 앨범이나
액자는 찾아볼 수 없다. 그런데 이때, 바람이 불고 문이 닫히기
시작한다. 놀란 태이, 문이 닫히기 전에 재빨리 잡으려는 순간,
누군가 먼저 문을 잡아준다. 바로 민혁이다. 민혁, 태이를 보고
인사하는데. 갑자기 얼굴빛이 어두워지는 태이. 한 번도 경험하
지 않았던 장면이 마치 자신의 경험인 양 떠오른다.

#플래시백. 1992년. 도로 위 | 낮

(1회 3신)

광원한 대지를 지나 달리는 민혁의 차. 그 안의 태이와 민혁의
모습.

#플래시백. 1992년. 호텔 객실 | 낮

(1회 7신)

태이를 안아주는 민혁과 기분이 좋아지는 태이의 얼굴.

#다시 현재

현실로 돌아온 태이. 민혁을 바라보는 태이 눈빛이 혼란스럽다.
이런 태이의 모습이 이상한 듯 빤히 보는 민혁.

민혁　　괜찮으십니까?

태이　　... 네.

민혁　　절 왜 보자고 하신 겁니까?

S#24　　카페 | 낮

마주 앉아 있는 태이와 민혁.

태이　　형사님 어머니와 마지막으로 만난 게 언제예요?

민혁　　...

태이　　형사님을 위해서예요.

민혁　　92년에 만난 게 마지막입니다. 그런데 그건 왜 물어보시는 겁
　　　　니까?

태이	2010년에 그분을 만났을 때, 많이 힘들어하고 계셨어요. 예언서와 시간여행, 그리고 형사님 때문에요. 하지만 누구한테도 그 고민을 털어놓지는 못하셨을 거예요. 본인이 시간여행자였으니까.
민혁	...
태이	만약 나라면 누군가에게 의지하고 싶었을 것 같아요. 기왕이면 형사님 아버지 같은 분이 좋겠죠.
민혁	!
태이	정말로 형사님 어머니한테 연락 온 적 없었어요? 편지 같은 거라도?
민혁	없었습니다. 뭘 알고 싶으신 겁니까?
태이	내가 궁금한 건 그분이 정확히 어떤 고민을 하고 있었느냐는 거예요.
민혁	고민이라뇨?
태이	... 그분은 시간여행을 막으려고 하셨어요. 그런데 마지막에 무슨 이유에선지 포기하셨고요. 그 이유를 알고 싶어요.
민혁	(자기도 답답한) 죄송하지만 저도 모릅니다. 전 아직도 그 사람이 왜 저를 떠났는지조차 모르거든요.

민혁의 대답에 실망하는 태이. 그런데 태이, 또 다시 무언가 떠오른 듯 굳어진다.

민혁　　쓸데없는 생각하지 마. 우린 돌아가서 해야 될 일도 있어. 지워
　　　　야 돼.

#다시 현실

태이, 갑작스럽게 떠오르는 선영의 기억 때문에 혼란스러워하
는데.

민혁　　(이상한) 왜 그러십니까?

태이　　... 아니에요. 아무것도.

민혁　　(뭔가 알아챈 듯) 혹시 박진겸 어머니를 만난 후, 기시감 같은 게
　　　　반복적으로 느껴지십니까?

태이　　(놀란) 어떻게 알았어요?

민혁　　양자 얽힘 현상이 일어난 거 같습니다.

민혁　　만나서는 안 되는 두 차원의 도플갱어가 마주치게 되면, 서로의
　　　　기억이나 감정이 얽혀서...

태이　　(자르며) 설명하지 않아도 알아요.

둘의 시선이 잠시 부딪힌다. 먼저 시선을 돌리는 태이.

민혁　　너무 걱정하지 마십시오. 시간이 지나면 괜찮아지실 겁니다.

태이　　같은 현상이 형사님한테도 나타날 수 있겠네요. 형사님도, 거기
　　　　있던 고등학생 자신과 마주쳤어요.

S# 25   진겸 오피스텔 | 낮

화이트보드에 붙어 있는 선영과 태이의 사진을 물끄러미 보는 진겸. 그리고 칼을 물끄러미 바라보는데. 갑자기 누군가 귓속말을 하는 것처럼 환청이 들리기 시작한다. 2010년에서처럼 수많은 사람의 평범한 목소리가 뒤섞인 채 들려오는 것. 굳어지는 진겸. 그런데 환청 소리가 현관문 쪽에서 들려오고 있다. 현관문을 응시하는 진겸.

#인서트. 진겸 오피스텔 복도

진겸의 오피스텔 앞에 서 있는 검은 후드의 남자.

#진겸 오피스텔

현관문을 노려보는 진겸.

S# 26   경찰서 형사과 | 낮

형사과에서 서류를 들춰보고 있는 동호. 이때, 도연이 들어오는 게 보이자 반갑게 손을 들어 인사를 하는데.

도연   (병원 갔다 허탕 친 듯 인상 팍) 진겸이 언제 퇴원했어요?
동호   경위님을 누가 말려요.
도연   (째려보며) 그렇다고 칼에 찔린 애가 퇴원하는 걸 그냥 보고만 있었어요? 지금 당장 산 채로 잡아 와요. 반항하면 사살하고요.
동호   (억울) 아니, 왜 나한테만 그러세요. 내가 보호자도 아닌데.
도연   진겸이 지금 어디 있어요? 앞장서요.

엘리베이터에서 내리는 동호와 도연. 진겸의 오피스텔로 향하는데. 검은 후드의 모습은 보이지 않는다. 진겸의 오피스텔 앞에 도착한 동호가 도어록 비밀번호를 누르고 들어가는데. 그 순간, 칼날이 동호의 코앞을 스친다. 간신히 칼날을 피하는 동호. 하지만 칼을 든 진겸이 다시 동호를 향해 달려든다. 진겸을 안고 힘으로 제압하는 동호.

동호   경위님, 무슨 짓이에요!!

하지만 눈빛이 살벌하게 변한 진겸이 동호를 엎어치기로 내동댕이친다. 바닥으로 굴러 떨어지는 동호. 놀란 도연이 소리 지른다.

도연   박진겸! 너 뭐하는 거야!

진겸이 이번에는 도연을 향해 칼을 치켜들자, 도연이 살기 어린 진겸의 눈빛에 놀라 눈을 질끈 감아버린다. 그런데, 잠시 후 눈을 감은 도연에게 들려오는 정상적인 진겸의 목소리.

(진겸)   도연아?

도연, 눈을 떠보면 도연의 목전에 우뚝 멈춘 칼날. 동시에 진겸이 칼을 떨어뜨리고 두리번거리고 있다. 동호, 달려들어 떨어진 칼을 주워 멀리 던져버리고는.

동호	경위님 미쳤어요?
진겸	경사님, 언제 오셨어요? 도연이도 같이 온 거야?

당황스러워하는 도연. 진겸, 박살난 테이블과 몸싸움에 밀려 엉망이 된 거실을 보고.

진겸	이게 어떻게 된 일입니까?
동호	기억 안 나세요? (어처구니없어, 하!) 진짜 이게 기억 안 나요?
진겸	난 분명히 사진을 보고 있었는데...

도연, 그런 진겸을 걱정스러운 눈으로 바라본다. 당황스러운 표정으로 거울에 비친 자기 모습을 보는 진겸.

S#28   진겸 오피스텔 지하 주차장 | 낮

주차된 차로 향하는 진겸. 도연이 쫓아와 붙잡는다.

도연	너 진짜 괜찮아?
진겸	내가 실수한 거라니까. 누가 오피스텔에 침입하는 줄 알았어.
도연	거짓말 마. 너 니 행동도 기억 못 했어.
진겸	... 나중에 얘기해.

그러고는 도망치듯 자기 차를 타고 떠나는 진겸. 그런 진겸을 걱정스럽게 보는 도연.

앉아 있는 도연을 걱정스럽게 지켜보는 태이.

도연   학교 다닐 때 다들 진겸이를 무서워했어요. 선생님들까지도요.
       그래도 전 진겸이 한 번도 무서워한 적 없었는데, 오늘은 무서
       웠어요.

태이   내가 형사님 만나볼게요.

도연   시간여행 중에 진겸이한테 무슨 일 있었죠? 뭐예요?

태이   ... 아무 일도 없었어요.

도연   아무 일도 없는데 진겸이가 저런 짓을 하는 게 말이 돼요? 정말
       다른 사람 같았다고요.

태이   어머니가 돌아가시는 걸 또 목격해서 정신적으로 지쳐서 그런
       걸 거예요. 너무 걱정하지 마세요.

도연   (믿지 않는) 그 칼은 뭐예요? 정말로 어머니 살해한 범인이 갖고
       있던 흉기예요?

태이   네.

도연   다른 단서는 없었어요?

태이   (잠시 고민하다가) 이걸 발견했어요.

그러면서 무언가를 도연에게 건네주는데, 바로 예언서 마지막
장이다.

도연   이게 뭐예요?

태이   현장에서 우연히 발견한 거예요. 문장 그대로 해석이 안 되는
       걸 보면 그녀, 아들, 죗값, 창조물 같은 단어들에 다른 뜻이 숨겨

져 있는 거 같은데, 뭘 뜻하는지 모르겠어요.

찬찬히 마지막 장을 보는 도연.

태이   (보여준 걸 후회한 듯 다시 가져오며) 아니에요. 됐어요. 그냥 어떤 소
       설책 내용인지도 몰라요.

도연   다른 건 잘 모르겠는데, 만인의 살인자, 만물의 파괴자는 알겠
       네요.

태이   뭔데요?

도연   시간요.

태이   ?

도연   많은 고서에서 시간을 만인의 살인자, 만물의 파괴자라고 표현
       하곤 해요. 모든 사람은 노화로 죽고, 어떤 단단한 돌도 세월에
       의해 모래가 되니까. 근데 여기서는 단순히 그것만 뜻하는 건
       아닌 거 같아요. 보통 고대 문명에선 시간이 절대자를 상징할
       때가 있어요. 시간은 눈에 보이지 않으면서 모든 걸 창조하고
       진화시키잖아요.

그 말에 표정이 어두워지는 태이.

S# 30   진겸 옛집 거실 | 밤
         진겸을 부르며 거실로 들어오는 태이,

태이   **형사님.**

집 안은 환하지만 진겸이 보이지 않는다. 방문들을 열어보아도 진겸이 보이지 않자 태이, 휴대폰에 저장된 진겸의 이름을 찾아 전화를 건다.

태이 　　　(전화가 연결되면) 형사님. 지금 어디세요? (대답이 없자) 형사님?

이때 휴대폰 너머로 들려오는 진겸의 목소리. 마치 2010년 고교 진겸처럼 섬뜩한 목소리다. (진겸의 모습은 보여주지 않고 목소리만 들려온다)

(진겸) 　　목소리를 들으니 반갑네.

진겸의 말을 이해 못 해서 당황하는 태이. 자신이 제대로 전화를 걸었는지 발신번호를 확인한다.

(진겸) 　　기억 안 나? 10년 전에도 나랑 통화했잖아.
태이 　　　!!!
(진겸) 　　이번엔 니 차례야.

너무 놀라 황급히 전화를 끊는 태이. 겁에 질린 듯 호흡까지 거칠어진다. 그러다 마치 도망치듯 밖으로 나가려는데. 이때 현관문이 열리며 거실로 들어오는 남자, 바로 진겸이다. 태이, 겁먹은 표정으로 뒷걸음질 치는데. 표정 없는 얼굴로 태이를 보는 진겸.

진겸 　　　교수님, 어쩐 일이세요?

진겸의 말에 또 다시 굳어지는 태이. 이런 태이를 이상하다는
표정으로 보는 진겸.

진겸   괜찮으십니까?

혼란스러운 표정으로 진겸을 보는 태이. 마치 아무것도 모르는
듯 태이를 걱정하는 진겸. 하지만 진겸의 손에 자기 휴대폰이
들려 있다.

S#31   진겸 옛집 화장실 to 거실 | 밤
세면대 거울을 보며 생각에 잠겨 있는 태이.

#플래시백. 2010년. 호텔 정원 | 아침
(13회 43신)

선영   너만이라도 이 운명에서 벗어나게 해주고 싶어서.
태이   무슨 운명요?
선영   시간의 문을 연 죗값을 치러야 하는 여자가 나만을 뜻하는 건
        아니니까.

얼어붙은 얼굴로 선영을 보는 태이.

선영   돌아가면 다 잊어. 진겸이도 만나지 말고.

#다시 현실

슬퍼 보이는 태이. 칫솔함에 꽂힌 분홍색 칫솔과 파란색 칫솔을 발견한다. 남성용 파란 칫솔을 챙겨 주머니에 몰래 집어넣고 나가려고 문을 여는데. 문 앞에 표정 없이 차가운 얼굴로 서 있는 진겸. 당황하는 태이.

진겸   집까지 모셔다드리겠습니다.

태이   아니, 그럴 필요 없어요.

진겸   너무 늦은 시간입니다.

태이   ... (어쩔 수 없이) 고마워요.

그러면서 태이, 밖으로 나가면. 진겸, 태이를 바라보다가 화장실 안 칫솔함을 응시한다. 파란 칫솔이 보이지 않는다.

S#32   달리는 진겸 차 안 | 밤

말없이 운전하는 진겸. 태이도 조용히 창밖을 바라보고 있다.

S#33   태이 집 앞 | 밤

진겸의 차가 미끄러지듯 태이 집 앞에 정차한다. 태이를 바라보는 진겸. 그런데 조수석의 태이는 창으로 얼굴을 향한 채 잠이 들어 있다. 창문에 반사된 진겸의 섬뜩한 얼굴. 태이를 깨우지 않고 차가운 눈으로 바라본다. 그러더니 서서히 태이를 향해 다가가는 진겸의 얼굴. 마치 태이가 자고 있는지 확인하려는 듯 아주 가까이 다가간다. 진겸의 숨결이 느껴지지만, 그 사실을 모르고 잠을 자고 있는 태이. 이때, 진겸의 휴대폰이 울리자 섬뜩했던 진겸의 표정이 다시 누그러지고. 진겸은 전화를 받는다.

(진겸) 네, 경사님. (듣고) 잠시만요.

그리고 진겸, 통화를 위해 차 밖으로 나가면. 그 순간, 눈을 뜨는
태이. 그동안 자는 척했던 것. 두려움에 가득한 눈으로 통화 중
인 진겸의 뒷모습을 바라본다. 슬퍼 보이는 태이에서.

S#34 **진겸 옛집 화장실 | 밤**
세면대 거울에 비친 자기 얼굴을 멍하니 바라보는 진겸.

진겸 … 너 아니지?

혼란스러운 얼굴로 고개를 떨구는 진겸. 그러다가 자신의 칫솔
이 사라진 칫솔함을 다시 한 번 바라본다.

S#35 **대학교 실험실 | 아침**
들어온 태이, 조교에게 비닐봉지에 담긴 진겸의 칫솔을 건넨다.
영문을 몰라 태이를 보는 조교.

조교 이게 뭐예요, 교수님?
태이 지난번에 준 샘플 DNA이랑 매칭 좀 해줘.
조교 범인 찾으신 거예요?
태이 … 얼마나 걸릴 거 같아?
조교 네다섯 시간요.

태이	결과 나오는 대로 바로 연락 줘.

하고는 곧장 나가버리는 태이.

S#36   경찰서 형사과 | 아침
동호와 함께 CCTV에 찍힌 차량 사진을 보고 있는 진겸.

진겸	같은 칼인지 확인했습니까?
동호	네, 열흘 전에 사 간 거 맞아요. 차량 조회도 끝났는데 지원 요청할까요?
진겸	아닙니다. 제가 가겠습니다.
동호	그럼 저랑 같이 가요. 경위님 요즘 좀 걱정돼요.
진겸	혼자 가겠습니다. 제가 먼저 확인할 게 있습니다.

밖으로 나가는 진겸.

S#37   어느 별장 거실 | 낮
혼자 차를 마시고 있는 석오원. 그런데 테이블 위에 무언가 놓여 있다. 바로 진겸이 갖고 있는 칼과 동일한 칼이다. 이때 들어와 인사하는 철암.

철암	윤태이가 마지막 장을 가지고 온 것 같습니다.
석오원	이렇게 된 거 한꺼번에 처리하시죠.
철암	알겠습니다.

S# 38   언론사 사회부 | 낮

사회부 안으로 들어오던 도연. 자기 자리 앞에 서 있는 태이를
발견한다.

S# 39   언론사 회의실 | 낮

놀란 표정으로 태이를 보는 도연. 그러다 테이블 위에 놓인 예
언서 마지막 장을 다시 한 번 본다.

도연   (믿지 못하는) 그러니까... 이게... 진겸이랑 진겸이 어머니 얘기라
고요?

태이   나도 이 내용 전부를 신뢰하지는 않아요. 하지만 내 눈으로 직
접 본 게 있어요.

당황스러운 표정으로 마지막 장을 보는 도연. 그런데 곧 기분
나쁜 얼굴로 태이를 본다.

도연   교수님이랑 조금 친해졌다고 생각했는데 실망이에요. 왜 이런
질 나쁜 농담을 하세요? 의도가 뭐예요?

태이   오해하지 마세요. 형사님이 어머니를 죽였다고 말하는 게 아니
에요.

도연   지금 그렇게 들려요. 진겸이가 범인이라고.

잠시 고민하다가 어렵게 입을 여는 태이.

태이   기자님도 내 얼굴 처음 보고 많이 놀랐죠? 형사님 어머니랑 너

무 많이 닮아서. 나도 처음엔 받아들이기 어려웠어요. 나랑 똑같은 사람이 존재할 수 있다는 걸요.

도연 갑자기 그 얘기는 왜 하시는 거예요?

태이 시간과 시간이 연결되고, 차원과 차원이 이어지면서 같은 사람들이 한 공간에 공존할 수 있다는 얘기예요. 어머니를 죽인 범인이 다른 차원의 형사님일 수도 있어요.

태이의 말뜻을 이해한 듯 점점 굳어지는 도연.

도연 다른 차원의 진겸이든 아니든 진겸이가 자기 엄마를 죽였다는 건 말이 안 돼요.

태이 나도 믿고 싶지 않아요. 하지만 형사님 계속 이상해질 거예요. 내가 어머니한테 영향을 받는 것처럼요.

도연 (불길한) 무슨 뜻이에요?

태이 지금 내 머릿속에 어머니의 기억이 잔상처럼 남아 있어요. 만약 열아홉 형사님이 진짜 이상한 사람이었다면, 형사님도 그 영향을 받아 변할 수 있단 말이에요. 어쩌면 이미 변한 거일 수도 있고요.

혼란스러운 표정으로 태이를 보는 도연.

태이 어머니가 어떻게 시간여행을 막으려고 하셨는지 찾아야 해요. 기자님이 좀 도와주세요.

도연 시간여행을 막는다고요?

태이 네. 어머니는 모든 걸 리셋시킬 수 있다고 하셨어요. 그 방법도

	알고 계셨고요. 그런데도 마지막에 포기하셨어요. 전 그 이유를 모르겠어요.
도연	뭔지는 모르지만 어머니가 그러셨다면 진겸이 때문일 거예요. 진겸이를 위해 사신 분이셨어요.

그런데 갑자기 뭔가를 깨달은 태이.

태이	형사님 생일이 언제예요?
도연	10월 20일요.
태이	92년생이죠?
도연	(끄덕)
태이	장동식 박사님도 같은 해에 살해되셨어요. 정확히 언제였는지 기억나요?
도연	그건 왜요?
태이	그때가 형사님 어머니가 이곳에 도착한 날이니까요.
도연	(노트북을 보며) 92년 3월 23일요.
태이	형사님 태어나기 6개월 전이면 이미 임신 상태였다는 거네요. (무언가 깨달은 듯 어두워지며) 그래서 포기하신 거예요.
도연	??
태이	어머니도 프로그램을 만드실 때는 모르셨을 거예요. 완성한 후에야 아셨겠죠.
도연	대체 뭘요?
태이	모든 시간여행자들이 사라지면 본인도 사라지고, 배 속의 형사님도 사라진다는 걸요.
도연	!!!

태이	그래서 시간여행 막는 걸 포기하신 거예요. 형사님을 위해서. 태어나지도 않은 당신 아들을 위해서...

S#40   달리는 진겸 차 안 | 밤

어딘가로 운전 중인 진겸.

S#41   앨리스 객실 | 밤

곤두선 얼굴로 객실로 들어오는 민혁. 그런데 객실이 텅 비어 있다. 이때 뒤따라 들어오는 철암.

철암	무슨 일이야?
민혁	시영이가 도망쳤어.

그러고는 다시 밖으로 나가는 민혁. 철암, 건조한 표정으로 보는.

S#42   어느 별장 앞 | 밤

굳은 표정으로 운전하는 진겸. 어느 별장 앞에 멈추는 진겸의 차. 그런데 인적이 느껴지지 않는다. 총을 장전하고 조용히 차에서 내린 진겸, 몸을 낮추고 집 마당으로 잠입한다.

S#43   어느 별장 거실 to 2층 | 밤

총구를 겨눈 채, 어두운 계단을 올라가는 진겸. 이때, 철컥 소리가 나서 돌아보면. 뒤에서 시영이 진겸에게 총을 겨누고 서 있다.

시영	날 원망하진 마. 내가 아니어도 너와 윤태이는 살아남지 못해.

그 말에 얼굴이 굳는 진겸.

S#44   대학교 교수실 | 밤

멍한 표정으로 DNA 검사 보고서를 보고 있는 태이.

태이   이거 확실해?

조교   네. 100% 일치해요. 혹시 칫솔 주인이 교수님 목을 졸랐던 사
람이에요?

태이   …

조교   누구예요? 빨리 경찰에 신고하셔야 하는 거 아니에요?

태이   너 이 이야기 아무한테도 하지 마.

그러고는 다시 보고서를 보는 태이의 슬픈 표정.

S#45   어느 별장 2층 | 밤

여전히 진겸에게 총을 겨누고 서 있는 시영.

진겸   (노려보며) 교수님은 건드리지 마.

시영   니 걱정이나 하시지.

하고 진겸을 향해 총을 쏘려는 시영. 그때, 시영의 관자놀이에
차가운 총구가 닿는다. 민혁이다.

민혁   (진겸에게) 빨리 교수님께 가봐.

진겸, 민혁을 향해 고개를 끄덕이고 밖으로 달려 나가면.

민혁 이게 무슨 짓이야. 후회할 짓 말고 총 내려놔.

시영 왜? 날 죽이기라도 하게?

민혁 (안타까운 눈빛으로 바라보며) 내가 널 왜 죽여.

하면서 총구를 내리는 민혁. 민혁의 행동에 의아한 시영.

민혁 우리가 왜 이렇게까지 됐을까... 처음부터 시간여행 따위 만들지 말았어야 했어. 지나간 시간은 그냥 흘려보냈어야 했다고. 우리의 잘못된 욕심이 과거인들뿐만 아니라 우리까지 망치고 있어.

그 말에 슬픔이 스쳐 가는 시영의 표정. 그런 시영을 안타까운 얼굴로 보는 민혁.

민혁 본사로 돌아가. 그리고 다신 여기 오지 마.

돌아서려는 민혁을 보고, 다시 사나워지는 시영.

시영 갈 거면 같이 가.

민혁 난 여기서 할 일이 남았어.

시영 (총구를 겨누며) 날 보내고 윤태이 옆에 남으려고? 그럴 수는 없어.

민혁에게 총을 겨누긴 했지만 부들부들 떨리는 시영의 손. 초연

한 표정으로 시영을 바라보는 민혁.

민혁   난 잡아야 할 놈이 있어. 그놈만 잡으면 돌아갈 거야.

시영   …

민혁   시영아. 이젠 너 원망하지 않아. 물론 이곳에서 있었던 일이 없
      었던 일이 되진 않을 거야. 하지만 만회할 수 있어. 우리에겐 시
      간이 있으니까.

      민혁의 말을 이해한 듯 눈빛이 누그러지는 시영.

시영   …민혁 씨…

민혁   …

시영   고마워… 그렇게 말해 줘서. 그리고 미안해… 내 생각만 해서.
      태이와 민혁 씨를 참 좋아했는데, 두 사람에게 너무 큰 잘못을
      저질렀어. 나 사실… 누가 태이 죽였는지 알아.

민혁   (놀라며) 뭐?

시영   태이를 죽인 건…

      그 순간! 말을 끝내기도 전에 총격 소리와 함께 창문을 깨뜨리
      며 날아온 총알이 시영의 심장을 꿰뚫는다. 자신도 믿을 수 없
      다는 표정으로 쓰러지는 시영, 가슴에서 피가 쏟아지기 시작한
      다. 달려가서 시영을 감싸 안는 민혁.

민혁   시영아!

14   노인 진겸의 등장

민혁, 시영을 안고 창가에서 떨어진 곳으로 옮긴다. 그리고 창으로 달려가 밖으로 내려다보는 민혁. 하지만 이미 범인은 이미 사라졌다.

시영　　본부장이야...
민혁　　!
시영　　그 사람을 조심해... (쿨럭)

피를 토하는 시영의 몸을 안아주는 민혁.

민혁　　시영아, 정신 차려. 정신 차려! 오시영!
시영　　민혁 씨... 다 되돌리고 싶은데... 시간이 없다...
민혁　　(눈에 눈물이 고이며) 아니야. 조금만 버텨. 조금만 버티면...
시영　　(슬픈) 민혁 씨... 나 민혁 씨 많이 좋아했는데... 그래서 민혁 씨를 힘들게 했어... 미안해.

그러면서 시영, 민혁의 손에 무언가 쥐어준다. 보면 귀찌다.

시영　　미안해. 더 일찍 줬어야 했는데...
민혁　　?
시영　　태이가 죽기 전에 준 거야...
민혁　　!!!

그러고는 숨을 거두는 시영.

| S#46 | 진겸 옛집 앞 골목 | 밤 |

골목으로 달려온 태이, 진겸의 집으로 들어간다. 그런데 이 모습을 지켜보고 있는 시선. 바로 검은 후드다.

| S#47 | 달리는 진겸 차 안 | 밤 |

차가운 표정으로 운전하는 진겸. 엄청난 속도로 달리는 진겸의 차. 이때 손등에 난 붉은 반점을 보고 굳어지는 진겸. 차 안 조명을 켠 후 소매를 걷으면. 팔이 온통 붉은 반점으로 가득하다.

| S#48 | 달리는 민혁 차 안 | 밤 |

빠르게 운전 중인 민혁. 그러다 시영이 준 귀찌를 귀에 꽂으면 귀찌가 작동되는 듯 귀찌 내부의 불빛이 번쩍이며 귀찌에 녹음된 누군가의 음성이 들려온다. 바로 선영이다.

(선영) 나야, 민혁 씨.

선영의 목소리에 심장이 철렁 내려앉는듯 얼어붙는 민혁. 차를 도로 갓길에 급하게 세운 후, 녹음된 음성을 계속 듣는 민혁.

#인서트. 2010년. 진겸 옛집 선영 방 | 밤

귀찌를 귀에 꽂은 채 멍하니 앉아 있는 선영. 애써 밝은 얼굴로 귀찌에 메시지를 녹음하기 시작한다.

선영 나야, 민혁 씨. 이 메시지가 전달될지 안 될지 모르겠지만, 만약 들으면 내 부탁 하나만 들어줄래.

선영의 목소리를 듣고 있는 민혁의 슬픈 얼굴.

(선영)   나한테 아들이 있어. 아니, 우리한테. 이름은 박진겸이야. 민혁
         씨 성을 따를까 하다가 진겸이가 아버지를 궁금해할까 봐 못 했
         어. 미안해... 그래도 나 민혁 씨한테 칭찬 받아도 될 만큼 우리
         진겸이 잘 키웠어. 뭐가 옳은지 알고, 옳은 일을 위해선 끝까지
         싸울 거야.

         멍하니 선영의 목소리를 듣는 민혁.

#인서트. 2010년. 선영 방 | 밤

선영   어쩌면 민혁 씨가 자기 아버지인 걸 알면서 싸울지도 몰라. 만
         일 그런 일이 일어나면 미워하지 말고... 지켜줘. 우리 진겸이 지
         켜줄 사람은 민혁 씨밖에 없어. 진겸이는 선생을 찾으려고 할
         거야. 진겸이는 절대 선생을 만나선 안 돼. 막지 못하면 똑같은
         일이 반복될 거야.

#달리는 민혁 차 안

혼란스러운 표정으로 듣는 민혁.

(선영)   내 맘대로 도망쳤으면서 이제 와서 이런 부탁을 해서 미안해.
         하지만 그땐... 그땐 도망칠 수밖에 없었어. 민혁 씨한테도 말할
         수 없었어.

잠시 할 말을 찾는 선영.

선영   내 목소리 잘 들려? (다시 말을 찾으며 머뭇거리다) 나도 민혁 씨 목
소리 듣고 싶네.

#다시 현실

눈물이 나올 거 같자 이를 악물며 참는 민혁.

(선영)   나 많이 미웠지?

이후, 녹음된 선영의 목소리에 대답하는 민혁의 모습이 마치 대
화하는 것처럼 펼쳐진다.

민혁   아니.
(선영)   나도 힘들었어.
민혁   미안해. 내가 찾아갔어야 하는데.
(선영)   보고 싶다.
민혁   나도 보고 싶어.
(선영)   근데 지금 나 보면 실망할 거야. 나 많이 늙었어.

그 말에 더는 참지 못하고 눈물을 떨어트리는 민혁.

민혁   그래도 넌 예쁠 거야. 내 눈에는 항상 예뻤어.

#인서트. 2010년. 진겸 옛집 선영 방 | 밤

녹음 중인 선영의 두 눈에도 눈물이 맺혀 있다.

선영   ... 우리 아들 부탁할게.

그리고 녹음을 끝내듯 귀찌를 뽑는 선영.

#다시 현실

민혁   알았어. 내가 꼭 지킬게.

귀찌를 뽑고, 비장한 표정으로 다시 운전을 시작하는 민혁. 급
하게 핸들을 꺾으며 유턴한다.

S# 49   진겸 옛집 거실 | 밤

달려 들어오는 진겸. 혼자 거실에 서 있는 태이를 보고 안도한
다. 두리번거리는 진겸.

진겸   누가 찾아오진 않았습니까?
태이   (보고서를 내밀며) 알았어요.
진겸   ?
태이   누가 어머니 죽였는지, 범인이 누군지 알았다고요.

태이가 건네준 DNA 검사 보고서를 읽는 진겸.

338 × 339

| 태이 | 대조해보겠다고 미리 말하지 못한 건 미안해요. 하지만 꼭 확인해야 했어요. |

그런데 차가워진 눈빛으로 태이를 보는 진겸.

| 진겸 | 무슨 확인요? |
| 태이 | 오해하진 마세요. 형사님을 의심하는 게 아니에요. 어쩌면 다른 차원의 형사님이 범인일 수도 있어요. |

그런데 여전히 차가운 눈빛으로 태이를 노려보는 진겸.

| 진겸 | 또 누가 압니까? |
| 태이 | 나밖에 몰라요. 조교한테도 형사님 신분은 밝히지 않았어요. |

그러자 섬뜩한 눈빛으로 미소를 짓는 진겸. 진겸의 섬뜩한 미소에 굳어지는 태이. 낯선 진겸의 모습에 겁을 먹은 것.

| 태이 | ... 형사님. |
| 진겸 | 말했잖아. 다음은 니 차례라고. |

그 말에 얼어붙는 태이. 진겸이 섬뜩한 얼굴로 태이를 바라보다가 뒤춤에서 뭔가를 꺼낸다. 바로, 2010년에 범인이 사용했던 그 칼이다. 두려움에 눈물을 흘리는 태이. 진겸, 머리 위로 칼을 치켜올리면.

S#50   2010년. 진겸 옛집 거실 | 밤

(동작이 이어지듯) 동일한 동작으로 칼을 치켜올리는 검은 그림자. 바로 검은 후드다. 칼을 내리꽂는 검은 후드. 그런데 칼이 꽂힌 사람은 다름 아닌 선영이다. 피를 흘리며 쓰러지는 선영. 검은 후드의 얼굴을 바라보며. 예상하지 못한 사람을 보았다는 듯이 얼어붙는 선영.

S#51   진겸 옛집 거실 | 밤

(화면 이어지듯) 선영과 같은 자세로 진겸을 보는 태이.

태이   형사님...

하지만 칼을 든 채, 차가운 눈으로 태이를 바라보는 진겸.

S#52   진겸 옛집 앞 골목 | 밤

어둠 속에서 진겸 집을 바라보고 서 있는 검은 후드에서.

15

진겸과 노인 진겸의 첫 대면

미지의 공간 | 낮

검은 화면에 타이프 치는 소리가 리듬 있게 들린다. 탁...탁 탁...탁. 화면 밝아지면, 타이프에 걸린 종이에 찍히는 글자들이 보이고, 이윽고 완성되는 문장.

지나가는 시간이란 잃어버린 시간이며, 게으름과 무기력한 시 간이며, 몇 번이고 맹세를 해도 지키지 못하는 시간이다.

—장 폴 사르트르

자막 사라지면.

S# 2   진겸 옛집 거실 | 밤
(14회 49신)

태이가 건네준 DNA 검사 보고서를 읽는 진겸.

태이   대조해보겠다고 미리 말하지 못한 건 미안해요. 하지만 꼭 확인해야 했어요.

그런데 차가워진 눈빛으로 태이를 보는 진겸.

진겸 무슨 확인요?
태이 오해하진 마세요. 형사님을 의심하는 게 아니에요. 어쩌면 다른 차원의 형사님이 범인일 수도 있어요.

그런데 갑자기 뒤돌아 거실 전면 창 너머의 집 앞을 응시하는 진겸. 이상한 듯 진겸을 보는 태이. 그 순간 진겸, 태이를 보며 섬뜩한 미소를 짓는다.

진겸 또 누가 압니까?
태이 나밖에 몰라요. 조교한테도 형사님 신분은 밝히지 않았어요.

그러자 섬뜩한 눈빛으로 미소를 짓는 진겸. 진겸의 섬뜩한 미소에 굳어지는 태이. 낯선 진겸의 모습에 겁을 먹은 것.

태이 ... 형사님.
진겸 말했잖아. 다음은 니 차례라고.

그 말에 얼어붙는 태이. 진겸이 섬뜩한 얼굴로 태이를 바라보다가 뒤춤에서 뭔가를 꺼내는데. 바로 2010년에 범인이 사용했던 그 칼이다. 두려움에 눈물을 흘리는 태이. 하지만 이미 이성을 잃은 듯한 섬뜩한 표정으로 머리 위로 칼을 치켜올리는 진겸.

두 눈을 꾹 감는 태이. 이런 태이를 향해 진겸이 칼을 휘두르는 순간, 누군가 진겸을 덮치며 쓰러진다. 바로 민혁이다.

민혁　　　무슨 짓이야!

그 소리에 눈을 뜬 태이. 그런데 이번에는 칼로 민혁의 목을 노리는 진겸. 민혁이 진겸의 팔을 잡아 진겸의 공격을 막지만, 발로 민혁을 걸어찬 후 다시 민혁을 향해 달려드는 진겸. 이미 이성을 잃은 모습이다.

태이　　　형사님!!

하지만 태이의 말조차 들리지 않는 듯. 민혁을 쓰러트린 후 다시 칼로 민혁의 목을 노리는 진겸. 간신히 방어는 하지만, 차마 진겸을 공격하지 못하는 민혁. 그러는 사이, 칼날이 민혁의 목을 향해 더욱 조여간다.

태이　　　박진겸!!

하지만 여전히 이성 잃은 섬뜩한 모습으로 민혁의 목을 노리는 진겸. 힘겹게 버티는 민혁. 점점 밀려서 결국 진겸의 칼날이 민혁의 목을 파고들기 직전까지 몰리는데. 그 순간, 선영의 목소리처럼 들려오는 태이의 목소리.

(태이)　　　진겸아!

태이의 말에 처음으로 반응한 듯 순간 멈칫하는 진겸. 천천히
태이를 보면, 태이의 모습이 나이 든 선영의 모습(1회 선영이 죽을
때와 동일한 옷차림)으로 바뀌어 있다.

진겸   ... 엄마.

엄마의 모습에 놀란 진겸이 들고 있던 칼을 떨어트리면. 선영의
모습이 다시 태이의 모습으로 바뀐다. 자신의 행동에 당황한 기
색이 역력한 모습으로 태이를 바라보고 있는 진겸. 민혁은 진겸
이 정상적인 모습으로 돌아오자마자 안도하면서도 불안한 표정
으로 진겸을 보는데.

진겸   ... 죄송합니다.

그러고는 도망치듯 밖으로 달려 나가는 진겸. 민혁이 바로 쫓아
가려고 하자 붙잡는 태이.

태이   내가 갈게요.

그러고는 진겸을 걱정하듯 뒤쫓아 가는 태이. 민혁, 걱정스럽게
보는.

S#3   진겸 오피스텔 | 밤
빠르게 현관문을 열고 오피스텔 안으로 들어오는 격양된 진겸.
신경질적으로 외투를 벗어 거실 바닥에 던지고 욕실로 들어가

물을 트는데. 거울에 비친 자신과 눈이 마주치자 거울 속 자신을 노려보는 진겸.

진겸   (자신에게 묻듯) 내가 10년 동안 잡으려고 했던 놈이 너였어?

대답 없이 진겸을 바라보는 거울 속 진겸. 자신이 진짜 범인일지도 모른다는 생각에 괴로워한다.

진겸   (고통스러워하며) 어떻게 그럴 수 있어? 너만 바라보고. 너를 위해 살았던 엄마야. 그런데 니가 어떻게 엄마를 죽여?

고개를 떨구며 자책하는 진겸. 그런데 거울 속 진겸이 현실의 진겸을 향해 비웃음 섞인 미소를 짓는다. 그 순간, 거울 속 자신을 향해 주먹으로 휘두르는 진겸. 거울을 박살낸 후 거실로 나와서 외투 속 총을 뽑아 든다. 충동적으로 자살하려는 듯 총구를 머리에 대는 진겸. 이때 오피스텔 안으로 들어오는 태이. 진겸의 모습을 보고 놀라 달려와 총을 빼앗는다.

태이   지금 뭐하는 거예요!
진겸   내가 아니에요. 내가 아닌데... 분명히 난 아닌데...

머리를 감싸며 괴로워하는 진겸. 안타깝게 바라보는 태이.

태이   알아요. 형사님이 아닌 거.
진겸   제가 교수님을 죽이려고 했어요.

| 태이 | 시간여행의 부작용 때문이에요. 형사님 때문이 아니에요. 내가 아는 형사님은 자기를 희생한 어머니를 위해 경찰이 되신 분이고, 아버지 같은 고 팀장님을 끝까지 믿어준 분이고, 날 지켜주려고 위험한 일도 마다하지 않은 분이에요. |

두 눈에 눈물이 맺히는 진겸. 그런 진겸을 가만히 안아주는 태이.

| 태이 | 형사님은 절대 자기 어머니를 죽일 분이 아니에요. |

결국 태이의 품 안에서 흐느끼는 진겸에서.

| S#4 | 진겸 오피스텔 복도 │ 밤 |

안으로 들어가지 않고 진겸의 오피스텔 앞에 서 있는 민혁. 안의 상황이 정리된 걸 알아챈 듯 긴장을 풀고 안도하는 표정으로 문에 기대선다. 하지만 곧 걱정스러운 표정으로 생각에 잠기는 민혁. 그런데 이때 복도 중앙(엘리베이터 쪽)에 서 있는 한 남자를 발견한다. 바로 검은 후드의 남자. 수상한 듯 그를 유심히 보는 민혁. 하지만 여전히 그 자리에 우두커니 서 있는 검은 후드의 남자.

| 민혁 | 당신 뭐야? |

그제야 대답 없이 뒤돌아서는 검은 후드의 남자, 엘리베이터에 탄다. 누군지 확인하려는 듯 검은 후드를 잡기 위해 엘리베이터로 달려가는 민혁. 검은 후드가 탄 엘리베이터 문이 닫히지만,

15　　진겸과 노인 진겸의 첫 대면

늦지 않게 도착한 민혁. 문 사이에 손을 넣어 다시 문을 여는데 성공한다. 그런데 놀랍게도 텅 비어 있는 엘리베이터. 검은 후드가 감쪽같이 사라진 것. 혼란스러운 표정으로 텅 빈 엘리베이터를 바라보는 민혁.

S#5	고수부지 | 아침

고수부지 벤치에 나란히 앉아 있는 민혁과 진겸.

민혁   어떤 놈이 니 주위를 맴돌고 있어. 그놈이 너한테 어떤 영향을 미치는 것 같아. 내가 도와줄게.

진겸   어제 일은 고맙지만 거기까지만 해.

그러면서 진겸, 떠나려고 일어서는데.

민혁   널 노리는 게 아니야.

그 말에 멈춰 서 민혁을 보는 진겸.

민혁   니 엄마를 죽인 놈이 교수님까지 죽이려고 하는 거야. 널 이용해서.

진겸   …

민혁   이대로 있으면 너와 윤태이 교수, 둘 다 위험해. 지금 널 도와줄 수 있는 사람은 나뿐이야.

서로를 보는 두 남자. 이런 두 남자를 멀리서 바라보는 시선. 바로 태이다. 두 남자의 시간을 방해하고 싶지 않은 듯 지켜만 보는 태이.

S#6   태이 집 앞 | 낮
현관 앞에 선 태이과 민혁.

민혁   제가 계속 교수님 상황을 체크하겠습니다. 걱정하실 일은 없을 겁니다. 대신 당분간만 박진겸 만나지 마십시오.

태이   ...

민혁   박진겸을 못 믿는 건 아니지만, 아직 정상적인 상태가 아닙니다.

태이   그러니까 내가 옆에 있어야 해요.

민혁   (걱정)

태이   그리고 난 형사님 믿어요.

민혁   ... 알겠습니다.

민혁, 떠나려는데.

태이   형사님이 그쪽 용서하는 거 쉽지 않을 거예요.

민혁   (보면) 알고 있습니다.

태이   하지만 형사님도 언젠간 그쪽 마음을 알게 될 거예요.

민혁   (미소) 고맙습니다.

S#7   앨리스 회의실 | 낮
승표에게 보고를 듣는 민혁.

승표	말씀하신 놈 찾아보려고 했는데, 흔적조차 없습니다. 시간여행자는 확실한 거 같은데, 우리 쪽은 아닌 거 같아요.

그런데 무언가 마음에 걸리는 게 또 있는 듯 생각에 잠겨 있는 민혁.

#플래시백. 어느 별장 2층 | 밤
(14회 45신)

시영	본부장이야...
민혁	!
시영	그 사람을 조심해...(쿨럭)

#다시 현실

민혁	본부장 동선 체크해봐.
승표	(놀란) 본부장님요?
민혁	최근에 어딜 가고 누굴 만났는지 전부.
승표	... 알겠습니다.

인사하고 나가기 위해 문을 여는 승표. 그런데 문 앞에 철암이 서 있다. 당황한 승표가 재빨리 인사하고 떠나면, 회의실 안으로 들어오는 철암. 표정을 감춘 채 철암을 빤히 응시하는 민혁.

철암	어제 어디 갔었어?

민혁	...
철암	무슨 일 있어?
민혁	형이 신경 쓸 일 아니야.
철암	형이니까 걱정돼서 묻는 거야.

하지만 걱정된다는 말과 달리 차가운 시선으로 민혁을 보는 철암. 이런 철암을 보는 민혁의 표정 역시 점점 사나워진다.

민혁	어떤 놈이 박진겸이랑 윤태이 교수한테 이상한 짓을 저지르고 있어. 그래서 찾고 있어. 찾아서 두 사람 건들지 못하게 죽여버리려고. 그게 누구든.

마치 선전포고를 하듯 철암을 노려보는 민혁.

S#8	어느 별장 거실 │ 낮

동호가 건네는 파일을 보는 진겸.

동호	여기서 석오원 지문이 나왔어요. 시간여행자 석오원이 여기 숨어 있었나 봐요. 그리고 신원 파악이 안 되는 지문 몇 개랑 경위님 지문도 나왔어요.
진겸	어제 제가 이 별장에 왔을 때 남은 지문일 겁니다.
동호	처음에는 저도 그렇게 생각했는데, 좀 이상해요.
진겸	(보면)
동호	너무 많이 나왔어요. 마치 여기서 한동안 머물렀던 것처럼요.

진겸과 노인 진겸의 첫 대면

굳어지는 진겸. 날카로워지는 눈빛으로 별장을 살펴본다.

동호   과수대에는 조사 과정에 생긴 거라고 둘러대긴 했는데, 어떻게
                 된 거예요?

진겸   … 그놈이 여기 있었던 거네요.

동호   누구요?

대답 없이 거울에 비친 자기 얼굴을 보는 진겸.

S#9   대학교 교수실 | 낮

고민스러운 표정으로 '100% 일치'한다는 DNA 검사 보고서를
보는 태이. 그러다 이번에는 예언서 마지막 장을 꺼내 본다. '그
녀가 만든 놀라운 창조물에 의해서만 숨을 거둘 것'이라는 내용
을 심각한 표정으로 보는 태이. 그런데 뭔가 이상한 게 느껴지
는 듯 자기 뒷목을 만지기 시작한다. 이상할 정도로 붉어진 태
이의 뒷목을 잡는 카메라. 찜찜한 표정으로 계속 뒷목을 만지는
태이. 이때 휴대폰이 울리면.

S#10   카페 | 낮

자신의 노트를 펼쳐 태이에게 내미는 도연. 보면, 노트에 예언
서 마지막 장 내용이 필사로 적혀 있고, 도연이 각 단어들을 해
석하기 위해 주석들을 잔뜩 달아놓았다. 시간의 문이라는 단어
에는 '웜홀'. 만인의 살인자, 만물의 파괴자라는 단어에는 '시간
혹은 절대자.' 아들이라는 단어에는 '박진겸. 다른 차원의 박진
겸.' 마지막 창조물이라는 단어에는 '연구. 프로그램. 피조물'이

적혀 있다.

도연   아무리 생각해봐도 창조물이라는 단어가 좀 이상해요. 창조라
        는 단어는 기존에 존재하지 않았던 걸 새롭게 만들어냈다는 뜻
        인데, 과학기술을 뜻하는 건 아닌 거 같아요. 거기다 창조물이
        라는 단어는 종교적 용어에 가까워서 신이 만든 새로운 피조물
        로 해석될 수도 있거든요.

        자기 생각을 쏟아내는 도연을 걱정스럽게 보는 태이.

태이   형사님, 많이 걱정돼나 봐요?
도연   (그늘진) 가만히 있을 순 없잖아요.
태이   나도 아직 창조물이 뭔지 모르겠어요. 하지만 반드시 찾을 거
        예요.
도연   어떻게요? 이제 와서 무슨 수로 찾아요.
태이   어머니가 만든 거라면, 내가 찾을 수 있을지도 몰라요.
도연   교수님이요?
태이   (머뭇거리다) 나도 이대로 형사님 위험하게 놔두지 않을 거예요.

        그런데 갑자기 태이를 빤히 보는 도연.

태이   왜요?
도연   아무것도 아니에요.
태이   (이상한 듯 계속 보면)
도연   교수님이 진겸이를 어떻게 생각하는지 궁금해서요.

태이	(어두워진)
도연	제가 괜한 얘길 했나 봐요. 죄송해요.
태이	모르겠어요, 나도. 내가 형사님을 어떻게 생각하는지, 어떻게 생각해야 하는 건지.

지금의 상황이 혼란스러울 수밖에 없는 태이. 이런 태이의 마음을 이해하는 듯, 오히려 안타깝게 보는 도연.

S#11   진겸 오피스텔 | 낮

오피스텔로 들어오는 진겸. 그런데 한 남자가 기다리고 있다. 바로 민혁이다. 이곳에서 민혁과 만나기로 한 듯 태연하게 민혁 앞에 서는 진겸.

민혁	(격정) 몸은 좀 어때? 괜찮아?
진겸	쓸데없는 소리 말고 알아낸 거나 말해.

민혁, 진겸을 섭섭한 듯 바라보다가.

민혁	비공식적인 조사라 시간이 좀 더 필요해. 하지만 앨리스랑 관련 없는 놈인 것만은 확실해.
진겸	그럼 석오원은?
민혁	??
진겸	석오원이 그 별장에 있었어.
민혁	(의아한) 석오원이 본사 스태프면 내가 모를 리 없어.
진겸	분명히 우리라고 했어. 어머니에 대해 잘 아는 거 같았고.

#플래시백. 낚시터 | 밤

(12회 17신)

석오원　사실 이해가 안 됐습니다. 어머님이 왜 우리를 배신하고 자기가
　　　　만든 시간여행을 파괴하려고 했는지.

#다시 현실

민혁　알았어. 내가 조사해볼게.

잠시 서로를 바라보는 진겸과 민혁. 하지만 서로 어색한 듯 시
선을 피한다.

진겸　할 얘기 더 있어?
민혁　…
진겸　없으면 가봐.

아쉬운 표정으로 진겸을 보는 민혁. 머뭇거리다 결국 아무 말도
못 하고 밖으로 나가면. 그제야 의자에 앉으며 한숨을 내쉬는
진겸.

S# 12　앨리스 객실 | 낮
　　　　어느 객실로 들어오는 철암. 그런데 객실에 서 있는 남자, 바로
　　　　석오원이다. 석오원에게 고개 숙여 인사하는 철암.

　　　　진겸과 노인 진겸의 첫 대면

철암	유민혁이 움직이기 시작했습니다.
석오원	그래요?
철암	죄송합니다. 오시영 처리할 때 유민혁도 같이 처리했어야 했는데, 미처 예상하지 못했습니다.
석오원	괜찮습니다. 이제라도 아버지 노릇 하려나 본데 그 맘도 이해는 갑니다. 그보다는 박진겸 씨는요?
철암	선생님께서 머무셨던 별장을 조사 중입니다.
석오원	(묘한 미소) 박진겸이 어디까지 알아낼지 궁금해지네요.

S# 13 　 진겸 옛집 거실 | 낮

집으로 들어오는 진겸. 그런데 위층 창고에서 누군가의 발소리가 들려온다. 그런데 갑자기 발소리가 사라진다. 그래도 계속 의심스러운 눈빛으로 천장을 주시하는 진겸.

S# 14 　 진겸 옛집 창고 | 낮

열린 문이 고정되어 있는 창고 안으로 총을 들고 들어오는 진겸. 그런데 창고 안에 있는 건, 바로 도연이다. 진겸이 보고 있다는 것도 모른 채 창고의 물건들을 하나하나 살펴보고 있는 도연.

진겸	뭐해?
도연	깜짝이야! 언제 왔어?
진겸	뭐하냐고.
도연	예언서 마지막 장 봤어. 창조물이라는 거 찾아보려고. 아저씨네 집에도 갔다 왔는데. 어머니 유품, 다른 데는 없는 거지?
진겸	헛수고야. 어머니 유품은 내가 전부 기억해.

도연	그래도 혹시 모르잖아. 교수님이 꼭 찾아야 한다고 했어.

그러면서 다시 물건들을 살펴보는 도연. 열심이다. 그런 도연을 빤히 보는 진겸. 그런데 갑자기 홱 고개를 돌려 진겸을 째려보는 도연.

진겸	왜?
도연	이게 왜 여기 있어?

보면, 남자 장갑이다. 그런데 당황하는 진겸.

진겸	그게 왜 거기 있지?
도연	그러게. 내가 크리스마스 선물로 준 게 왜 창고에 처박혀 있을까?
진겸	... 엄마가 여기 뒀나?
도연	작년 크리스마스 선물인데?

S# 15	진겸 옛집 거실 | 낮

아무것도 찾지 못해 시무룩한 표정으로 식탁에 앉아 있는 도연. 그런 도연을 보다가 냉장고에서 캔 맥주를 꺼내 뚜껑을 딴 뒤 건네주는 진겸.

도연	안 마실래. 술 취하면 너 괴롭힐 거 같아. 가뜩이나 너 괴로운데.

그러자 냉장고에서 캔 맥주를 하나 더 꺼내온 후 다시 자리에 앉는 진겸. 놀라서 진겸을 보는 도연.

15   진겸과 노인 진겸의 첫 대면

| 도연 | 너 술 마시게? 왜? 내가 10년 동안 혼자 마시기 싫다는 말을 수천 번은 했는데, 오늘은 왜 마시는 거야? (걱정) 너 또 나한테 숨기는 거 있지? 뭐야? 당장 말해! |
| 진겸 | 한 번도 니가 날 괴롭힌다고 생각한 적 없어. 그러니까 편하게 마셔. |

그러면서 먼저 술을 마시는 진겸. 하지만 마시지 않고 진겸을 바라만 보는 도연.

도연	나, 너 딱 한 번만 더 괴롭힐게.
진겸	??
도연	이제 그만하면 안 돼?
진겸	뭘 그만해?
도연	니가 싸울 수 있는. 싸워서 이길 수 있는 사람들이 아니잖아.
진겸	...
도연	(간절) 그냥 도망치면 안 될까? 그 사람들 없는 곳으로 도망치면 괜찮지 않을까? 도망쳐서 평범하게 살자. 너는 예전처럼 그냥 모든 일에 무심하게 살고. 나는 그런 너 귀찮게 하면서 평범하게. 응?
진겸	그러기에는 너무 늦었어.

진겸에 대한 걱정으로 두 눈에 눈물까지 맺히는 도연.

| 도연 | ... 나 너 좋아해. |

갑작스러운 도연의 고백에 굳어지는 진겸.

도연   고등학교 때부터 지금까지 단 하루도 빼놓지 않고 너 좋아했어.

진겸   …

도연   너도 나 좋아해달라는 거 아니야. 난 그냥… 지금처럼 내가 너 계속 좋아할 수만 있으면 돼. 난 그거면 돼.

진겸   (미안한 듯 보는)

도연   어려운 거 아니잖아.

진겸   미안해. 약속은 못 하겠다.

절망적인 표정으로 진겸을 보는 도연. 그런 도연의 얼굴을 차마 똑바로 보지 못하고 고개를 돌리는 진겸. 그런데 거실 전면 창으로 보이는 현관 앞. 진겸과 도연의 대화를 엿들은 듯, 어두운 표정의 태이가 서 있다.

S# 16   진겸 옛집 현관 앞 | 낮

언제 왔는지 진겸의 옛집 현관 앞에 서 있는 어두운 표정의 태이. 차마 들어가지 못하고 돌아서는 태이의 모습에서.

S# 17   수사반점 안 | 낮

수사반점의 문을 열고 멍한 얼굴로 들어오는 태이. 가게 안은 한산하고 태이 모만 테이블에 앉아 채소를 다듬고 있다. 태이가 들어오자 미소를 짓는 태이 모.

태이 모   왔어? 점심은?

15   진겸과 노인 진겸의 첫 대면

태이	아직. 아빠랑 태연이는?
태이 모	시장 갔어.

태이 모 곁에 앉는 태이.

태이 모	왜 그래? 무슨 일 있어?
태이	(애써 미소) 아무 일도 없어.
태이 모	(걱정) 우리 딸, 좀 야위었네. 영양 보충 좀 해야겠다.

S# 18   찜닭집 | 낮

치즈가 올라간 푸짐한 찜닭이 놓인 테이블을 마주하고 앉은 태이와 태이 모. 태이 모가 치즈와 함께 닭을 듬뿍 떠서 태이 앞에 놓아준다.

태이 모	먹어봐. 치즈도 많고 맛도 좋다고 소문났어. 여기 생기고 매상 떨어졌다고 아빠 좀 싫어하는데, 너랑 왔다고 하면 아빠도 아무 소리 안 할 거야.
태이	(한입 먹어보고) 맛있다. 엄마도 어서 먹어.

하지만 태이 모, 먹지 않고 딸이 먹는 모습을 물끄러미 보면. 이번엔 태이가 엄마의 앞접시에 치즈와 함께 찜닭을 듬뿍 담아준다. 고개를 끄덕이고 찜닭을 먹어보는 태이 모.

태이 모	우리 딸이랑 먹으니까 정말 맛있다.

그런 엄마를 보며 미소 짓는 태이.

S#19   공원 | 낮

녹음이 우거진 아름다운 공원. 태이와 태이 모가 손에 테이크아웃 커피잔을 들고 조경이 잘된 산책로를 걷는다. 어린아이와 함께 유모차를 끌고 산책 나온 새댁들의 모습도 보인다. 아이의 귀여운 모습을 사랑스러운 눈빛으로 보는 태이 모. 그런 엄마의 시선을 보던 태이.

태이   엄마, 나 없어졌을 때 걱정 많이 했지?

태이 모   당연하지. 아빠는 경찰서에서 울고불고, 형사님 멱살 잡고, 책상 엎고, 난리도 아니었어.

태이   정말? 싫은 소리 일도 못 하는 아빠가? 감동인데!

태이 모   감동은. 자식 일인데 부모가 못 할 게 어디 있어. 나는 진흙탕을 굴러도 내 새끼는 꽃가마 태우고 싶고, 내 몸 아플 땐 내 새끼가 안 아파서 감사하고, 행여 내 새끼 잘못되면 자다가도 피가 거꾸로 솟는 게 부모야.

태이   …

태이 모   그런 마음으로 널 키웠어. 태이야, 가슴으로 낳았지만 넌 누가 뭐래도 엄마 딸이야. 세상 무엇보다 소중한 엄마 딸.

태이   (빤히 바라보다가) 엄마라는 거 진짜 아무나 하는 게 아닌 거 같아. 난 좋은 엄마가 못 될 거야.

태이 모   니가 왜? 넌 엄마보다 더 좋은 엄마가 될 거야.

서로를 보며 웃는 태이와 태이 모. 그 순간, 갑자기 무언가 떠오르기 시작하는 듯 굳어지는 태이. 양자 얽힘을 통해 한 번도 경험하지 못한 숭고한 엄마로서의 경험이다.

#연속 플래시백

-(1회 11신 산부인과) 임신 사실을 알고 멍한 선영.

-(1회 16신 달리는 기차) 배를 만지며 미소를 짓는 선영.

-(1회 16신 산부인과) 산고 끝에 아기를 출산한 후 아기를 안고 눈물을 흘리며 엄마 선영.

#다시 현재

마치 자신이 경험한 듯 눈물이 고이는 태이.

| 태이 모 | (당황) 왜 그래, 태이야? |
| 태이 | 엄마, 나 뭐 좀 확인할 게 있어서 먼저 갈게. |

그러면서 밖으로 달려가는 태이.

| S#20 | 교차 | 밤 |

#대학교 교수실

교수실로 들어온 태이. 서랍에서 예언서 마지막 장을 꺼내 본다.

| 태이 | (혼잣말) '그녀가 만든 놀라운 창조물'... 형사님이야. 형사님이 창조물이었어. |

그러면서 진겸에게 전화를 거는 태이. 전화가 연결되기를 기다

리는데. 이때 또 다시 뭔가 이상한 기분이 드는 듯 뒷목을 만져보는데. 놀랍게도 1회 선영과 동일한 흉터가 목에 새겨져 있다.

#플래시백. 2010년. 진겸 옛집 거실 | 밤
(1회 40신)
선영의 뒷목에 선명하게 보이는 흉터.

#대학교 교수실

거울을 통해 자신의 뒷목을 확인하고도 놀라거나 당황하지 않는 태이. 오히려 자신의 기구한 운명을 깨달은 사람처럼 슬픈 얼굴로 거울 속 자신을 바라본다. 그사이, 계속 신호가 가는 태이의 휴대폰.

#진겸 옛집 거실

울리는 전화를 받는 진겸.

진겸　　네, 교수님. (그런데 아무 말이 없자) 교수님?

#대학교 교수실

진겸에게 아무 말도 하지 못한 채 굳은 얼굴로 정면을 응시하고 있는 태이. 이제 보니 한 남자가 태이 앞에 서 있다. 바로 검은 후드를 쓴 남자다.

　진겸과 노인 진겸의 첫 대면

선영   너만이라도 이 운명에서 벗어나게 해주고 싶어서.

태이   무슨 운명요?

선영   시간의 문을 연 죗값을 치러야 하는 여자가, 나만을 뜻하는 건
        아니니까.

#대학교 교수실

두려움을 넘어 마치 자기 운명을 받아들이는 듯한 표정으로 검
은 후드를 바라보는 태이.

#진겸 옛집 거실

태이가 아무 말도 하지 않자 불안해지는 진겸.

진겸   (태이에게) 무슨 일 있으십니까?

#이후 화자에 따라 장소 교차

태이   기자님한테 잘해주세요. 내가 보기엔 두 사람 잘 어울려요.

진겸   (이상한)

태이   어머님이 돌아가셨을 때 형사님 옆을 지켜준 사람이잖아요. 기
        자님 없었으면 형사님 지금처럼 좋은 사람 못 됐을 거예요.

당황스러운 표정으로 통화 중인 진겸.

진겸
(태이)

갑자기 그런 말씀을 왜 하시는 겁니까? (다시 말이 없자) 교수님?
진겸아.

갑자기 자신의 이름을 부르는 태이의 목소리에 당황하는 진겸.
그 순간, 흐뭇한 미소 짓는 선영의 이미지가 순간적으로 화면을
채우고 사라진다.

(태이)

잘 커줘서 고마워.

마치 엄마와 통화한 것처럼 마음이 무너지듯 눈동자가 떨리는
진겸. 하지만 진겸이 반응하기도 전에 끊기는 전화. 얼어붙은
얼굴로 전화기를 보는 진겸, 밖으로 달려가면.

#대학교 로비

빠르게 로비를 달리는 진겸.

#대학교 교수실

교수실 안으로 들어온 진겸. 하지만 태이는 보이지 않고. 태이
가 떨어트리고 간 태이의 휴대폰만 보인다. 태이가 납치된 걸
알아챈 듯, 진겸의 눈빛이 매서워지면.

진겸과 노인 진겸의 첫 대면

S#21   앨리스 객실 | 밤

철암이 들어오면 기다렸다는 듯 입을 여는 석오원.

석오원   선생님께서 모든 준비가 끝나셨답니다. 오늘 밤 안으로 처리하
         시죠.
철암   알겠습니다. 유민혁은 어떻게 할까요?

석오원, 묘한 미소를 지으면.

S#22   앨리스 회의실 | 밤

패드를 보고 굳어지는 민혁. 그 앞에 승표가 서 있다.

승표   오시영 팀장님 살해 추정 시간에 본부장님이 별장 인근에 계셨
         습니다.

본부장이 범인이라고 확신하자 주먹이 부들부들 떨리는 민혁.
그러다 잔뜩 곤두선 얼굴로 밖으로 나가려고 하는데. 그 순간.
민혁에게 총을 겨누는 승표. 민혁, 전혀 예상치 못한 표정으로
승표를 보면.

민혁   뭐하는 거야?
승표   죄송합니다. 본부장님 지시가 있었습니다.
민혁   무슨 지시?
승표   시간여행자의 존재를 의심하는 과거인들, 그리고 그 과거인들
         과 밀접한 관계에 있는 과거인들까지 일제히 잡아들이랍니다.

방해되는 스태프는 모두 감금하고요.

민혁   본부장 권한으로는 불가능한 일이야. 위에 누가 있는 거야?

승표   거기까진 모르겠습니다.

사납게 노려보는 민혁. 항복하는 것처럼 순순히 양손을 들어 올리는 척하지만, 승표가 방심한 틈을 타 빠르게 승표의 팔을 꺾으며 벽에 몰아붙이는 민혁.

민혁   본부장 어디 있어?!!

S# 23   동호 집 인근 | 밤

집을 향해 빠른 걸음으로 걸으며 통화 중인 동호.

동호   옷 갈아입으려고 집에 가는 중이야. (듣고) 나도 방금 들었어. 교수님이 실종된 거야? (듣고) 알았어. 옷만 갈아입고 바로 갈게.

전화를 끊고 서둘러 집으로 달려가는데, 갑자기 무슨 기척이라도 느낀 듯 갑자기 걸음을 멈춰 서는 동호. 날카롭게 뒤를 돌아보지만, 어디에도 사람의 모습은 보이지 않는다. 하지만 찝찝한 표정으로 계속 주위를 살피는 동호. 그러다 기분 탓이라고 여긴 듯 다시 집으로 향하려고 정면을 보는데. 낯선 남자가 동호 앞을 가로막고 서 있다. 그런데 옷차림부터 귀찌까지, 앨리스 스태프다. 그가 시간여행자라는 걸 눈치챈 동호. 당황하는 기색 없이 오히려 씨익 웃는다.

동호	시간여행자냐? 나 때문에 온 거야?
스태프	얌전히 따라오십시오.
동호	할 수 있으면 해봐.

자신만만한 동호. 그런데 이때 등 뒤에서 느껴지는 인기척에 뒤돌아보면, 철암이 서 있다. 굳어지는 동호. 그 순간 동호를 향해 총을 쏘는 철암.

S# 24   앨리스 본부장실 | 밤

총을 들고 본부장실로 들어오는 민혁. 하지만 철암이 보이지 않자 굳어지면.

S# 25   동호 집 인근 | 밤

총상을 입고 고통스럽게 쓰러져 있는 동호. 피 묻은 손으로 휴대폰에 저장된 '박진겸 경위님'에 전화를 걸려고 하지만. 그 순간, 휴대폰을 든 동호의 팔을 발로 밟아버리는 철암. 동호의 머리에 총을 겨눈다.

S# 26   거리 | 밤

상기된 모습으로 정신없이 어딘가를 향해 달리는 진겸.

S# 27   동호 집 인근 | 밤

거칠게 숨을 몰아쉬며 폴리스라인을 넘어 들어오는 진겸. 하지만 동호는 보이지 않고, 바닥에 핏자국만 흥건하다. 하·홍 형사가 심각한 표정으로 서 있다.

진겸	어떻게 된 겁니까?
홍 형사	갑자기 연락이 안 돼서 왔는데, 이렇게 피만 남아 있었어요.
하 형사	목격자도 없고, 동호만 감쪽같이 사라진 거야.

굳어지는 진겸. 이때 울리는 진겸의 휴대폰. 진겸이 전화를 받으면 들려오는 목소리. 바로 민혁이다.

(민혁)	너 지금 어디야?
진겸	나중에 얘기해.
(민혁)	빨리 피신해야 돼.
진겸	??

S# 28   **앨리스 본부장실 | 밤**
본부장실 전화로 진겸과 통화 중인 민혁.

민혁	앨리스에서 시간여행자의 존재를 아는 과거인들을 전부 잡아들이고 있어.

S# 29   **원룸집 인근 | 밤**
동호가 당한 이유를 그제야 알게 된 진겸, 곤두선 표정이 된다.

(민혁)	우선 피해. 지금 누구보다 위험한 사람은 너야.

그런데 진겸, 무언가 생각난 듯 얼어붙는다.

진겸   (혼잣말) 도연이...

바로 전화를 끊고 차로 달려가며 도연에게 전화를 거는 진겸.

S# 30   교차 | 밤
#어느 카페 안

카페에서 시무룩한 표정으로 앉아 차를 마시고 있는 도연. 그러다 진겸에게 전화를 걸려는 듯 저장된 진겸의 이름을 찾아 전화를 걸려고 하는 순간, 진겸에게서 먼저 전화가 걸려온다. 겸연쩍은 미소를 지으며 전화를 받는 도연.

도연   (삐진 척) 왜 전화했어?

#달리는 진겸 차 안

운전하며 통화 중인 진겸.

진겸   지금 어디야?

#이후 화자에 따라 장소 교차

도연   (농담하는) 어디긴. 남자한테 고백했다가 거절당해서 쥐구멍에 있지.

진겸   어디냐고!

도연   (이상한) 우리 회사 앞 카페. 무슨 일 있어?

진겸   지금 거기 몇 명이나 있어?

그 말에 카페 안을 둘러보는 도연. 손님은 도연 단 한 명뿐이다.

도연	나밖에 없어.
진겸	거기서 당장 나와.
도연	지금?
진겸	그래. 지금 당장!

#어느 카페 앞 복도

계속 진겸과 통화하며 복도로 나오는 도연.

도연	나왔어.
진겸	거의 다 왔어. 내가 도착할 때까지만 사람들 많은 곳에 있어.

그 말에 표정이 굳어지며 멈춰 서는 도연. 상황이 심상치 않다는 것을 깨달은 것.

도연	무슨 일 터진 거지?
진겸	그런 거 아니야.
도연	나 지금 위험한 거야?
진겸	설명할 시간 없어.
도연	무슨 일이냐고!
진겸	내가 널 어떻게 생각하는지 나도 잘 모르겠어. 하지만 이거 하나는 확실하게 말할 수 있어. 니가 잘못되면 나도 잘못되는 거야. 무슨 수를 써서든 지켜줄게. 조금만 기다려.
도연	... 알았어. 빨리 와.

그러고는 도연, 빠르게 계단으로 달려가려는데. 인기척을 느낀 듯 멈춰 서는 도연. 두려움이 가득한 얼굴로 천천히 뒤돌아보면. 도연의 등 뒤에 철암이 서 있다. 철암의 손에 들린 총을 보고 얼어붙는 도연.

도연	진겸아.
진겸	왜 그래?
도연	... 너한테 진작 고백할걸.
진겸	(굳은) 도연아, 왜 그러냐고.
도연	안 와도 돼. 아니, 절대 오지 마.

#달리는 진겸 차 안

그 순간, 전화마저 끊기자 당황하는 진겸. 다시 도연에게 전화를 걸지만 연결되지 않는 전화. 휴대폰을 내팽개치며 속력을 높이는 진겸. 핸들을 잡은 손이 부들부들 떨릴 만큼 다급하다. 카페 앞 도로변에 차를 세운 후 카페 건물로 달려 들어가는 진겸.

#어느 카페 앞 복도

겁먹은 표정으로 계단 쪽으로 뒷걸음질 치는 도연. 그런 도연을 비웃으며 도연을 향해 총을 겨누는 철암. 결국 방아쇠를 당긴다. 그 순간, 계단을 달려 올라온 진겸이 도연이 껴안으며 도연을 구한 후, 지체 없이 철암을 향해 방아쇠를 당긴다. 머리를 관통당하며 쓰러지는 철암. 하지만 경계를 풀지 않고 계속해서 철암을 향해 총을 겨누는 진겸. 철암이 죽었다는 걸 확신한 후에야 총구를 내리며 도연을 본다. 겁에 질린 표정으로 진겸을 바라보고 있는 도연.

진겸   (다가가며) 괜찮아?

도연   (눈망울 글썽이는) ...

진겸   늦어서 미안해.

도연   (울컥) 너 왜 이렇게 말을 안 들어! 오지 말라고 했잖아. 너까지
다치면 어쩌려고 여길 와.

이런 상황에서도 자신을 걱정해주는 도연을 멍하니 바라보던
진겸. 도연의 팔을 잡아당겨 도연을 꽉 안아준다.

진겸   무사해줘서 고마워.

진겸의 품에 안기자 그제야 긴장이 풀리며 눈물을 터트리는 도
연. 진겸의 품에서 엉엉 울면. 진겸이 그런 도연을 따뜻하게 감
싼다.

진겸   울지 마. 이제 괜찮아.

S#31   경찰서 형사과 | 밤

담요를 덮고 있는 도연에게 커피를 건네주는 진겸.

진겸   오늘 밤만 여기 있어. 여기는 안전할 거야.

도연   너는? 너는 어디 가는데?

진겸   ... 할 일이 있어.

걱정스럽게 보는 도연.

진겸   도연아.

도연   알아. 아니까 꼭 구해. 꼭 구해드려. 대신 조금도 다치지 마. 아
           주 작은 상처 하나라도 생겨서 오면, 너 내가 가만두지 않을 거
           야. 알았어?

진겸   ... 응.

이때 울리는 진겸의 휴대폰. 진겸, 발신자를 보고 눈빛이 매서
워지면.

S#32   진겸 오피스텔 | 밤

           오피스텔 안으로 들어오는 진겸. 진겸을 기다리고 있는 민혁.
           걱정스러운 표정으로 진겸을 바라본다.

민혁   다친 덴 없어?

그런데 그 순간, 사납게 민혁의 멱살을 잡아 벽에 몰아붙이는
진겸. 당황하는 민혁.

진겸   니들 지금 무슨 짓을 꾸미는 거야?

민혁   나도 지금 파악 중이야.

진겸   교수님은?

민혁   내가 찾아볼게. 그때까지 숨어 있어.

진겸   헛소리 하지 마. 앨리스가 어디야?

민혁	안 돼. 거기 가는 건 죽으러 가는 거나 마찬가지야.
진겸	교수님을 두 번이나 잃을 순 없어. 이번엔 지켜드릴 거야.

그러면서 멱살을 놓는 진겸.

진겸	당신이 도와줘. 당신이 사랑했던 여자잖아.

흔들리는 민혁의 모습에서.

S#33 　　태이의 꿈

(7회 21신 태이 꿈 이어서)

칼날이 태이의 복부를 찌르고 들어온다. 태이를 찌른 검은 후드
의 남자. 쓰러지는 태이와 태이를 찌른 후 어둠 속으로 사라지
는 검은 후드. 잠긴 문 안에서 쿵쿵 문을 두드리는 소리가 들려
온다. 태이, 피가 흘러나오는 상처를 감싸며 힘겹게 일어나 문
을 열어준다. 그런데 안에서 나오는 사람은 다름 아닌 그 검은
후드다. 얼어붙는 태이. 검은 후드가 밖으로 나오자 태이는 뒷
걸음질로 물러난다. 그러자 검은 후드가 얼굴을 보여주지 않은
채 태이에게 절박하게 말한다.

검은 후드	무서워...엄마.

엄마란 말에 놀라는 태이. 곧 후드를 벗는다. 그런데 후드 안의
얼굴은 바로 진겸이다. 비열하게 웃는 진겸. 놀란 태이가 고통
스럽게 소리 지른다.

15　　진겸과 노인 진겸의 첫 대면

태이	아니야!!

S#34 앨리스 객실 | 아침

악몽 때문에 벌떡 일어나는 태이. 잠시 정신을 추스른 후, 주위
를 두리번거리면 호텔 객실처럼 보이는 방의 침대 위다. 벌떡
일어나 이곳이 어딘지 몰라 주위를 둘러보는데. 한 남자가 문
앞에 서서 태이를 지켜보고 있다. 바로 석오원이다. 그런데 석
오원의 손에 들린 종이. 바로 태이가 갖고 있던 예언서 마지막
장이다.

석오원	처음 뵙겠습니다. 석오원이라고 합니다.
태이	(경계) 말투도 비슷하네요. 내가 아는 소장님이랑.
석오원	교수님은 제가 아는 윤태이 씨와는 많이 다르시네요.
태이	... 형사님 어머니를 아세요?
석오원	같은 연구팀에 있었습니다.
태이	(놀란)
석오원	믿기 어려우시겠지만 무척 가까운 동료였습니다. 그래서 박진 겸 씨 어머니가 제 과거인을 찾아가 같이 시간여행을 막자고 제 안하셨던 겁니다. 같이 연구한 경험이 있어서요.
태이	(빤히 보다가) 기분이 어때요?
석오원	??
태이	자기와 똑같이 생긴 과거인을 자기 손으로 살해한 기분요.
석오원	(피식) 저희에게 적대적이신 거 충분히 이해합니다. 저도 누군가 에게 피해를 입히고 싶진 않았습니다. 하지만 우리가 만든 시간 여행을 보호하고 유지하기 위해 어쩔 수 없는 선택을 해야 했을

뿐입니다. 같은 학자로서 절 이해해주실 수 있지 않으십니까?

태이   그럼 같은 학자로서 물어볼게요. 그쪽 사람들은 예언서를 믿어요?

그 말에 자기가 들고 있는 마지막 장을 보는 석오원.

태이   시간여행이라는 위대한 과학기술을 만들어놓고 예언 따위를 믿는 거예요? 더구나 과학적으로 불가능한 내용까지 적혀 있어요. 창조물에 의해 아들이 숨을 거두면 멈춰졌던 시간이 다시 흐른다는 게 말이 돼요? 아들의 죽음과 시간은 아무런 관계가 없잖아요.

석오원   그럼 제가 묻고 싶네요. 저희는 2050년에서 왔습니다. 겨우 30년 만에 시간여행이 이토록 자유롭게 가능해질 수 있다고 생각하십니까?

태이   (굳은)

석오원   인간의 지능. 인간의 과학기술만으로는 설명 안 되는 부분이 있습니다.

태이   그게 뭔데요?

석오원   박진겸 씨 같은 분이죠.

태이   (굳은)

석오원   여러 가지로 불편하시겠지만, 곧 모든 게 끝날 겁니다. 조금만 기다려주십시오.

석오원, 나가려고 하는데.

태이	선생님이라는 사람과 형사님은 무슨 관계예요? 정말 같은 사람이에요?
석오원	혹시 이런 얘기 들으신 적 있으십니까? 어떤 괴물의 이야기입니다. 아주 오래전 한 괴물이 어떤 여자의 아들을 납치했습니다. 어미는 제발 아들을 살려달라고 빌었고, 괴물은 자기가 낸 문제를 맞히면 아들을 풀어주겠다고 제안했죠. 괴물이 낸 문제는 아주 간단했습니다. 자신이 어미의 아들을 죽일지 살려줄지를 맞히라는 거였습니다. 다행히 현명했던 어미는 괴물이 빠져나갈 수 없는 답을 찾아냈습니다. 괴물이 자기 아들을 죽일 거라고 답한 겁니다. 그러자 괴물은 어미의 아들을 죽일 수 없었습니다. 만약 괴물이 아들을 죽인다면, 어미가 답을 맞힌 것이기 때문에 아들을 풀어줘야 했기 때문입니다.
태이	질문부터 모순이 있을 수밖에 없는 흔한 패러독스잖아요? 이런 이야기를 왜 하시는 거예요?
석오원	애초에 세상 모든 질문은 이런 모순으로 가득합니다. 그럼에도 언제나 답은 있고, 결과도 있는 법이죠. 그래서 괴물이 어떤 결정을 내렸다고 생각하십니까?
태이	...
석오원	어미를 죽였습니다.

그제야 이 이야기가 누구 이야기인지 깨달은 듯 굳는 태이.

석오원	괴물은 약속을 지켰습니다. 더 이상 아들을 건들진 않았죠. 대신 아들을 자신처럼 괴물로 만들었습니다.

얼어붙는 태이.

태이   선생님이라는 사람... 예언서 마지막 장 내용을 알고 있었던 거죠? 그런데 왜 지금까지 가만히 있었던 거예요?

석오원   우리가 아니라 박진겸 씨와 윤태이 씨가 아는 게 중요하니까요.

S#35   국도. 달리는 민혁 차 안 | 아침

한적한 지방국도 위를 빠르게 달리는 민혁의 차. 민혁이 운전하고, 진겸은 조수석에 앉아 있다. 앨리스로 가는 듯 비장한 표정으로 총을 점검 중인 진겸.

진겸   얼마나 남았어?

민혁   10분.

진겸   이 길 끝에 있는 거야?

고개를 끄덕이는 민혁. 하지만 곧 걱정스러운 표정으로 진겸을 본다. 하지만 전혀 두려움 따위 없는 비장한 눈빛으로 정면만 응시하고 있는 진겸. 더욱 걱정스럽게 진겸을 보던 민혁, 잠시 갈등하는 듯하다가 주머니에서 알약을 꺼내 진겸에게 내민다.

진겸   뭐야?

민혁   과거인은 진입조차 못 하는 곳이라고 했잖아. 앨리스에 들어가고 싶으면 먹어.

그 말에 물 없이 알약을 삼키는 진겸.

15   진겸과 노인 진겸의 첫 대면

민혁	윤 교수를 구한 다음에 계획은 있어?
진겸	어머니 죽인 놈을 죽일 거야.

민혁, 불안한 표정으로 진겸을 본다.

S# 36 　어느 펜션 앞 to 안 | 낮

어느 독채 펜션 앞에 멈춰 선 차에서 내리는 민혁. 진겸도 뒤따라 내리며 주위를 둘러본다. 보면, 주위에 아무것도 없이 펜션만 한 채 덩그러니 세워져 있다. 진겸이 수상하게 보자.

민혁	앨리스에 가고 싶으면 따라와.

그러면서 앞장서서 펜션 안으로 들어가는 민혁. 그런데 어디서나 흔히 볼 수 있는 평범한 펜션이다. 뭔가 이상한 듯 민혁을 보는 진겸.

민혁	니 엄마 마지막 부탁이야. 니가 앨리스로 가는 걸 막아달라고 했어.
진겸	??
민혁	어차피 전면전은 힘들어. 몇 시간만 여기 있어. 윤태이 교수는 내가 구해올게. 윤 교수를 만나면 최대한 멀리 도망쳐.
진겸	(노려보며) 이럴 시간 없어. 빨리 앨리스로 안내해.

그 순간, 어지럼증을 느낀 듯 휘청거리는 진겸. 당황스러운 얼굴로 민혁을 보면.

민혁	약 기운 때문일 거야.
진겸	(굳은)
민혁	미안하다. 처음이자 마지막으로 딱 한 번만 아버지 노릇 할게.

그러자 진겸, 곤두선 표정으로 민혁의 멱살을 잡으려고 하지만, 결국 의식을 잃고 쓰러진다.

S#37   앨리스 객실 | 낮

혼자 객실에 서서 생각에 잠겨 있는 태이.

S#38   어느 펜션 거실 | 낮

소파에 의식 없이 쓰러져 있는 진겸. 민혁은 보이지 않는다.

S#39   앨리스 로비 | 낮

에스컬레이터를 타고 로비로 내려오는 민혁. 그런데 로비에 석오원 혼자 서서 민혁을 바라보고 있다. 석오원을 노려보던 민혁.

민혁	선생님이라는 분을 만나 직접 얘기하고 싶어.
석오원	죄송하지만, 뵙고 싶다고 뵐 수 있는 분이 아닙니다. 하실 말씀이 있으면 저한테 하시면 됩니다.
민혁	윤태이 여기 있지? 데려온 이유가 뭐야?
석오원	예언서 마지막 장 때문입니다.
민혁	어떻게 할 생각이야?
석오원	그게 유민혁 씨와 무슨 상관이죠? 윤태이 씨는 그저 과거인일 뿐입니다.

15   진겸과 노인 진겸의 첫 대면

민혁	...
석오원	선생님께서는 유민혁 씨의 공헌을 높게 사고 계십니다. 유민혁 씨는 박진겸 씨가 있는 곳만 알려주시면 별 문제 없이 강제 출국만 당하실 겁니다.

갈등하는 표정으로 석오원을 바라보던 민혁.

민혁	난 어디 있는지 몰라.
석오원	...
민혁	더 이상 이 일에 엮이고 싶지 않으니까 빨리 출국시켜줘.

그러면서 순순히 항복하듯 자신의 총을 바닥에 내려놓는 민혁.

석오원	(피식) 오늘 밤 안으로 이곳을 떠나실 수 있도록 서두르겠습니다.

S# 40   앨리스 회의실 | 낮

회의실 안으로 들어온 민혁. 회의실 문을 닫은 후, 회의실 테이블 안쪽에 숨겨두었던 무언가를 꺼낸다. 바로 총이다.

S# 41   앨리스 객실 | 낮

여전히 무언가를 생각 중인 태이. 이때 객실 문이 열리며 누군가 들어온다. 바로 민혁이다. 민혁을 보고 놀라는 태이.

민혁	(문 닫으며) 괜찮으십니까?
태이	네. 형사님은요?

민혁	안전한 곳에 있습니다.

그 말에 안도하는 태이.

민혁	여기서 나가게 해드리겠습니다. 박진겸 있는 곳을 알려드릴 테니, 박진겸과 최대한 멀리 도망치십시오. 교수님 말이라면 들을 겁니다.
태이	... 그쪽은요?
민혁	앨리스에서 추적해 올 겁니다. 제가 두 사람 도망칠 시간을 벌겠습니다.

그리고 민혁, 태이에게 정중히 인사를 한 후 나가려는데.

태이	같이 도망쳐요.
민혁	(멈춰 서는)
태이	그쪽도 여기 있으면 위험한 거 아니에요?
민혁	그 말을 들으니 충분한 보상이 되네요. 조금만 기다려주십시오.

그러고는 나가는 민혁. 걱정스러운 표정이 되는 태이.

S# 42	앨리스 로비 | 낮

로비로 나오는 민혁, 석오원이 보이자 바로 총을 겨누는데. 눈 하나 깜짝하지 않고 민혁을 바라보는 석오원.

석오원	박진겸 씨가 앨리스로 오고 계십니다.

얼어붙는 민혁.

민혁   박진겸은 여기 못 와. 일반인은 절대 통과 못 해.

석오원   아직 박진겸 씨에 대해 모르시나 보네요. 그분은 특별한 분이십
니다. 그분이 못 가는 곳은 이 세상에 없습니다.

그 말에 흔들리는 민혁의 시선.

S# 43   달리는 차 안 | 낮

어느새 의식을 되찾은 진겸이 누군가의 차를 빼앗아 타고 앨리
스로 향한다. 액셀러레이터를 밟아 속도를 올리는 진겸.

S# 44   터널 안 to 앨리스 전경 | 낮

진겸, 정면에 터널이 보이기 시작하면. 어둠으로 가득한 터널 속
으로 가차 없이 들어간다. 터널을 빠른 속도로 달리는 차. 터널을
지나면. 정면에 산으로 둘러싸인 평범한 골짜기가 펼쳐지는데. 차
가 눈에 보이지 않는 대형 돔형 구조의 투명막을 지나는 순간, 투
명막 안에 의해 숨겨져 있던 앨리스 건물이 드러난다.

S# 45   앨리스 로비 | 낮

여전히 석오원에게 총을 겨누고 있는 민혁. 하지만 결국 총구를
내린다.

민혁   시키는 대로 다 할 테니까, 박진겸은 건들지 마.

석오원   이제 와서 아버지 노릇이라도 하고 싶으신 겁니까?

386 × 387

민혁	...
석오원	떠날 수 있는 기회를 드렸는데, 아쉽네요.

그러면서 석오원, 총을 꺼내 민혁의 가슴을 향해 발사한다. 타아앙!

S# 46   앨리스 객실 │ 낮
객실까지 울려 퍼지는 총소리를 듣고 놀라는 태이.

S# 47   앨리스 로비 │ 낮
가슴에 총상을 입고 쓰러지는 민혁. 민혁을 보는 석오원의 차가운 눈빛.

석오원	애석하지만 유민혁 씨는 아무도 지키지 못하실 겁니다. 본인조차요.

민혁, 석오원을 노려보는데. 이때 민혁 등 뒤로 로비로 나오는 태이가 보인다. 총에 맞아 피를 흘리는 민혁을 보고 놀라는 태이.

태이	민혁 씨.

그제야 태이를 발견하고 굳어지는 민혁.

민혁	오지 마십시오. (다급하게 석오원 보며) 당신들이 원하는 대로 마지막 장 찾았잖아. 교수님은 그냥 보내줘.

석오원	그래서 더 이상 윤태이 씨를 살려둘 이유가 없는 겁니다.

그러면서 태이에게 총을 겨누는 석오원. 석오원의 행동에 얼어붙는 민혁과 태이. 태이를 향해 방아쇠를 당기는 석오원. 그 순간, 태이를 구하기 위해 몸을 날리는 민혁. 총알을 대신 맞으며 쓰러진다. 이런 민혁의 모습에 놀라는 태이. 민혁에게 달려가 피가 흘러나오는 총상 부위를 지혈한다. 먹먹한 얼굴로 서로를 보는 태이와 민혁.

민혁	... 태이야.
태이	말하지 마요. 말하면 안 돼...

이런 두 사람의 모습을 건조하게 바라보는 석오원. 그런 석오원을 향해 외치는 태이.

태이	시간여행 때문이에요?!! 이렇게 많은 사람들을 죽일 만큼 시간여행이 가치 있는 거예요?
석오원	그걸 왜 저한테 물으십니까? 시간여행을 반드시 성공시켜야 한다고 말한 사람은 당신입니다.

굳어지는 태이. 이런 태이를 비웃으며 쓰러져 있는 민혁의 얼굴에 총을 겨누는 석오원. 로비 안에 울려 퍼지는 총성. 그런데 총에 맞은 건 민혁이 아닌 석오원이다. 총알에 가슴을 관통당한 석오원, 돌아보면. 어느새 로비에 들어온 진겸이 석오원을 향해 총을 겨누고 서 있다. 쓰러진 석오원을 향해 총을 겨누며 다가

오는 진겸.

석오원   (피를 토하며 미소) 드디어 오셨네요.

진겸   왜 이렇게까지 하는 거야?

석오원   ... 박진겸 씨를 위해섭니다. 선생님께서 기다리고 계십니다.

그리고는 숨이 끊어진 듯 두 눈을 뜬 채 고개가 떨어지는 석오
원. 그제야 총구를 내리고 민혁과 태이를 보는 진겸. 태이, 여전
히 민혁을 지혈하고 있다. 천천히 민혁 앞으로 다가가는 진겸.

진겸   왜 그랬어요?

민혁   (힘겹게 아들을 보는)

진겸   ... 나 아직 당신 용서 안 했어요. 내가 용서할 시간 정도는 줘
        야죠.

그 말에 힘겹게 미소 짓는 민혁.

S# 48   상상. 1992년. 산부인과 주차장. 차 안 | 낮
         (1회 12신의 상상 신)

민혁   임신한 채 방사능으로 뒤덮인 웜홀을 통과한 거야.

선영   ...

민혁   이성적으로 생각하자. 귀환하려면 또 웜홀을 통과해야 돼. 그럼
        진짜 끔찍한 아기가 나올 수도 있어.

선영   ... 만약에... 여기서 낳으면 어떻게 돼?

민혁	쓸데없는 생각하지 마. 우린 돌아가서 해야 될 일이 있어. 지워 야 돼.
선영	해야 될 일?
민혁	태이야, 내 말은...
선영	... 배고프다.
민혁	(보면)
선영	지울 거야... 지울 건데... 지우기 전에... 맛있는 거라도 많이 먹 이고 싶어.

그러면서 민혁의 시선을 외면하는 선영. 잠시 고민하는 민혁의 얼굴이 클로즈업되다가. 민혁, 결심한 듯.

민혁	알았어. 여기서 낳자. 여기서 너랑 나랑 우리 아기, 셋이 살자. 내가 너희 두 사람 꼭 행복하게 해줄게.

S# 49   앨리스 로비 | 낮

(클로즈업된 얼굴에 이어지듯) 피투성이가 된 모습으로 미소 짓는 민혁의 얼굴. 평생 후회하고, 되돌리고 싶고, 가슴속에 담아두었던 말을 상상 속에서 말한 것. 그런 민혁을 보고 눈물이 맺히는 태이. 하지만 결국 숨을 거둔 듯 민혁의 두 눈이 감긴다. 슬퍼하는 태이. 진겸 역시 가슴 아픈 얼굴로 민혁을 바라보다가 태이를 응시한다.

진겸	앞에 차를 세워놨습니다. 교수님은 돌아가십시오.
태이	(놀란) 형사님은요?

진겸	...
태이	안 돼요. 나 형사님이 지금 무슨 생각하는지 아는데, 안 돼요. 우선 피해야 해요. 형사님이 창조물이에요. 형사님이 여기서 죽으면 희망이 없어요.
진겸	제가 누구든 상관없습니다. 어머니를 죽인 놈이 여기 있는데 도망칠 순 없습니다.
태이	제발 나랑 같이 도망쳐요.

그런데 갑자기 눈빛이 차가워지는 진겸. 무슨 기척이라도 느낀 것처럼 복도 쪽을 매섭게 응시하며 그곳을 향해 총을 겨눈다.

S#50   앨리스 복도 | 낮

천천히 앨리스 복도를 걷는 남자의 뒷모습. 바로 검은 후드다.

S#51   앨리스 로비 | 낮

여전히 복도를 향해 총을 겨누는 진겸. 그런데 이때 등 뒤에서 느껴지는 인기척에 빠르게 뒤돌아보면, 검은 후드가 진겸 등 뒤에 서 있다. 얼어붙는 태이. 하지만 진겸은 빠르게 그를 향해 총을 겨눈다.

진겸	드디어 찾았네, 10년 만에.

분명 진겸이 유리한 상황임에도 불안한 표정으로 상황을 지켜보는 태이.

15   진겸과 노인 진겸의 첫 대면

진겸	이유가 뭐야? 우리 엄마를 죽인 이유.
검은 후드	...
진겸	말해! 뭐 때문에 엄마를 죽였어?

하지만 여전히 대답이 없는 검은 후드. 더는 참지 못하고 그를 향해 방아쇠를 당기는 진겸. 그런데 마치 고장이라도 난 것처럼 방아쇠가 꿈쩍도 하지 않는다. 당황하는 진겸.

| 검은 후드 | 아주 오래전 어떤 노인에게 나도 같은 질문을 던졌었지. |

그런데 들려오는 검은 후드의 목소리. 노인의 목소리다. 예상치 못한 듯 굳어지는 진겸과 태이. 이때 천천히 후드를 벗는 남자. 서서히 얼굴이 공개되기 시작하는데. 주름이 가득한 얼굴. 바로 노인이 된 진겸이다. 얼어붙는 진겸과 태이.

| 진겸 | 너 누구야? |

그런데 진겸과 동시에 같은 말을 내뱉는 노인 진겸.

| 노인 진겸 | '너 누구야?' |

노인 진겸이 자신과 똑같은 말을 하자 당황스러운 표정으로 노인 진겸을 보는 진겸. 태이 역시 굳은 얼굴로 노인 진겸을 본다.

| 노인 진겸 | 나도 너처럼 그 노인을 죽이려고 했지. |

진겸	헛소리 마. 난 너 같은 괴물이 아니야.
노인 진겸	(동시에) '난 너 같은 괴물이 아니야.'

얼어붙는 진겸. 이런 진겸에게 총을 겨누는 노인 진겸.

노인 진겸	나도 그렇게 부정했었어. 하지만 난 그 노인이 됐고. 이제는 니가 날 죽이려고 왔구나.

얼어붙는 태이. 이때 바닥에 쓰러져 있던 석오원의 시신을 발견하고 무언가 떠오른 듯 굳어진다.

#플래시백. 앨리스 객실 | 아침

석오원	괴물이 낸 문제는 아주 간단했습니다. 자신이 어미의 아들을 죽일지 살려줄지를 맞히라는 거였습니다. 다행히 현명했던 어미는 괴물이 빠져나갈 수 없는 답을 찾아냈습니다.

#다시 현실

무언가를 깨달은 듯 갑자기 보호하듯 진겸 앞에 서는 태이.

진겸	(놀란) 교수님 비키세요!
태이	(당당하게 검은 후드를 보며) 형사님을 죽이면 안 돼요. 창조물은 형사님만 뜻하는 게 아니에요. 그쪽도 창조물이에요.
노인 진겸	...
태이	차원은 달라도 두 사람의 어머니는 같은 분이니까요.

태이의 말에 굳어지는 진겸.

태이   그러니까 형사님을 죽이면 안 돼요. 그쪽이 형사님을 죽이면, 시간의 문이 닫힌다는 예언이 이루어질 거예요.

그런데 이때 자신을 보호하기 위해 앞에 서 있는 태이의 뒷목 흉터를 발견하는 진겸. 엄마와 동일한 흉터를 보고 놀란다.

진겸   (혼잣말) 엄마...

여전히 진겸 앞에 서서 진겸을 보호하며 노인 진겸을 바라보는 태이. 그런 태이를 바라보는 노인 진겸.

#플래시백. 앨리스 객실 | 아침

석오원   그래서 괴물이 어떤 결정을 내렸다고 생각하십니까? 어미를 죽였습니다.

#다시 현실

그 순간, 태이를 향해 방아쇠를 당기는 노인 진겸. 그런데 태이, 마치 자기의 죽음을 예견이라도 한 듯 두 눈을 감는다. 가슴을 관통당하며 쓰러지는 태이. 태이를 붙잡으며 얼어붙는 진겸.

진겸   엄마!

재빨리 태이를 눕히며 절박하게 태이의 총상 부위를 지혈하는 진겸. 심각한 부상을 입었는데도 오히려 걱정하는 얼굴로 진겸을 보는 태이. 태이를 보는 두 눈에서 눈물이 터지는 진겸.

#플래시백. 2010년. 진겸 옛집 | 밤
(1회 41신)
선영을 껴안고 오열하는 진겸.

#다시 현실

진겸　　　엄마!

태이를 껴안고 고통스럽게 오열하는 진겸.

노인 진겸　　이 여잔 항상 우릴 위해 자기 목숨을 버리는구나.

그러면서 섬뜩한 미소를 짓는 노인 진겸의 모습에서.

16

모든 것이
이전으로 돌아가고

S# 1 미지의 공간 | 낮

검은 화면에 타이프 치는 소리가 리듬 있게 들린다. 탁...탁 탁...탁. 화면 밝아지면, 타이프에 걸린 종이에 찍히는 글자들이 보이고, 이윽고 완성되는 문장.

사랑은 모든 것을 참으며 모든 것을 믿으며 모든 것을 바라며 모든 것을 견디나니

ㅡ성경

자막 사라지면.

S# 2 앨리스 로비 | 낮

(15회 엔딩과 이어지는)

태이를 향해 방아쇠를 당기는 노인 진겸. 그런데 태이, 마치 자기의 죽음을 예견이라도 한 듯 두 눈을 감는다. 그 순간, 가슴을 관통당하며 쓰러지는 태이. 태이를 붙잡으며 얼어붙는 진겸.

진겸	엄마!

태이를 껴안고 고통스럽게 오열하는 진겸. 심각한 부상을 입었는데도 오히려 진겸을 걱정하는 얼굴로 바라보는 태이. 태이의 모습에 진겸, 눈물이 맺히며.

진겸	제가 어떻게든 전부 돌려놓을게요.
태이	그러지 말아요... 여기서 도망쳐요.
진겸	여기가 끝이에요. 지금 끝내야 해요.
태이	아니요. 시간에는 시작도 끝도 없어요... 하지만 사람은 시작이 있어요. 그 시작을 막아야 해요.
진겸	(굳은)
태이	그래야 우리가 다시 만날 수 있어요.

그러고는 마지막으로 힘겹게 미소를 짓는 태이. 진겸의 얼굴을 만지려는 듯 손을 들어 올리지만, 손이 진겸의 얼굴에 닿기 직전에 숨을 거둔 듯 눈이 감기고 팔이 힘없이 툭 떨어진다. 태이의 죽음에 아무 소리도 내지 못하고 태이를 껴안고 슬퍼하는 진겸. 이런 진겸을 건조한 표정으로 바라보는 노인 진겸.

노인 진겸	이 여잔 항상 우릴 위해 자기 목숨을 버리는구나.

그러면서 섬뜩한 미소를 짓는 노인 진겸. 그 말에 노인 진겸을 노려보는 진겸. 태이를 내려놓고 노인 진겸에게 다가간다. 눈물 때문인지, 분노 때문인지 두 눈이 충혈된 채로 노인 진겸을 노

려보는 진겸.

진겸 그래, 날 위해 자신을 희생하신 분이야. 그런 분을 니가 죽였어.
노인 진겸 지금은 날 원망해도 언젠가는 고마워하게 될 거다.

그러면서 노인 진겸, 쭈글쭈글해진 자신의 손으로 진겸의 뺨을
쓰다듬는다.

노인 진겸 난 널 구한 거야. 니가 날 구한 거고. 지금 내 모습을 봐. 시간을
손에 쥐었지만, 나 역시 시간이라는 놈에게 목이 조이고 있어.
그러니 니가 나를 대신해야 돼.

그 순간, 자기 뺨을 쓰다듬던 노인 진겸의 팔을 붙잡는 진겸. 그
런데 더 이상 분노에 휩싸인 모습이 아니라 오히려 차갑고 냉철
한 눈빛으로 노인 진겸을 응시한다.

진겸 난 너처럼은 안 돼.
노인 진겸 어리석은 생각 마라. 너에게 시간 위에 군림할 기회를 주려는
거야.
진겸 그딴 거 관심 없어. 내가 전부 바로잡을 거야. 지금까지 너 때문
에 죽은 사람들 전부 구한 다음에 널 죽일 거야.

점점 눈빛이 사나워지는 노인 진겸. 진겸 역시 그런 노인 진겸
의 눈을 피하지 않고 똑바로 응시한다.

진겸	시작은 니가 했으니까, 끝은 내가 낼게.

그 말에 사나워진 노인 진겸이 진겸에게 손을 뻗는 순간, 갑자기 시간이 정지된 듯 모든 움직임을 멈추는 노인 진겸. 그리고 시간여행을 떠난 듯 진겸은 사라져 보이지 않고 텅 빈 로비에 움직임을 멈춰버린 노인 진겸만이 보인다.

S#3   2010년. 터널 안 to 도로 위 | 아침

어두운 터널 바닥에 쓰러져 있던 진겸이 천천히 눈을 뜬다. 자신의 힘으로 시간여행 왔다는 걸 자각한 진겸. 곧바로 터널 밖 밝은 빛이 쏟아지는 도로 위를 향해 빠르게 달리기 시작한다. 화면 아래 떴다 사라지는 자막.

'2010년'

S#4   2010년. 진겸 옛집 거실 | 아침

가스레인지에서 보글보글 끓는 국물. 바로 미역국이다. 미역국을 그릇에 담아 아침상을 차리고 있는 선영. 이때 학교에 가기 위해 교복 차림으로 방에서 나오는 고교 진겸.

선영	아침 먹어.

무뚝뚝한 얼굴로 생일 축하한다는 말조차 없이 식탁을 바라보던 고교 진겸. 하지만 13회와는 다르게 식사를 시작한다. 그런 아들을 걱정스러운 눈빛으로 보는 선영.

2010년. 진겸 옛집 앞 골목 | 아침

학교 가기 위해 집에서 나오는 고교 진겸. 그런데 한 여고생이 집 앞에서 기다리고 있다. 바로 도연이다.

도연   미역국 끓여드렸어?

고교 진겸   아니.

도연   (인상 팍) 내가 끓이는 법 알려줬잖아!

대꾸 없이 앞장서서 걷는 고교 진겸.

도연   (나란히 걸으며) 생신 선물은 뭐 샀어?

고교 진겸   안 샀어.

도연   (황당) 왜?

고교 진겸   지금까지 한 번도 사본 적 없어.

도연   자랑이다, 자랑이야. 학교 끝나고 정문에서 기다려.

고교 진겸   (보면)

도연   내가 골라줄게. 케이크는 내가 사주고. 오늘 슈퍼 블러드문 뜬 다니까 딱 그 시간에 맞춰 생일 파티 해드려.

그 말에 고교 진겸, 멈춰 서서 도연의 얼굴을 빤히 보면.

도연   뭘 봐?

고교 진겸   ...

도연   깜짝 놀랐구나? 아침 8시에 이렇게 예쁜 여자 처음 봐서. 너 이거 굉장히 어려운 거야. 얼굴 하나 안 붓고 아침 8시부터 예쁜 건.

그런데 도연의 말을 끝까지 안 듣고 무시하듯 고교 진겸이 앞서 걸어가면.

도연　　　　같이 가!

그러고는 빠른 걸음으로 고교 진겸을 쫓아간 뒤 고교 진겸과 나란히 걸으며 시끄럽게 쫑알거리는 도연. 하지만 고교 진겸은 대답도 반응도 없이 걸을 뿐이다. 이렇게 학교로 향하는 두 사람의 모습을 집 앞에서 지켜보고 있는 시선. 바로 선영이다. 그런데 무엇 때문인지 슬픈 표정으로 아들과 도연의 모습을 바라본다.

S#6　　　　2010년. 진겸 옛집 거실 | 아침
소파 위에서 울리는 선영의 휴대폰. 그런데 휴대폰을 놓고 나간 듯 선영은 보이지 않는다.

S#7　　　　2010년. 거리 | 아침
공중전화 부스에서 선영에게 전화를 걸고 있는 진겸. 하지만 전화를 안 받자 다시 어디론가 달려간다.

S#8　·　　2010년. 진겸 옛집 거실 | 아침
집으로 들어온 선영. 소파에 놓인 자신의 휴대폰에 찍힌 부재중 전화를 발견한다. 그런데 선영, 마치 이 전화가 진겸에게 온 전화라는 걸 알아챈 듯 표정이 더욱 어두워진다. 이때 다시 울리는 선영의 휴대폰. 긴장된 표정으로 발신자를 확인한 후 안도하는 선영.

선영   (받으며) 네, 박사님.

S#9   2010년. 카이퍼 소장실 | 낮

심각한 표정으로 앉아 있는 선영. 그 앞에 앉아 있는 남자, 바로 석오원이다.

석오원   어젯밤 연구소 주변에 드론이 떠 있었어요. 선영 씨가 전에 얘기했던 그 드론이요.

선영   ... 혹시 찾아온 사람은 없었어요?

석오원   네. 어떻게 된 일인지는 모르겠지만, 조심하셔야 합니다.

선영   (잠시 생각하다) 박사님을 찾아오는 게 아니었어요. 지금까지 저한테 들은 거, 저와 함께한 연구 전부 잊으세요.

석오원   갑자기 왜?

선영   ... 모두 저 때문이에요. 제가 책임져야 해요.

석오원   (걱정스럽게 보면)

선영   전 시간여행이 많은 사람들을 행복하게 만들 거라고 생각했어요. 상처와 아픔을 치유하고 후회스러운 기억을 되돌릴 수 있을 거라고요. 하지만 제 생각이 틀렸어요. 상처와 아픔도, 지나간 일에 대한 후회와 절망도 다 필요한 거였어요. 아픔을 지워보려고 만든 시간여행이 오히려 집착과 욕망만 남긴 거예요.

걱정스러운 듯 선영을 바라보다 커피를 마시는 석오원. 이때 얼핏 보이는 석오원의 손목에는 시간여행자를 표시하는 상처가 보이지 않는다.

석오원	자책하지 마세요. 선영 씨 잘못이 아닙니다.
선영	…
석오원	다른 사람의 고통을 치유하려고 한 선한 의도가 죄가 될 수는 없다고 생각합니다. 게다가 선영 씨는 자기 잘못을 깨닫고 되돌리려고 노력하고 있잖습니까? 제가 끝까지 돕겠습니다.
선영	아니에요. 말씀은 감사하지만, 이 문제는 제가 해결해야 해요.

S# 10   2010년. 진겸 옛집 거실 | 낮

집 안으로 들어온 진겸. 엄마를 찾아 바로 안방으로 들어가지만, 집에 엄마가 없다는 것을 알고 굳는다. 걱정스러운 표정으로 집 안을 둘러보다가 다시 밖으로 나가는 진겸.

S# 11   2010년. 고등학교 복도 | 낮
(5회 13신)

고교 진겸   수업 중이었는데 어떻게 전화를 해? 잘못 온 전화겠지. 신경 쓰지 마.

하지만 선영, 무언가 마음에 걸리는 게 있는 듯 불안한 표정으로 아들을 보면. 선영과는 대조적으로, 어떤 감정도 느껴지지 않는 무표정한 얼굴로 엄마를 바라보는 고교 진겸. 이때 수업 종소리가 들리자.

고교 진겸	나 들어간다. (교실로 들어가려는데)
선영	진겸아, 혹시 최근에 누가 찾아오거나 하진 않았지?

고교 진겸	누구?
선영	... 그냥... 누구든.
고교 진겸	아니.
선영	혹시라도 이상한 사람이 찾아오면 엄마한테 바로 얘기해.

고개만 끄덕이고 교실로 향하는 고교 진겸. 선영, 여전히 불안한 표정으로 아들을 지켜보면.

S# 12   2010년. 경찰서 형사과 | 낮

컴퓨터 모니터에 보이는 '수사 보고서'. 보고서의 (권성은의) 사망 원인에 '자살'이라는 글씨와 '사건 종결'이라는 글씨가 쓰이고. 카메라 빠지면, 보고서를 쓰고 있는 사람은 다름 아닌 고 형사다. 모니터 옆 책상 위에 놓여 있던 고교 진겸의 신상 파일을 집어 들고, 잠시 고교 진겸의 사진을 바라보는 고 형사. 다시 신상 파일을 내려놓고 이번엔 컴퓨터의 프린트 버튼을 누른다. 프린트된 종이를 가지러 가려고 일어서는 고 형사. 그런데 책상 앞에 진겸이 서 있는 게 보인다.

고 형사	(진겸을 고교 진겸이라고 생각하고) 너 학교 안 가고 여기서 뭐해?
진겸	아저씨...
고 형사	아저씨?

그제야 진겸을 자세히 바라보던 고 형사. 자신이 알던 고교생 박진겸이 아니란 것을 깨닫는다.

고 형사	너 뭐야? 어디에서 온 놈이야!
진겸	생각나는 사람이 아저씨밖에 없었어요. 도와주세요.

주변을 의식하던 고 형사. 진겸의 팔을 거칠게 잡고 어디론가 가면.

S# 13   2010년. 경찰서 회의실 | 낮

회의실로 진겸을 끌고 들어온 고 형사. 다른 사람이 못 들어오게 문을 잠가버린다. 그러고는 초조한 모습으로 진겸을 노려보는 고 형사.

고 형사	(버럭) 미래에서 온 거야? 왜? 누가 보냈어?!
진겸	누가 보낸 게 아니에요.
고 형사	엄마 구하려고 온 거냐? 그럼 잘못 찾아온 거다. 난 니 엄마 안 죽여. 죽이지 않을 거야.
진겸	알아요. 아저씨는 우리 엄마 안 죽이세요.

고 형사, 안도하는 표정이 되지만 곧 의심스럽게.

고 형사	그럼 여긴 왜 온 거야?
진겸	엄마는 결국 살해당하세요. 엄마뿐이 아니에요. 많은 사람들이 죽어요. (고 형사 팔을 붙잡으며) 아저씬 선생이 어딨는지 아시죠?! 어딨는지만 알려주세요. 제가 잡을게요!
고 형사	(두려운 듯 보면) 난 몰라. 선생이 누군지, 어디에 있는지 아무것도 몰라... 설령 안다고 해도 알려줄 수 없다.

진겸   (실망) 아저씨...

그때, 고 형사의 휴대폰으로 전화가 들어온다. 휴대폰 액정에 아내와 찍은 사진이 보인다. 잠시 망설이던 고 형사, 몸을 돌려 전화를 받는다.

고 형사   (상냥하게) 어, 마누라, 왜? (사이) 응, 근데 지금 바쁘니까 다시 전화할게.

서둘러 전화를 끊는 고 형사. 아내와의 삶을 포기할 수 없는 고 형사의 마음을 아는 진겸. 더는 조르지 못하고 안타깝게 고 형사를 보다가.

진겸   죄송해요. 아무래도 제가 잘못 찾아온 것 같아요. 아저씨 더는 힘들게 하지 않을게요.

진겸, 힘없이 돌아서려고 하면.

고 형사   차라리 도망가. 엄마와 함께 이곳을 떠나라고. 그건 내가 도와줄 수 있어.

진겸   (돌아서며) 엄마가 알면 안 돼요. 엄마는 저 때문에 이 세계 질서가 바뀌는 걸 원치 않으세요.

고 형사   너, 이번이 처음이 아니구나.

진겸   ...그리고 제가 피하면 죽은 사람들이 돌아오지 못해요.

순간, 진겸이 슬픈 눈으로 고 형사를 본다. 고 형사도 진겸의 눈빛에서 뭔가를 느끼는데.

고 형사   ... 혹시 나도 있냐? 그 사람들 중에?

불안한 눈으로 진겸을 바라보는 고 형사.

진겸   ... 아니요. 걱정 안 하셔도 돼요. 아저씨랑 아줌마는 괜찮으세요.

하지만 슬픈 표정까지는 감추지 못하고 먹먹하게 고 형사를 보던 진겸.

진겸   저... 아저씨 한 번만 안아봐도 될까요?

고 형사가 뭐라 대답도 하기 전에 고 형사를 안는 진겸. 고 형사 영문을 몰라 하면. 포옹을 푸는 진겸의 눈에 눈물이 고여 있다.

진겸   보고 싶었어요...
고 형사   그곳에서 우린 친한 사이였냐?
진겸   ... 어머니 돌아가시고 죽고 싶을 만큼 힘들었어요. 그때 아저씨가 곁에 계셔서 제가 살 수 있었어요.

가슴이 아픈 고 형사. 고 형사의 품에서 벗어나는 진겸, 문을 향해 걸어가면. 다시 한 번 고 형사가 묻는다.

고 형사	이제 어쩌려고?
진겸	저도 엄마 곁에서 지켜드려야죠. 그리고 제가 사랑하는 사람들, 모두 살릴 거예요.

밖으로 나가는 진겸. 그런 진겸을 보며 심란해지는 고 형사.

S# 14   2010년. 정육점 | 밤

(1회 38신)

정육점 주인, 먹기 좋게 자른 삼겹살을 선영에게 건넨다.

주인아줌마	진겸이가 그렇게 공부를 잘한다면서? 밥 안 먹어도 배부르겠네.
선영	(능청스레) 아니에요. 근데 제가 요즘 이상하게 자꾸 살이 찌네요.
주인아줌마	오늘 무슨 날이야? 고길 왜 이렇게 많이 사?
선영	그냥 제가 먹고 싶어서요.

S# 15   2010년. 시장 앞 | 밤

정육점이 보이는 시장 골목에 서 있는 진겸. 자신의 옷소매를 걷어 반점이 있는지 확인한다. 하지만 피부는 깨끗하고 반점은 보이지 않는다. 이때, 정육점 문이 열리며 고기가 든 봉투를 들고 나오는 선영. 엄마가 나오자 고개를 숙이고 몸을 돌려 얼굴을 숨기는 진겸. 엄마가 지나가자 엄마의 모습을 애틋한 눈빛으로 보다가, 뒤를 쫓아간다.

S# 16　　　2010년. 베이커리 | 밤

예쁘고 아기자기한 케이크들이 진열된 진열장 앞에 선 도연과
고교 진겸.

도연　　　어머니 무슨 케이크 좋아하시는지 모르지?

고교 진겸　응.

도연　　　(구박) 하여간 대답은 잘해요. (다시 진열장 보며 케이크 하나를 가리키
고) 이거 되게 예쁘다. 어때?

보면, 1회에서 생일 파티 때 사용된 케이크다.

S# 17　　　2010년. 베이커리 앞거리 | 밤

베이커리에서 케이크를 사 들고 나오는 고교 진겸과 도연.

고교 진겸　고마워.

도연　　　어머니께 잘 말씀드려. 친구 중에 도연이라고 진짜 예쁜 애가
있는데, 걔가 사준 거라고. 그리고 나 때문에 너 누명 써서 죄송
했다고도 말씀드리고.

고교 진겸　말 안 해도 이해하실 분이야. 신경 쓰지 마.

도연　　　그래도 해! 내가 많이 죄송해한다고. 알았지?

고교 진겸　(끄덕)

도연　　　근데 너도 화 다 풀린 거 맞아?

고교 진겸　(무표정) 너한테 화난 적 없다니까.

도연　　　그럼 미소라도 지어봐. 진짜 화 안 난 건지 보게.

잠시 생각하던 고교 진겸, 엄청 어색한 미소를 짓는다.

도연   (어이없는) 넌 안 웃는 게 낫다. 갈게.

그러고는 도연, 터프한 척 고교 진겸의 어깨를 한 번 툭 치고 먼저 떠나는데. 모퉁이를 돌자마자 심장에 손을 얹고 떨리는 마음을 진정시킨다. 그리고 얼굴만 빼꼼 내밀어 고교 진겸을 훔쳐보는 도연. 멀어지는 고교 진겸을 보며 수줍게 미소 짓는다.

S# 18   2010년. 진겸 옛집 앞 골목 | 밤

삼겹살이 든 봉지를 들고 집으로 걸어오던 선영, 집으로 들어가면. 멀찍이 선영을 쫓아오던 진겸, 차마 집으로 들어가지 못하고 담 너머로 집 안을 들여다본다.

S# 19   2010년. 진겸 옛집 거실 | 밤

(1회 39신)

삼겹살을 들고 들어오던 선영, 무언가를 보고 놀란다. 보면, 거실 테이블 위에 케이크 상자가 놓여 있고, 작은 카드가 올려져 있다. 카드를 보면, '엄마, 생일 축하해'라고 짤막한 문장이 적혀 있다. 이때 화장실에서 나오는 고교 진겸. 엄마를 보고도 인사말도 없이 방으로 들어가려고 하자.

선영   그냥 들어가면 어떡해? (미소) 초 켜줘야지.

〈점프〉

어두운 거실. 초를 밝힌 케이크 앞에 앉아 있는 고교 진겸과 선영. 선영, 고교 진겸의 노래를 기대하듯 고교 진겸의 얼굴을 물끄러미 바라보면. 어떤 상황에도 표정 없던 고교 진겸이 난감한 표정으로 엄마를 본다. 선영, 재촉하듯 고개를 끄덕이면.

고교 진겸   (마지못해 노래) 생일 축하합~ (차마 못 부르겠다는 듯 다시 무뚝뚝하게) 빨리 꺼.

아들이 귀여워 웃는 선영, 힘껏 바람을 불어 초를 끄면.

S#20   2010년. 진겸 옛집 앞골목 | 밤
집 안을 보고 있던 진겸. 그러고는 하늘을 올려다보면. 곧 슈퍼 블러드문이 시작될 듯, 달과 하늘이 붉어지고 있다. 붉은 달을 차갑게 응시하던 진겸. 곧 비장한 얼굴로 권총을 꺼내 장전한다.

S#21   2010년. 경찰서 형사과 | 밤
자신의 자리에 앉아 생각에 잠겨 있는 고 형사.

플래시백 (16회 13신)

진겸   보고 싶었어요...

고 형사를 바라보는 진겸의 눈에 눈물이 고여 있다.

진겸의 행동이 맘에 걸리는지 인상을 찌푸리는 고 형사.

고 형사   (혼잣말) 아, 신경 쓰이네...

S# 22   2010년. 진겸 옛집 앞골목 | 밤

집 앞을 지키고 있는 진겸. 그런데 어떤 기척을 느낀 듯 천천히 하늘을 올려다보는데. 무얼 봤는지 얼어붙는 진겸. 보면 하늘에 1회와 동일한 드론이 떠 있다. 눈빛이 매서워지는 진겸. 주위를 살펴보지만 아무도 없다. 다시 하늘을 올려보는 진겸. 하지만 드론은 어느새 사라져버렸다. 그러자 다시 집을 응시하는 진겸.

진겸   이번엔 꼭 지켜줄게, 엄마.

S# 23   2010년. 진겸 옛집 거실 | 밤

(1회 39신)

아직 이 사실을 모르는 듯, 아들과 행복한 시간을 보내고 있는 선영.

선영   한 잔만 마셔봐. 원래 술은 부모한테 배우는 거야.

고교 진겸   나 이따 공부해야 돼.

선영   (진겸에게 매달리듯 팔짱 끼며) 엄마 생일인데 공부가 중요해?

고교 진겸   어차피 다 마셨잖아?

보면, 고교 진겸의 말처럼 소주병이 비어 있다.

선영	진짜네. 월식 보면서 마시려고 했는데.
고교 진겸	그런 걸 왜 봐?
선영	이번이 수십 년 만에 오는 슈퍼 블러드문이라 진짜 특별하거든. 2010년 거 놓치면 아마 엄마 죽을 때까지 못 볼걸. 사 와야겠다. 사 오면 마실 거지?
고교 진겸	...
선영	딱 한 잔만 엄마랑 같이 먹자. 응?
고교 진겸	알았어.
선영	(놀란) 진짜지? (지갑 챙기며) 데이트도 할 겸 같이 갈래?
고교 진겸	됐어. 엄마 혼자 가서 사 와.
선영	치... (다시 미소) 금방 갔다 올게.

그러고는 선영, 스카프를 목에 매며 밖으로 나가면.

S# 24   2010년. 진겸 옛집 앞골목 | 밤

스카프를 맨 선영이 대문을 열고 밖으로 나온다. 그 모습을 본 진겸, 가로등 빛이 닿지 않는 어둠 속으로 몸을 숨긴다. 진겸을 눈치채지 못한 선영, 하늘에 떠 있는 달을 한 번 바라보고 슈퍼로 향한다. 곧 선영의 뒤를 조심스레 쫓기 시작하는 진겸.

S# 25   2010년 슈퍼 앞 | 밤

소주가 담긴 비닐봉투를 들고 슈퍼에서 나와 몇 걸음 걷는 선영. 무엇 때문인지 멈칫하며 불길한 표정으로 천천히 고개를 들어 하늘을 보면. 놀랍게도 프로펠러 없는 소형 드론 하나가 선영의 머리 위에 떠 있다. 두려움 가득한 표정으로 드론을 보는

선영, 당황해서 소주병을 놓치면. 소주병이 떨어져 박살나고. 동시에 선영이 빠르게 도망치기 시작한다. 어둠 속에 숨어 있던 진겸도 엄마를 뒤쫓기 시작한다.

| S# 26 | 2010년 진겸 옛집 앞골목 | 밤 |

(1회 40신)

엄마에게 전화를 걸며, 엄마를 찾기 위해 집에서 나오는 고교 진겸. 어두운 골목을 한 번 바라보고 골목을 빠져나간다.

| S# 27 | 2010년. 슈퍼 앞 다른 골목 | 밤 |

계단을 뛰어 올라온 선영이 휘어진 골목 모퉁이를 돌아 사라진 직후, 골목 모퉁이 어두운 곳에서 모습을 드러내는 한 남자. 바로 석오원이다. 석오원, 선영을 뒤쫓아 계단을 뛰어 올라오던 진겸을 낚아채듯이 잡아 벽에 밀어붙인다. 하지만 곧 재빠르게 몸을 빼내, 역으로 석오원을 벽에 밀어붙이는 진겸. 진겸, 가로 등 불빛을 이용해 석오원의 얼굴을 확인한다.

진겸   석오원?!!
석오원   박진겸 씨, 진정하고 내 말 좀 들어보세요.
진겸   비켜!

하면서 다시 엄마를 뒤쫓기 위해 몸을 돌리는 진겸. 하지만 진겸의 팔을 완강하게 붙잡는 석오원.

석오원   어머니 부탁 때문에 온 겁니다.

진겸	(놀라) !
석오원	아들이 오면 붙잡아달라고 했어요. 어차피 자기 죽음을 막을 수는 없을 거라면서. 선영 씨는 자기 때문에 아들이 다칠까 봐 많이 걱정했어요.
진겸	(석오원의 손을 떼어내며) 엄마 마음은 알지만, 그놈은 꼭 잡아야 해.
석오원	(다시 진겸의 팔을 잡으며) 그 마음 이해해요. 하지만 당신이 여기에서 무슨 짓을 해도 미래는 변하지 않아요. 엄마는 물론이고 다른 사람들도 죽음에서 구할 수 없다고요 그러니까 그냥 포기하고 돌아가세요.

그런데 석오원의 말에서 무언가 의심스러운 것을 느낀 듯 멈칫하는 진겸.

진겸	다른 사람도 죽는다는 걸 어떻게 알았지? 그건 10년 후에야 일어나는 일인데?
석오원	내가 어떻게 모르겠어요? (비열한 미소) 널 막기 위해 내가 여기 있는 건데.

보면, 석오원의 다른 손에 어느새 총이 들려 있다. 그리고 총을 겨누는 석오원의 손목엔 시간여행자들에게서만 볼 수 있는 상처가 보인다! 상처를 보고 굳어지는 진겸.

S# 28	2010년. 진겸 옛집 거실 | 밤

다급하게 집 안으로 들어오는 선영, 고교 진겸을 찾기 시작한다.

선영   진겸아?

텅 빈 거실을 보고, 고교 진겸 방문을 열어보지만 역시 고교 진
겸이 없다.

선영   진겸아? 어딨어?

아들 이름을 부르며 돌아서는 선영. 이때, 어두운 구석에 검은
롱코트를 걸치고 머리카락이 하얀 노인 진겸이 보인다. 얼어붙
는 선영. 처음엔 누구인지 몰랐지만 뒤늦게 노인 진겸의 얼굴을
알아보고 슬픈 표정이 되어.

선영   ... 결국 왔구나. 예언서가 맞지 않길 바랐는데... (애틋하게) 이런
모습이 될 때까지 날 찾은 거니, 우리 아들?

그런 선영을 무표정하게 바라보는 노인 진겸.

노인 진겸   아들? 그래. 내가 당신 아들이었던 적이 있었지.

그러면서 섬뜩한 미소를 짓는 노인 진겸. 그런 노인 진겸을 안
타깝게 바라보는 선영의 모습에서.

S# 29　　　2010년. 슈퍼 앞 다른 골목 | 밤

진겸에게 총을 겨누고 있는 석오원.

석오원　　고형석이 널 제거했으면 이런 수고도 필요 없었는데. 하긴 고형
　　　　　석을 믿는 내 잘못이지. 널 살리자고 아내까지 포기할 줄 누가
　　　　　알았겠어.

석오원, 방아쇠를 당기려는 찰나. 석오원의 뒤통수에 누군가의
총구가 닿는다. 그 위로 들리는 차분한 목소리.

(고 형사)　내가 마누라를 포기하다니, 그게 무슨 소리야?

어느새 다가와 석오원의 뒤통수에 총을 겨누고 있는 고 형사.
고 형사가 나타나자 고마우면서도 걱정스러운 진겸.

진겸　　　아저씨...

고 형사　내가 여길 어떻게 왔는데, 마누라를 왜 포기해?

석오원　　오해야. 내가 설명할게.

하지만 석오원을 벽에 밀어붙이고 수갑을 채워버리는 고 형사.

고 형사　(진겸에게) 넌 빨리 엄마한테 가. 난 이놈한테 들어야 할 얘기가
　　　　　더 있는 것 같으니까.

진겸　　　고마워요, 아저씨.

진겸, 집을 향해 달리기 시작한다. 그런데 바닥에 떨어져 있는 무언가를 발견하고 멈춰 선다. 바로 엄마가 흘리고 간 스카프다. 절박한 표정으로 굳어진 진겸. 그때, 월식이 절정에 다다르며, 골목에 붉고 불길한 기운이 번진다.

진겸   안 돼... 엄마...

진겸, 스카프를 집어 주머니에 넣고 더욱 다급하게 달려간다.

S# 30 2010년. 진겸 옛집 거실 | 밤

선영   니가 이렇게까지 될지 몰랐어.
노인 진겸 (미소) 과연 몰랐을까? 시간의 문을 연 건 당신이야. 당신 때문에 난 많은 사람들을 죽였어.
선영   (슬픈) 그래, 다 내 잘못이야. 벌은 엄마가 받을게. 하지만 진겸이는 건들지 마. 진겸이까지 너처럼 되면 안 돼.

다시 섬뜩한 미소를 짓는 노인 진겸.

노인 진겸 당신 아들을 나로 만드는 건 내가 아니야. 바로 당신이지. 당신이 당신 아들을 괴물로 만든 거야.

그 순간, 들려오는 진겸의 목소리.

(진겸) 난 니가 아니야.

420 × 421

진겸의 목소리에 놀란 선영이 돌아보면. 어느새 거실에 들어온 진겸이 노인 진겸을 향해 총을 겨누고 있다. 그런데 마치 노인 진겸을 보호하듯 진겸을 가로막는 선영.

선영   안 돼, 진겸아!

당황하는 진겸. 엄마 때문에 노인 진겸을 쏠 수 없는 상황이다.

진겸   뭐하는 거야, 엄마? 비켜.
선영   진겸아... 쏘면 안 돼. 그럼 너희 둘 다 죽는 거야.
진겸   (잠시 흔들리지만) 그래도 상관없어.
선영   엄마 말 들어. 엄마 때문에 이러지 마.
진겸   비키라고, 엄마!

하지만 비켜주지 않는 선영. 여유 있는 미소로 상황을 관망하는 노인 진겸.

노인 진겸   나도 너처럼 이 여자를 구하려고 했을 때가 있었지.
진겸   헛소리 마. 넌 엄마를 죽이러 온 괴물일 뿐이야.
노인 진겸   넌 이 여자의 진짜 모습을 몰라. 이 여자가 왜 92년에 남았다고 생각해?

불안한 표정의 진겸. 그런데 선영의 표정이 처참하게 굳어져 있다. 그런 엄마의 표정이 진겸을 더욱 불안하게 만드는데.

노인 진겸   이 여잔 92년에 예언서를 봤어. 그리고 알았지. 아기가 가진 힘을. 아기가 죽으면 시간의 문이 닫힌다는 것을. 그래서 여기 남은 거야. 아기가 살아야 자기가 만든 시간의 문이 유지되니까.

진겸   (믿지 않는) 우리 엄마는 그럴 분이 아니야.

그런데 노인 진겸이 이번에도 똑같은 말을 진겸과 동시에 내뱉는다.

노인 진겸   '우리 엄마는 그럴 분이 아니야.'

노려보는 진겸.

노인 진겸   오늘 넌 이 여자를 구하지 못할 거야. 그리고 이 여자를 구할 방법을 찾아 수십 년을 떠돌게 될 거야. 내가 그랬던 것처럼.

진겸   (혼란스러운) 무슨 헛소리야?

노인 진겸   내가 왜 괴물이 됐을까? 니가 왜 괴물이 될까?

그러면서 다시 섬뜩한 표정을 짓는 노인 진겸. 얼어붙는 진겸. 그리고 아무 말도 못 하고 어두워지는 선영의 모습에서.

S#31   1992년. 호텔 객실 | 낮

멍하니 호텔 침대에 앉아 민혁을 기다리며 고민에 잠겨 있는 선영. 그러다 테이블로 향해 편지를 쓰기 시작한다. '나한테 심장이 하나 더 생겼어. 내 것보다 작고 약하지만, 느껴져. 내 아이의 심장 소리가.' 바로 1회에 등장했던 민혁에게 남기는 작별 편지

422 × 423

다. 편지를 다 쓴 선영. 하지만 혼자서 도망쳐야 한다는 두려움 때문에 잠시 망설인다.

(노인 진겸)　시간과 시간을, 차원과 차원을 떠돈 후에야 넌 깨닫게 될 거야. 이 여자를 구하기 위해선 단 한 가지 방법밖에 없다는걸.

임신한 자신의 배를 어루만지는 선영.

(노인 진겸)　92년으로 가서 내가 태어나는 걸 막는 거지.

그러다 결심을 굳힌 듯 민혁에게 쓴 편지를 고이 접어 올려놓는 선영. 금고 속 예언서를 챙겨 밖으로 나가기 위해 문을 여는데. 문 앞에 서 있는 남자를 발견한다. 바로 노인 진겸이다. 하지만 선영, 노인 진겸이 자신의 아들이라는 걸 모르기에 겁먹은 표정으로 경계한다.

선영　누구세요?

말없이 엄마를 바라보는 노인 진겸. 하지만 차마 자신이 아들이라고 밝히지 못한다.

노인 진겸　지금 당장 시간의 문을 닫지 않으면 당신은 죽을 겁니다.
선영　!!
노인 진겸　하지만 당신은 막을 수 있습니다. 돌아가십시오. 돌아가서 시간의 문을 닫아주십시오.

그런데 선영, 노인 진겸의 정체를 수상히 여기듯 눈빛이 매서워진다.

선영	당신 누구야?
노인 진겸	...
선영	누군지 먼저 말해.
노인 진겸	존재해선 안 될 사람입니다.
선영	??
노인 진겸	아기를 지우십시오. 그 아이가 태어나면 시간의 문을 닫을 기회를 잃게 됩니다.
선영	!!
노인 진겸	그 아이는 절대 태어나선 안 됩니다.

얼어붙는 선영. 선영의 배를 응시하는 노인 진겸. 선영, 노인 진겸의 시선에 위협감을 느낀 듯 마치 아기를 보호하듯 자신의 배를 손으로 감싼다.

노인 진겸	당신을 위해서, 그리고 그 아이를 위해서 그 아이는 반드시 죽어야 합니다.

혼란스러운 표정으로 노인 진겸을 보는 선영. 하지만 아기를 지키기 위해 숨겨두었던 총을 꺼내 겨눈다. 자신에게 총을 겨눈 엄마의 모습을 슬프게 바라보는 노인 진겸.

선영	당신이 누군지 모르지만, 누구도 내 아이를 건들 순 없어. 비켜.

노인 진겸	...
선영	비켜!
노인 진겸	당신은 그 아이 손에 살해됩니다.
선영	(얼어붙은)
노인 진겸	... 전 당신을 구하기 위해 온 겁니다.
선영	내 아이가 그럴 리 없어. 만일 그렇다고 해도 난 이 아이 엄마야. 내가 잘 키우면 돼.
노인 진겸	...
선영	마지막 경고야. 비켜.

슬픈 얼굴로 선영을 보는 노인 진겸. 하지만 이대로 선영을 보낼 수 없다는 듯 점점 선영에게 다가선다.

노인 진겸	그럴 수 없습니다. 그 아이는 괴물입니다. 괴물을 살려둘 순 없습니다.

그러면서 칼을 꺼내는 노인 진겸. 점점 위협적으로 선영에게 다가가는데. 하지만 그 순간, 아기를 보호하기 위해 노인 진겸의 가슴에 총을 발사하는 선영. 갑작스러운 상황에 얼어붙는 노인 진겸. 결국 피를 흘리며 쓰러지면.

선영	죽어야 하는 건 너야.

그러면서 여전히 노인 진겸에게 총을 겨누고 있는 선영의 모습에서.

S#32 2010년. 진겸 옛집 거실 | 밤

(화면 이어지듯)

금방이라도 울 것 같은 표정의 선영. 진겸 역시 충격이 큰 듯 총구를 내린다.

노인 진겸 이게 '내가' 겪은 '과거'고, 앞으로 '니가' 겪게 될 '미래'야.

그러면서 창가로 가서 붉은 달을 바라보는 노인 진겸. 노인 진겸에게 총을 쏘지 못한 채 혼란스러운 표정으로 노인 진겸을 보는 진겸.

진겸 그건 엄마 잘못이 아니야. 그때 엄만 니가 누군지 몰랐어.
노인 진겸 정말 몰랐을까?
진겸 ??

S#33 1992년. 호텔 객실 | 낮

(앞 플래시백에 이어지는)

총에 맞아 쓰러지는 노인 진겸. 선영, 노인 진겸을 남겨둔 채 도망치려는데. 이때 작게 선영을 부르는 노인 진겸의 목소리가 선영을 붙잡는다.

노인 진겸 … 엄마.

놀란 표정으로 멈춰 서서 노인 진겸을 보는 선영. 선영을 보는 노인 진겸의 두 눈에서 눈물이 흘러내린다.

노인 진겸	… 엄마.

엄청난 충격을 받은 표정으로 얼어붙는 선영. 천천히 쓰러져 있는 노인 진겸에게 다가가지만 이내 멈춰 서며 갈등한다.

선영	(혼잣말) 아니야. 그럴 리 없어.

그러고는 결국 노인 진겸만 남겨둔 채 떠나버리는 선영. 이런 엄마의 모습에 두 눈에서 눈물을 흘리는 노인 진겸.

S#34	2010년. 진겸 옛집 거실	밤

섬뜩한 미소를 짓는 노인 진겸. 안타까운 얼굴로 노인 진겸을 보는 선영의 두 눈에서 눈물이 떨어지면.

진겸	엄마? 아니지?
선영	…
진겸	엄마, 아니잖아.

여전히 아무 말도 못 하는 선영. 그런 선영의 모습에 굳어지는 진겸.

노인 진겸	이 여잔 우리가 괴물이 될 거라는 걸 알면서도 널 낳았어.
진겸	…
노인 진겸	널 사랑한 게 아니야. 사랑한 척한 거지.
진겸	…

노인 진겸	이 여자 때문에 우린 원치 않은 삶을 살고, 결국 괴물이 된 거야.
진겸	...
노인 진겸	내 고통을 이해해줄 사람은 너밖에 없어.
진겸	...
노인 진겸	난 너에게 내가 겪은 고통에서 벗어날 기회를 주는 거야. 너에게 이 여자를 죽일 기회를 주는 거라고.
진겸	...
노인 진겸	우리가 먼저 이 여자를 죽여야 돼.

동요하는 진겸. 그러다 선영과 눈이 마주친다.

선영	... 그래. 차라리 엄마를 죽여.

그 말에 두 눈에 눈물이 맺히는 진겸.

선영	모두 엄마가 잘못한 거야. 엄마 때문에 너희가 이렇게 된 거야.

더욱 흔들리는 진겸. 그런 진겸을 보며 다시 한번 섬뜩한 미소를 짓는 노인 진겸. 엄마를 보며 다시 천천히 총구를 들어 올리는 진겸. 그런데 엄마가 아닌 노인 진겸에게 총을 겨눈다. 놀라 미간을 찌푸리는 노인 진겸.

진겸	니 말이 다 사실이더라도 상관없어. 난 엄마만 지키면 돼. 너랑 나만 죽으면 모두 끝날 일이야.

그러면서 진겸, 노인 진겸을 향해 다시 총을 겨누며 발사하려는데. 그 순간, 갑자기 진겸의 손을 붙잡고 총을 빼앗는 선영.

진겸   엄마, 뭐하는 거야!

그러자 선영을 보며 비웃는 노인 진겸.

노인 진겸   또 나를 죽이기라도 하게? 그럼 이번에는 여길 쏴.

그러면서 자신의 이마 한가운데를 손가락으로 가리키며 섬뜩한 미소를 짓는 노인 진겸. 그런데 노인 진겸에게 총을 겨누지 않고 오히려 슬픈 얼굴로 노인 진겸을 보는 선영.

선영   평생을 죄책감에 시달렸어. 하루하루가 죄책감과 두려움에 지옥 같았지. 뭐든 해야 된다고 생각했지만, 내가 할 수 있는 일이 없었어. (진겸과 노인 진겸을 보며) 너희는 내 아들이고, 시간의 문을 닫으면 너희들까지 사라질 테니까.

혼란스러운 표정으로 엄마를 보는 진겸. 하지만 선영을 비웃는 노인 진겸.

노인 진겸   변명하지 마. 당신은 아들보다 당신이 만든 세상이 더 소중했어. 그래서 우릴 이렇게 만든 거야.

선영   엄마에게 자식은 세상 전부나 다름없어. 그 세상에 내가 없더라도 너희만 무사할 수 있으면 돼. 날 용서하긴 어렵겠지만, 이제 멈춰야 돼, 진겸아.

진겸과 노인 진겸, 선영의 말뜻을 이해하지 못하다 진겸이 뭔가 예감한 듯 선영을 보고 달려드는 순간. 총을 거꾸로 잡고 자신의 심장을 향해 방아쇠를 당겨버리는 선영.

진겸   엄마!! (선영을 안으며) 엄마! 안 돼!!

그런데 노인 진겸 역시 이런 상황을 예상하지 못한 듯 얼어붙는다. 그런 노인 진겸을 오히려 걱정스럽게 보는 선영.

진겸   (울먹) 엄마 잘못이 아닌데 엄마가 왜 죽어. 엄마가 왜...
선영   (진겸의 얼굴을 쓰다듬으며) 엄마가 미안해. 엄마 아들로 태어나게
         해서... 미안해.
진겸   엄마 아들로 태어나서 행복했어. 다음에도 내 엄마가 되어줘.

그 말에 힘겹게 미소 짓는 선영. 그 순간 결국 선영의 목숨이 끊어지며, 손이 바닥에 툭 떨어지면. 엄마를 안고 오열하는 진겸. 여전히 선영의 이해할 수 없는 행동에 당황스러운 표정으로 서 있는 노인 진겸.

노인 진겸   아니야. 이건 내가 아니야. 이 여잔 분명 우릴 죽이려고 했어.
          (죽은 선영을 보며) 당신이 왜 죽어! 당신이 뭔데 나 대신 죽어!
진겸   엄마니까.
노인 진겸   ...

| 진겸 | 우릴 위해 모든 걸 희생한 엄마를 똑똑히 기억해. (총을 겨누고) 그 기억, 지옥 끝까지 가져가 영원히 고통 받으며 살아. |

진겸의 말에 눈이 커지는 노인 진겸. 그 순간, 방아쇠를 당기는 진겸. 발사된 총알이 노인 진겸의 이마 한가운데 박히면. 무릎이 꺾이면서 쓰러지는 노인 진겸. 그 순간, 손가락부터 사라지기 시작한다. 그 모습을 통쾌하지도 슬프지도 않는 표정으로 바라보는 진겸.

| S# 35 | 2010년. 시간여행 소멸 몽타주 |

앨리스 전경

환히 불이 켜져 아름답게 빛나는 앨리스. 하지만 노인 진겸의 손가락이 사라지는 것처럼, 건물 외부부터 서서히 사라지기 시작한다.

앨리스 내부

앨리스의 내부가 요란하게 흔들리고. 가구와 전등 등 매달린 물건들이 지붕에 생긴 거대한 웜홀 속으로 빨려 들어가기 시작한다.

역 플래시백 편집

노인 진겸이 소멸된 후 엄마를 끌어안고 있는 진겸의 모습에서 화면들이 시간을 거슬러 재생된다.

– 노인 진겸의 이마에 총알이 박힌다.

– 자살 후 쓰러지는 선영.

모든 것이 이전으로 돌아가고

-집으로 달려오는 선영.

-스카프를 줍는 진겸.

-고 형사가 석오원에게 총을 겨누고.

-집에서 나오는 선영을 뒤쫓는 진겸.

-기분 좋은 표정으로 소주를 사기 위해 집에서 나오는 선영.

-집 안에서 고교 진겸과 대화하는 선영.

-초를 켜서 케이크에 불을 붙이는 선영.

-골목에서 집 안을 바라보는 진겸.

-케이크를 사는 고교 진겸과 도연.

-정육점에서 고기를 사는 선영.

숨 가쁘게 거꾸로 흐르던 시간이 멈추고. 하늘의 붉은 달이 다시 서서히 사라지며 월식이 다시 시작된다. 드디어 시간이 다시 흐르기 시작한 것이다.

S#36   2010년 진겸 옛집 앞골목 | 밤

고기가 든 봉지를 들고 집으로 걸어오던 선영, 대문을 열고 집으로 들어간다.

S#37   2010년. 진겸 옛집 거실 | 밤
(1회 39신)

삼겹살을 들고 들어오는 선영, 무언가를 보고 놀란다. 보면, 거실 테이블 위에 케이크 상자가 놓여 있고, 작은 카드가 올려져 있다. 카드를 보면, '엄마, 생일 축하해'라고 짤막한 문장이 적혀 있다. 이때 화장실에서 나오는 고교 진겸. 고교 진겸, 엄마를 보고 인사말도 없이 방으로 들어가려고 하자.

선영   그냥 들어가면 어떡해? (미소) 초 켜줘야지.

S#38   2010년. 교차 | 밤

#진겸 옛집 마당

슬픈 표정으로 집 안을 들여다보는 진겸.

#진겸 옛집 거실

어두운 거실. 초를 밝힌 케이크 앞에 앉아 있는 고교 진겸과 선영. 선영, 고교 진겸의 노래를 기대하듯 고교 진겸 얼굴을 물끄러미 바라보면, 어떤 상황에도 표정 없던 고교 진겸이 난감한 표정으로 엄마를 본다. 선영, 재촉하듯 고개를 끄덕이면, 망설이는 고교 진겸이 입을 떼고 노래를 부르기 시작하자.

고교 진겸   생일 축~ 하합니다.~

#진겸 옛집 마당

동시에 진겸도 고교 진겸과 함께, 나지막한 목소리로 노래를 부르기 시작한다.

진겸   생일 축~ 하합니다.~

#진겸 옛집 거실

이전과는 달리 도중에 그만두지 않고 끝까지 생일 노래를 불러

주는 고교 진겸. 선영은 고교 진겸을 사랑스러운 눈으로 바라
보고.

고교 진겸   사랑하는 엄마의 생일 축하합니다~

#진겸 옛집 마당

진겸   (먹먹하고 애틋한) 생일 축하합니다.~

#진겸 옛집 거실

노래를 다 부른 고교 진겸이 쑥스러운지 엄마의 시선을 피하면.
아들이 사랑스러워 미소 짓는 선영, 고교 진겸에게 다가가 꼬옥
안아준다.

선영   우리 아들... 정말 고마워.
고교 진겸   (쑥스러운) 촛불이나 꺼.
선영   잠깐. 소원 빌고.

선영, 눈을 감고 소원을 빌고는.

선영   같이 *끄자.*

선영과 고교 진겸, 힘껏 바람을 불어 초를 *끄면.*

#진겸 옛집 마당

진겸, 애틋한 눈으로 케이크를 자르는 선영과 고교 진겸을 본다.

진겸   엄마... 생일 축하해...

#진겸 옛집 거실

선영, 밖으로 나가려고 하면. 고교 진겸이 엄마 외투와 자기 외투를 들고 나온다.

고교 진겸   같이 가. (선영 외투 건네며) 입어. 밖에 쌀쌀해.

하면서 고교 진겸, 자기도 외투를 입으면.

선영   우와, 엄마 에스코트 해주는 거야?
고교 진겸   (무심한 척) 삼겹살 냄새 때문에 가는 거야.
선영   (피식 웃고) 거짓말도 못 하면서.

하면서 고교 진겸의 팔짱을 끼는 선영.

S#39   2010년. 진겸 옛집 앞마당 | 밤
골목으로 나오는 선영과 고교 진겸. 하지만 골목에 있던 진겸은 보이지 않는다. 사이좋게 팔짱을 끼고 슈퍼를 향해 걸어가는 선영과 고교 진겸. 이때 갑자기 뭔가를 느낀 선영. 멈춰 서서 집 앞을 응시한다.

고교 진겸	엄마 왜 그래?
선영	...
고교 진겸	엄마?
선영	엄마 지갑 안 가져왔는데, 좀 갖다 줄래?
고교 진겸	알았어.

그러고는 집 안으로 다시 들어가는 고교 진겸. 선영, 여전히 집 앞을 응시하다가 천천히 움직이면. 그런 선영을 보고 있던 진겸이 모습이 드러난다. 하지만 선영의 시선에는 진겸이 보이지 않는 듯, 텅 빈 골목으로만 비춰진다. 자신을 보지 못하는 선영을 슬프게 바라보는 진겸.

(진겸)   너무 오래 걸려서 미안해, 엄마. 그래도 나 엄마 지켜준다는 약속 지켰어.

마치 진겸의 목소리가 들려온 것처럼 걸음을 멈추는 선영. 누군가를 찾는 듯 어두운 골목 한가운데 서서 주변을 살핀다. 하지만 선영의 시선에는 여전히 진겸이 보이지 않는다.

(진겸)   이제는 고등학교 졸업식에 엄마가 와주겠지. 대학 붙고 경찰 되면 엄마가 제일 많이 기뻐해줄 거야. 수사하다 다치면 누구보다 엄마가 걱정해줄 거고... 나 첫 월급을 타면 엄마한테 용돈도 주고. 생일엔 생일 노래도 불러줄게.

어둠 속에서 자신을 찾고 있는 선영을 바라보는 진겸, 주머니에서 스카프를 꺼낸다. 그런데 스카프가 바람에 날리기 시작한다.

(진겸) 나는 아니겠지만... 꼭 그렇게 될 거야. 그러니까 엄마는 내 걱정 하지 말고 지금처럼 행복하게 살아. 난 그거면 돼.

진겸의 모습이 흐릿하게 사라지며, 스카프가 바닥으로 떨어진 다. 바닥에 떨어진 스카프를 줍는 선영, 눈물이 맺히기 시작한 다. 왠지 모를 고마움에 슬프지만 애써 미소를 짓는 선영, 목에 스카프를 두른다. 이때 집에서 나오는 고교 진겸. 엄마 앞으로 다가와 엄마의 지갑을 내민다. 그 순간, 눈물을 숨기고 고교 진 겸을 안아주는 선영.

선영 고마워, 아들.

선영과 고교 진겸이 다시 팔짱을 끼고 골목을 걸어간다. 멀어지 는 선영과 고교 진겸. 하늘에선 슈퍼 블러드문이 끝난 듯, 평범 한 보름달이 크고 밝게 빛나면.

S# 40 태이 집 태이 방 to 거실 | 낮

하얀 섬광이 화면을 채우다 사라지면. 침대 위 잠든 태이의 얼 굴. 그런데 감긴 태이의 두 눈에서 눈물이 흘러내리며, 화면 아 래 자막에 뜬다. '2020년'. 자막이 사라지며 천천히 눈을 뜨는 태이. 정신을 차리며 일어나지만, 자신이 어떻게 살아 있는지 몰라 혼란스러워한다. 이때 거실에서 달그락거리는 소리가 들 려 조심스럽게 거실로 나가면, 누군가가 주방에서 요리 중이다.

바로 태연이다.

태연	더 자지. 왜 벌써 일어났어?
태이	(어리둥절) 나 집에 어떻게 왔어?
태연	어제 얼마나 마신 거야? 시차 적응은 술로 하면 안 된다니까.
태이	(이상한) 무슨 말이야?
태연	세미나 때문에 독일 갔다가 새벽에 왔잖아.
태이	세미나라니 난 ...

그런데 거실에 널브러져 있는 캐리어 가방을 발견하고 굳어지는 태이. 활짝 열려 있는 캐리어 안에 태이의 옷들과 소지품들이 보인다.

| 태연 | (궁시렁) 어떻게 아무것도 안 사 오냐? 하다못해 냉장고 자석이라도 사 오지. 그건 기본이잖아. |

어떻게 된 일인지 혼란스럽다 못해 두려워진 태이. 그 순간, 무언가 떠오르는 듯 굳는다.

| 태이 | (혼잣말) 형사님. (바로 무언가를 찾으며 태연에게) 내 휴대폰 어딨어? |

이때 소파 테이블에 있는 휴대폰을 발견한 태이. 바로 진겸에게 전화를 걸려고 하는데. 그런데 통화 내역이 대부분 '○○ 교수님' 혹은 조교, 혹은 학생이다. 이상한 듯 주소록으로 들어가 진겸을 찾는데, 진겸의 이름이 없다.

태이	너, 내 휴대폰 만졌어?
태연	아니. 왜?
태이	형사님 전화번호가 없어졌어.
태연	누구?
태이	박진겸 형사님!
태연	언니가 아는 형사도 있었어?

태연이 진겸을 모르자, 당황스러운 표정으로 태연을 보는 태이.

태이	박진겸 형사님 몰라? 우리 집에도 몇 번 왔잖아.
태연	(더 놀란) 언니 너 집에 남자 데려온 적 있어?

그제야 태연이 정말로 진겸을 모른다는 걸 깨닫고 얼어붙는 태이.

S# 41 진겸 옛집 앞 골목 | 낮

진겸 옛집을 향해 뛰어오는 태이. 불안한 표정으로 진겸의 집으로 달려가면, 다행히 진겸의 집은 변한 게 없다. 태이, 반갑고 안도하는 마음에 초인종을 누르려고 하는데. 뒤에서 들리는 목소리.

(여자) 누구세요?

태이가 돌아보면, 평범한 40대 가정주부가 서 있다.

주부	여기 우리 집인데, 누구 찾아오셨어요?
태이	(이상한) 여기 박진겸 씨 집 아닌가요?
주부	아닌데요.
태이	(굳은) 분명히 여기 사는데. 어제도 여기 살았어요.
주부	저, 여기 산 지 7년도 넘었어요.

당혹감을 감추지 못한 채 다시 한 번 진겸의 집을 보는 태이에서.

S# 42   경찰서 형사과 | 낮

다급하게 형사과 안으로 들어온 태이. 그런데 진겸의 자리에 앉아 있는 한 남자의 뒷모습이 보인다. 진겸인 줄 알고 다가가는 태이. 하지만 돌아보는 남자는, 진겸이 아닌 낯선 젊은 형사다. 굳어지는 태이.

형사	무슨 일이시죠?
태이	박진겸 형사님 뵈러 왔는데요.
형사	그런 분 안 계신데.
태이	안 계시다니요. 이 책상 쓰시는 형사님요.
형사	(이상한) 여기 제 책상인데요.

당황스러운 태이, 그런데 책상을 보면. 이전 진겸의 책상과는 다르게 너저분하고 전혀 정리정돈이 안 되어 있다. 이때 형사과 안으로 들어오는 형사, 바로 동호다. 태이를 보고 바로 인사하는 동호.

동호	교수님, 무슨 일이세요?
태이	(환해지며) 형사님은 알죠? 박 형사님 어디 있어요?
동호	박 형사님요? 그게 누군데요?
태이	(당황) 진짜 모르세요? 그럼 난 어떻게 알아요?
동호	왜 몰라요. 수사반점 따님인데.

동호의 대답에 굳어지는 태이.

동호	(태이에게) 참, 혹시 수사반점에서 팀장님 못 보셨어요?
태이	팀장님요?

그 말에 비어 있는 고 형사의 책상을 바라보는 태이.

태이	팀장님이 누구예요?

S#43	수사반점 | 낮

손님으로 발 디딜 틈 없이 바쁜 수사반점. 태이 모는 계산대에서 계산을 하고. 태이 부는 주방에서 짜장면을 들고 나오며 소리를 지른다.

태이 부	태연아, 짜장 다 붙는다! 빨랑 내보내!

그런데 보면, 홍 형사가 서빙을 보고 있고, 태연이 마치 부하 부리듯 홍 형사에게 일을 시킨다.

태연	3번 테이블에 짜장 둘요.
홍 형사	3번에 짜장 둘. 지금 나갑니다!

이 모습을 심드렁하게 보고 있는 테이블의 남자, 바로 고 형사. 이때, 하 형사가 단무지 접시를 들고 다가와 옆에 앉으면.

고 형사	쟤는 언제까지 저럴 거래냐?
하 형사	놔두세요. 비번인데 지가 좋아하는 일 해야죠. 쟤, 얼굴 핀 거 보세요.

이때, 문이 열리며 들어오는 태이.

태연	(반가워) 잘됐다. 빨리 음식 좀 날라.

그런데 태이, 태연을 무시하고 고 형사 앞으로 다가간다. 살아 있는 고 형사의 모습과 대면한 충격으로 잠시 멍한 표정으로 고 형사를 바라보는 태이. 뭐야? 하는 얼굴로 태이를 보는 고 형사.

태이	팀장님이 어떻게 살아 돌아오신 거예요?
고 형사	(황당)
태이	박 형사님은요? 박진겸 형사님은 어디 계세요?
고 형사	(하 형사에게) 박진겸이 누구야?
하 형사	모르겠는데요.

고 형사마저 진겸을 모르는 듯하자, 금방이라도 울 것 같은 표

정이 되는 태이. 그런 태이 모습에 당황하는 고 형사와 하 형사.

태이	10년 전에 어떤 고등학생 체포한 적 있죠? 그 남학생은 기억하시죠?

태이   10년 전에 어떤 고등학생 체포한 적 있죠? 그 남학생은 기억하 시죠?

고 형사   제가요? 난 학생을 체포한 적은 없는데.

태이   (울컥) 왜 기억을 못 해요! 팀장님이 아무 죄 없는 형사님을 체포 했잖아요!

갑작스러운 태이의 외침에 식당 안 사람들이 일제히 태이를 바라보고. 태이 모와 태이 부, 태연 역시 놀란 표정으로 태이를 본다. 잰걸음으로 태이에게 다가오는 태이 모.

태이 모   (고 형사에게) 죄송합니다. (태이에게) 너 왜 이래?

태이   (고 형사에게) 다른 사람은 다 몰라도 팀장님은 형사님 기억해야 죠! 다른 사람도 아니고 박진겸이잖아.

S# 44   수사반점 앞 | 낮

수사반점에서 나오는 태이. 태이 모가 뒤쫓아 나온다.

태이 모   (걱정스러운) 무슨 일이야? 박진겸이 누군데 그래?

태이   나도 뭐가 뭔지 하나도 모르겠어. 머릿속이 뒤죽박죽이야. 그래 도 기억하는 사람이 분명히 있을 거야.

그러고는 달려가버리는 태이. 태이 모, 걱정스럽게 보는.

| #45 | 대학교 교수실 | 밤 |

교수실로 들어오는 태이. 그런데 소파에 앉아 있는 여자. 바로 문서진이다.

문서진 (반갑게 웃으며) 귀국했으면 언니한테 재깍 전화를 했어야지. 내 선물 뭐 사 왔어?

그런 문서진을 슬프고도 먹먹한 표정으로 바라보는 태이.

플래시백 장례식장 조문실 | 밤
(6회 53신)

퉁퉁 부은 눈으로 문서진의 영정 사진을 보는 태이.

현재

그 순간, 태이의 두 눈에 눈물이 고인다.

문서진 (놀라서) 너 지금 우는 거야?
태이 다 돌아온 거구나...

플래시백. 2010년. 진겸 옛집 창고 | 밤
(13회 55신)

선영 시간여행을 막으면 모든 게 리셋돼.
태이 리셋요?
선영 시간여행이 존재하지 않는 세상이 되고, 모든 시간여행자들이 사라지는 거야.

태이 　 그게 우리가 원하는 거잖아요.

#다시 현재

후드득 눈물을 떨어트리는 태이.

태이 　 다 돌아왔어... 그 사람만 빼고 전부 다...

흐느끼는 태이에서.

S# 46 　 태이 집 거실 | 밤

멍하니 앉아 있는 태이. 이때 태이에게 커피를 타주는 태연.

태연 　 무슨 일이야? 출장 갔다 와서 완전 다른 사람이 된 거 같아.

잠시 생각에 잠기다 조심스럽게 대답하는 태이.

태이 　 아주 긴 여행을 하고 집에 돌아온 기분이야. 그곳에서 다른 사
　　　 람으로 다른 인생을 살다가 이제야 나로 돌아온 거 같은... 그런
　　　 데 마음이 편하지가 않아.

태연 　 왜?

태이 　 거기서 만난 남자 때문인가 봐.

태연 　 남자? 어떤 남자?

태이 　 있어. 다시는 못 만나는 사람.

이해가 안 되는 태연. 슬픈 미소를 짓는 태이의 모습에서.

S#47   태이 집 전경 | 아침

S#48   태이 집 태이 방 | 아침
출근 준비 중인 태이, 액세서리함을 열고 귀걸이를 고르는데.
눈에 띄는 목걸이가 보인다. 바로 진겸이 선물한 그 목걸이다.

#플래시백. 진겸 옛집 앞 골목 | 밤
(9회 57신)
진겸이 준 생일 선물을 보는 태이. 바로 목걸이다.

#다시 현재
목걸이를 자기 목에 거는 태이의 모습에서 시작되는 태이의 담
담한 내레이션.
(이후 엔딩까지 목걸이 항상 착용 요망)

(태이)   형사님 덕분에 우린 모두 잘 지내고 있어요. 하지만 아무도 형
사님을 기억하지 못해요.

S#49   달리는 태이 차 안 | 낮
목걸이를 목에 건 채 운전 중인 태이. 이때 라디오에서 익숙한
멜로디의 노래가 흘러나온다. 바로 진겸과 함께 듣던 노래다.

#플래시백. 달리는 진겸 차 안 | 밤

(6회 13신 이어서)

같은 음악이 흘러나오는 차 안에서 운전 중인 진겸을 보는 태이.

#다시 현실

(태이)   어쩌면 나도 언젠가는 그들처럼 될지도 몰라요. 하지만 한 가지
          는 약속할 수 있어요.

S#50   대학교 강의실 to 복도 | 낮

          화이트보드에 빽빽하게 적혀 있는 기묘한 공식들 앞에서 강의
          하는 태이. 그런데 갑자기 복도를 응시하는 태이. 잠시 강의를
          중단하고 복도로 나간다. 하지만 아무도 없는 텅 빈 복도. 착잡
          한 표정으로 복도를 응시하는 태이. 그러다 다시 강의실로 들어
          가면. 텅 빈 복도 위로 마지막 내레이션이 흐른다.

(태이)   나 열심히, 최선을 다해 행복하게 살게요. 형사님이 목숨으로
          지켜준 오늘이니까.

S#51   대학교 강의실 | 낮

          강의가 끝난 듯 강의실을 떠나는 학생들. 태이가 수업 교재들을
          정리하는데. 이때 조교가 다가온다.

조교   교수님, 자문 요청이 들어왔는데요. 어떻게 할까요?
태이   무슨 자문인데?

조교	영화에 나오는 과학기술이 실제로 가능한지 자문하고 싶대요. 이건 기자님 명함요.

그러면서 기자의 명함을 건네주는 조교. 그런데 명함을 보고 굳어지는 태이.

태이	기자님 지금 어디 있어?
조교	1층요.

그러자 바로 밖으로 달려 나가는 태이.

S#52	대학교 1층 로비	낮

계단을 통해 로비로 내려오는 태이. 로비에 서 있는 기자를 발견하는데. 바로 도연이다. 태이와 시선이 마주치지만, 태이의 얼굴을 모르는 듯 시선을 외면하는 도연. 조교의 연락을 기다리는 듯 휴대폰만 보는데. 도연 앞으로 다가가는 태이.

태이	김도연 기자님?
도연	네? (날 어떻게 알지? 하다가 상황 파악하고) 아, 혹시 윤태이 교수님이세요?
태이	네.

그러면서 미소 짓는 태이.

태이에게 프린트된 질문지를 건네는 도연. 질문지를 대충 훑어
본 후 도연의 얼굴만 빤히 보는 태이.

도연   좀 많죠? 보시면 뭐 이런 것까지 물어봐, 하는 황당한 질문도 몇
        개 있을 거예요. 학교 다닐 때 수학 과학, 끝에 학 자 들어가는
        과목에 학을 뗀 학생이었거든요.

태이   (미소) 알아요.

도연   ??

태이   (말실수를 수습하며) 대부분의 학생이 그렇다는 얘기예요. 언제까
        지 답변 드리면 돼요?

도연   저야 빠르면 좋죠. 참, 빠트린 질문이 있는데 그냥 이 자리에서
        물어봐도 될까요?

태이   (끄덕) 그럼요.

도연   시간여행이 가능한 거예요?

태이   ...

도연   영화나 드라마 보면 미래에 반드시 개발될 것처럼 나오잖아요.
        저는 그게 너무 비현실적인 거 같아서요.

태이   가능하다고 생각해요. 하지만 만들어져선 안 된다고도 생각해요.

이해하지 못하겠는 표정으로 태이를 보는 도연.

도연   교수님 소개받을 때 시간여행에 관심이 많은 분이라고 들었는
        데, 의외네요.

태이   (슬픈 미소 살짝 스치고) 한땐 그랬죠. 하지만 지금은 아니에요. 지

나간 시간이 소중할수록 추억으로만, 기억으로만 남아야 한다
고 생각해요. 인위적으로 시간을 되돌리려는 건 인간의 욕심일
뿐이니까요.

도연   교수님 말씀을 들으니까 며칠 전 인터뷰했던 건축가 분이 생각
나네요. 그분은 지나간 시간을 간직하기 위해 건축을 시작했다
고 하셨어요. 기억이나 감정은 시간이 지나면 잊히고 약해지는
데, 신기하게 공간은 시간을 저장한다고 하더라고요.

도연의 말에 얼어붙는 태이.

#플래시백 진겸 옛집 창고 | 밤
(8회 30신)

태이   시간을 연구하면서 느낀 게 뭔지 알아요? 기억이나 감정은 시
간이 지나면 잊히고 약해지는데, 신기하게 공간은 시간을 저장
한다는 거예요. 그곳에서 웃고 울고 행복하고 상처받은 일들이
고스란히 남아 있어요.

#다시 현실
얼어붙는 태이.

S#54   건축 디자인 회사 전경 | 낮

S#55   진겸 사무실 | 낮

자그마하고 정갈한 진겸의 건축 사무실이 소개된다. 여기저기
에 주택과 건물의 미니어처가 보이고, 코르크로 만들어진 벽엔
연필로 드로잉한 그림들이 압핀으로 꽂혀 있다. 그 위로 진겸과
여자의 목소리가 들린다.

(여자)   그게 가능할까요?
(진겸)   가능하게 해봐야죠.

그러면서 커다란 디자인용 책상에 하얀 도화지가 펼쳐진다. 하
얀 도화지 여백에 굵은 연필 선이 휙휙 지나가면, 마술처럼 멋
진 건물이 그려진다. 카메라가 빠지면, 연필을 쥔 남자는 바로
진겸이다. 그런데 이전의 진겸과는 다르게 옷차림에 자유스러
운 멋이 드러난다.

진겸   (드로잉을 계속하며) 이쪽 대들보와 기둥, 서까래는 기존 것을 모두
        재사용할 예정입니다. 시간은 두 배 이상 들겠지만, 이 집이 간
        직한 추억에 비하면 그 정도 수고는 아무것도 아니죠.
여자   (미소) 남편이 좋아하겠어요. 안전 때문에 어쩔 수 없이 재건축
        하기로 했지만, 태어나고 자란 집이라 마음 아파했거든요.
진겸   이해합니다. 어떤 사람에게 공간은 인생 그 자체니까요.

이해한다는 듯 고개를 끄덕인 여자가 사무실을 둘러보기 시작
한다.

여자   공간은 인생이라는 말 멋지네요.

그러면서 코르크 벽에 붙어 있는 다양한 드로잉들을 둘러보는 여자.

여자   이건 무슨 그림들이에요?
진겸   작업 시작하기 전에 즉흥적으로 떠오르는 이미지들을 그린 거예요.
여자   아... (조금 더 자세히 보며) 이런 영감은 주로 어디에서 얻으세요?
진겸   특별히 정해진 건 없고, 그냥 불현듯 떠오르는 이미지들이에요. 데자뷰같이요.

어떤 그림 앞에 멈춰서는 여자. 그림에는 진겸의 옛집과 앞길이 그려져 있고, 그 길 위엔 이목구비가 없는 한 여인이 서 있다.

여자   이 그림도요?
진겸   네...

그림 속 여인을 담담하게 바라보는 진겸. 그러다가 다시 책상 위의 드로잉을 보며.

진겸   일단 현장을 다시 살펴봐야겠어요.

| S# 56 | 건축 디자인 회사 사무실 to 진겸 사무실 | 낮 |

건축 디자인 회사 사무실 문을 열고 들어오는 태이. 실내에 군데군데 앉아서 일하는 사람들이 보인다. 태이, 혹시나 진겸을 만날지도 모른다는 긴장과 설렘으로 주위를 둘러보다 지나가는 한 남자에게 말을 건다.

| 태이 | 혹시 박진겸 씨라고 아세요? 여기서 일한다고 하던데요. |
| 남자 | 박 팀장요? 잠시만요. |

하면서 남자가 진겸의 사무실이 있는 방향으로 걸어간다. 남자를 쫓아가는 태이. 진겸의 사무실 문을 열고 들어가는 남자. 태이도 따라 들어간다. 남자, 비어 있는 진겸 책상을 보며,

| 남자 | 현장 나갔나 본대요. |
| 태이 | 현장요? |

실망하는 태이. 코르크 벽에 붙어 있는 그림(진겸 옛집과 여인 그림)을 보지 못하고 그냥 밖으로 나간다.

| S# 57 | 교차 | 낮 |
| | #오래된 한옥 | 낮 |

낡고 오래된 한옥을 살펴보고 있는 진겸과 (55신의) 여자.

| 진겸 | 이 목재도 사용할 수 있겠네요. |

아름다운 한옥들이 길 양쪽으로 늘어서 있는 골목을 숨이 차오르게 달리는 태이.

한옥 밖으로 나오는 진겸.

태이, 골목 반대편 끝에서 걸어오는 남자를 보고 우뚝 멈춘다. 걸어오는 남자는 바로 진겸이다. 살아 있는 진겸을 다시 본 태이. 기쁨에 눈동자가 흔들린다. 점점 가까워지는 두 사람. 태이는 설렘과 기대 가득한 얼굴로 진겸을 본다. 하지만 진겸은 길 한가운데 서 있는 태이에게 무심한 시선을 힐끔 주고 그냥 지나가 버린다. 지나치면서 태이의 목걸이를 보지만, 그래도 그냥 지나간다. 진겸이 자신을 못 알아보자 당황하는 태이. 멀어지는 진겸을 향해 몸을 돌려.

태이   형사님.

태이의 목소리에 멈추는 진겸. 하지만 자신을 부른 것이 맞는지 주변을 둘러보는 진겸.

태이   ... 저예요, 윤태이.

진겸   누구시죠?...

여전히 진겸이 자신을 못 알아보자 당황한 태이.

태이   죄송합니다... 사람을 잘못 본 것 같아요.
진겸   괜찮습니다.

다시 돌아서서 걷기 시작하는 진겸. 멀어지는 진겸을 바라볼 수
밖에 없는 태이. 실망과 슬픔에 표정이 어두워지고. 안타까운
눈물을 흘리는 태이.

(태이)   형사님... 실망하지 않을게요. 형사님이 날 알아보지 못한다는
         건, 모든 걸 다 잊었다는 거니까... 그럼 평범하게 살고 있다는
         거니까... 지금 그 모습대로 행복하게 살아요.

멀어지는 진겸에게서 눈길을 떼지 못하는 태이. 멀어지는 진겸
의 표정엔 알 듯 모를 듯한 의아함이 묻어난다. 그러다 진겸의
걸음이 느려지고 뒤를 돌아보면, 진겸의 돌아보는 동작과 절묘
하게 엇갈리며 태이가 뒤돌아 걷기 시작한다. 걸어가는 태이 뒷
모습을 보고는 진겸도 다시 뒤돌아 걷기 시작하고. 점점 멀어지
는 두 사람.

S#58   건축 디자인 회사, 진겸 사무실 | 낮
         자신의 사무실로 돌아온 진겸. 뭔가 기시감이 느껴지는지, 커다
         란 책상 위에 스케치북을 펼친다. 스케치북을 넘기니 그리다 만
         진겸 옛집 앞에 서 있는 여인의 그림이 나오고, 또 다음 장을 넘
         기면 이목구비가 없는 긴 머리 여인의 초상화가 나온다. 또 그

다음 장을 넘기면 미완성의 이목구비의 여성이, 태이의 목걸이를 목에 걸고 있다. 물끄러미 마지막 그림을 보는 진겸, 혼란스럽다. 그러다 마지막 그림에 덧대어 연필로 방금 떠오른 어떤 이미지를 집중해 그리기 시작한다. 뭔가에 홀려 연필 끝에만 온 신경을 집중하는 진겸. 그런데 눈 코 입, 여자의 이목구비가 점점 구체화 될수록 태이를 닮아간다. 완성된 얼굴을 보고 믿을 수 없다는 듯이 굳는 진겸. 그러다 진겸의 옛집이 그려진 첫 번째 그림을 보다가 밖으로 달려 나간다. 카메라가 책상위에 놓인 첫 번째 그림을 클로즈업하면. 그림이 실제 진겸 옛집 모습으로 변하며, 그림속의 여인의 모습이 실제 태이 모습으로 변한다.

S#59 진겸 옛집 앞 | 낮

그림과 똑같은 구도의 진겸 옛집 앞. 슬픈 표정의 태이. 마지막으로 진겸과의 추억을 정리하려는 듯 집을 올려다보고 있다.

S#60 교차 | 낮

#진겸 옛집 계단 길

숨이 멋도록 계단을 달려 올라가는 진겸의 얼굴 위로 태이의 목소리(플래시백)가 들리기 시작하고...

(태이) 그래도 혹시 모르니까 계속 이 집 팔지 말고 놔두세요.

진겸 옛집 앞

붉은 석양이 아름답게 지고 집 앞을 아쉬운 표정으로 서성이는 태이.

#진겸 옛집 언덕길

언덕을 달려 내려오는 진겸의 얼굴 위로 들려오는 태이의 목소리(플래시백)...

(태이)	미래의 내가 형사님 보러 꼭 올 테니까.
(진겸)	... 네. 꼭 기다리겠습니다. 교수님 오실 때까지.

S#61   진겸 옛집 앞 | 낮

붉은 노을을 뒤로 한 채, 마지막으로 집을 올려다보고 돌아서서 걷기 시작하는 태이. 그때, 뒤에서 들려오는 진겸의 목소리.

(진겸)   교수님!

진겸의 목소리에 굳는 태이, 천천히 돌아보면. 숨을 고르고 있는 진겸이 보인다.

태이   형사님...

기쁨과 설렘으로 따뜻한 미소를 짓는 태이, 눈에 서서히 눈물이 고이면. 진겸, 미안한 듯한 표정으로 미소를 짓는다.

진겸   오래 기다리게 해서 미안합니다.

진겸과 태이가 미소를 지으며 서로를 향해 걸어가고. 카메라는 점점 그들에게서 멀어진다.

16   모든 것이 이전으로 돌아가고

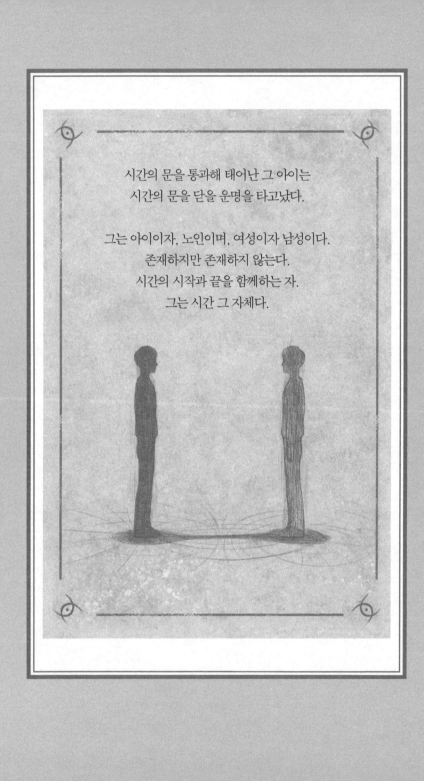

시간의 문을 통과해 태어난 그 아이는
시간의 문을 닫을 운명을 타고났다.

그는 아이이자, 노인이며, 여성이자 남성이다.
존재하지만 존재하지 않는다.
시간의 시작과 끝을 함께하는 자.
그는 시간 그 자체다.

과거를 애절하게 들여다보지 마라. 다시 오지 않는다.
현재를 현명하게 개선하라. 너의 것이니.
어렴풋한 미래를 나아가 맞으라. 두려움 없이.

헨리 워즈워스 롱펠로

용어 정리

S (Scene)   보통 신이라고 부른다.
               같은 장소와 시간에 이루어지는 행동이나 대사가 한 신을 구성한다.

Flash cut   플래시 컷. 화면과 화면 사이에 삽입한 짧은 컷을 의미한다.

Flashback   플래시백. 회상을 나타내는 장면.
               지금 일어나고 있는 사건의 인과를 설명할 때 쓰이기도 하고,
               인물의 성격을 설명할 때 쓰이기도 한다.

E (Effect)   대사와 음악을 제외한 효과음으로, 인물은 보이지 않고
               소리만 나는 경우에 사용한다.
               플래시 컷 화면과 일반 화면 사이에 들어가는 짧은 장면을 가리킨다.

Insert   인서트. 화면의 특정 동작이나 상황을 강조하기 위해 삽입한 화면.
               인서트 화면이 없어도 장면을 이해하는 데는 별다른 지장이 없으나
               인서트를 삽입함으로써 상황이 명확해지고 스토리가 강조된다.
               인서트 화면으로는 대개 클로즈업을 사용한다.

Cut to   컷 투. 장면 사이의 시간 경과를 말한다.

앨리스 2

2020년 10월 30일 1판 1쇄 인쇄
2020년 11월 06일 1판 1쇄 발행

지은이 | 김규원, 강철규, 김가영
펴낸이 | 이종춘
펴낸곳 | BM (주)도서출판 성안당
주소 | 04032 서울시 마포구 양화로 127 첨단빌딩 3층 (출판기획 R&D 센터)
　　　 10881 경기도 파주시 문발로 112 출판 문화도시 (제작 및 물류)
전화 | 02) 3142-0036
　　　 031) 950-6300
팩스 | 031) 955-0510
등록 | 1973.2.1. 제406-2005-000046호
출판사 홈페이지 | www.cyber.co.kr
ISBN | 978-89-315-9024-1 04810
　　　 978-89-315-9022-7 (세트)
정가 | 16,800원

이 책을 만든 사람들

기획 · 편집 | 백영희
교정 | 허지혜
표지 · 본문 디자인 | 이승욱 지노디자인
국제부 | 이선민, 조혜란, 김혜숙
마케팅 | 조광환
영업 | 구본철, 장상범, 차정욱, 나진호, 이동후, 강호묵
홍보 | 김계향, 유미나
제작 | 김유석

www.cyber.co.kr
성안당 Web 사이트

▪ 도서 A/S 안내

성안당에서 발행하는 모든 도서는 저자와 출판사, 그리고 독자가 함께 만들어 나갑니다.
좋은 책을 펴내기 위해 많은 노력을 기울이고 있습니다. 혹시라도 내용상의 오류나 오탈자 등이 발견되면 "좋은 책은 나라의 보배"로서 우리 모두가 함께 만들어 간다는 마음으로 연락주시기 바랍니다. 수정 보완하여 더 나은 책이 되도록 최선을 다하겠습니다.
성안당은 늘 독자 여러분들의 소중한 의견을 기다리고 있습니다. 좋은 의견을 보내주시는 분께는 성안당 쇼핑몰의 포인트(3,000포인트)를 적립해 드립니다.
잘못 만들어진 책이나 부록 등이 파손된 경우에는 교환해 드립니다.

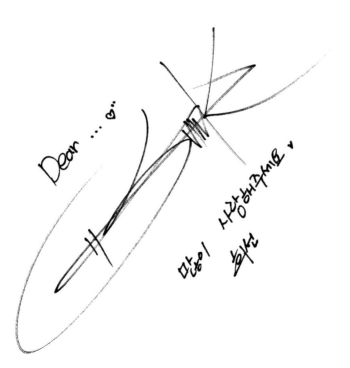

"앨리스" 진겸 역

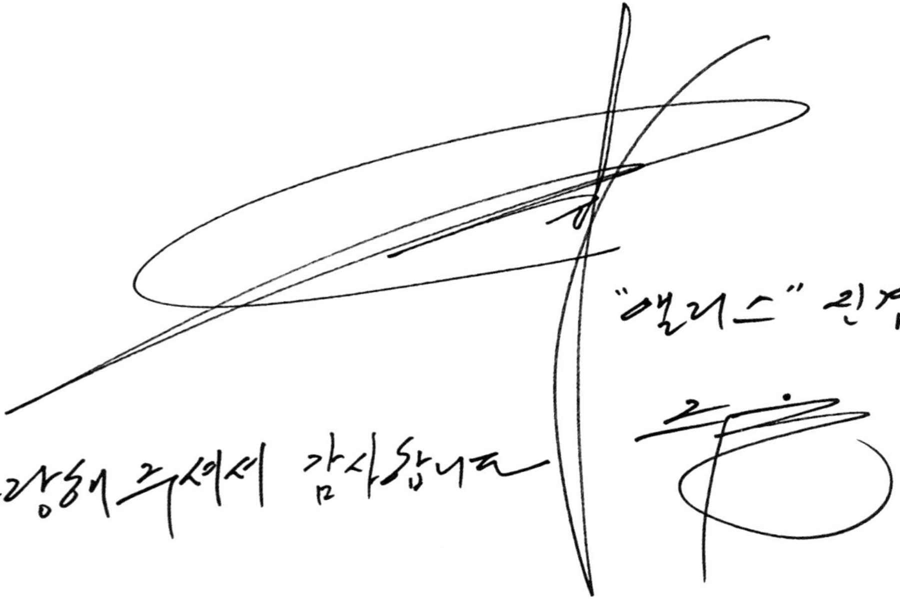

사랑해주셔서 감사합니다

Dear ··· ♡

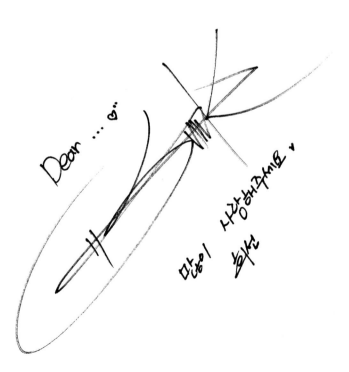

많이 사랑해주세요 ♥
희선

"지금 내가 그린 그림은"

오지현 그림

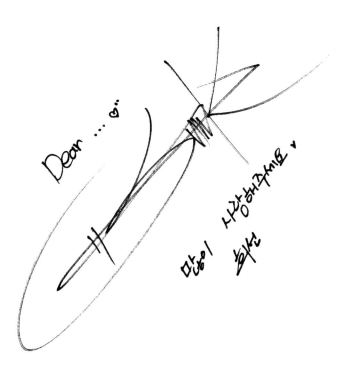

Dear ··· ♡

마음이 사랑해야겠다 ♥

희서

"앨리스" 진겸 역

사랑해주셔서 감사합니다

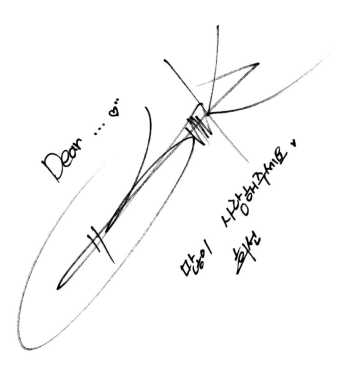

Dear ... ♡

맘이 너랑 행복하세요 ♥

진심